JN059824

彼女は後ろから迫る燕を振り向きもせずに避けると、
飛び去る燕に槍を叩きつけて消滅させ、ニヤリと笑った。

Trinitasシリーズ

ドリーム・ライフ
～夢の異世界生活～

愛山雄町

Illustration：電柱棒

4

TOブックス

目次

イラスト：電柱棒
デザイン：木村デザイン・ラボ

登場人物紹介

ザックカルテット
ザック
神の使徒として異世界転生した元中年技術者。現在は魔術学院で修行中。
メル
故郷の村で剣の修行に勤しむ女の子。ザックのことが大好き。
シャロン
ザックと共に魔術学院で修行に勤しむ女の子。ザックのことが大好き。
ダン
シャロンの兄。故郷の村で剣術と弓術の修行に勤しむ。メルのことが大好き。

登場人物紹介

リディ
ザックとシャロンの魔法の先生で、2人と同居中。ザックのことが大好き。

ベルトラム
村の実家の近所に住むドワーフの鍛冶師。三度の飯よりお酒が好き。

マット
ザックの父で、村の領主。息子の才能を認め、内政改革を任せる。

ターニャ
ザックの母。正体を知っても、息子のことを深く愛している。

一　獣人の女冒険者

故郷《ふるさと》ラスモア村から学術都市ドクトゥスに来て二ヶ月半。昨日、魔術師ギルドの評議会議員ピアーズ・ワーグマンと面談し、俺たちへの一連の嫌がらせと、その元になった魔術師ギルド内での権力闘争は一応の解決をみた。完全な解決に至るまでには時間は掛かるだろうが、少なくとも俺たちへの干渉は完全になくなったと思っている。

俺とリディは依頼した調査の報酬を支払うため、冒険者ギルドに来ていた。

ギルドでは若い冒険者たちが待合スペースに屯《たむろ》して酒を飲んでいる。面倒事は勘弁してほしいから、視線を合わせないためにマントのフードを深く被り直す。

そんな思いとは裏腹に、開け放たれた入口から吹き込んだ一陣の風が、俺のマントのフードを外してしまった。俺は不味いなと思いながらも何事も無かったかのように、すぐに被り直して受付カウンターの椅子に座る。後ろが少しざわついているが、それを無視して用件を話し始める。しかし、俺の話に若い男が割り込んできた。

「顔を隠して入ってきたと思ったら、ガキじゃねぇか!?　ここはガキの遊び場じゃねぇんだ。とっとと帰ってママのおっぱいでも吸ってきな！」

それだけ言うと、「ケケケ！」という下品な笑い声を上げる。

無視しようと決めていたが、舌が麻痺《まひ》したかのように話を止めてしまった。それは、その声に怯えたわけでも怒りを覚えたわけでもない。こんなことが実際に起こるのかと呆気に取られたからだ。

（こんなテンプレ過ぎる展開が普通にあるのか……テンプレ過ぎて笑いのツボに……）

込み上げる笑いを必死に堪《こら》える。リディが不思議そうな顔で俺を見て、「どうしたの？」と小声で尋ねてきた。俺は笑いを抑えるのに必死で、言葉にならない。

「いや、想像通り過ぎて笑いが……クックッ……」

リディもその男が放つ小物臭を感じ、相手にする気がないようだ。そのため、俺とリディは意図せずその男を無視する形になった。

その男は俺たちに反応が無いことに苛立ち、怒鳴り始める。

「ガキが！　躾《しつけ》がなっていないようだな！　ちょっと痛いだろうが、世間って奴を教えてやる！」

そう叫ぶと同時に掴み掛かってきた。俺は笑いを堪えながらも咄嗟《とっさ》に椅子から立ち上がり、その男の脇を走り抜ける。

男は俺を捕まえようと、俺のマントの端を掴んだ。その瞬間、マントをするりと脱ぎ捨て、男の後ろに回り込む。

「テリー！　ガキ相手に何やってんだ！」

「ちゃんと躾けてやれよ！」

後ろの男たちは更に調子に乗って、テリーという冒険者を煽《あお》っていく。どうやら思った以上に酒が入っているようだ。

（朝から飲むなとは言わないが、せめて酒場で飲めよ）

俺にはそんなことを考える余裕があった。テリーという男の技量は大したことがなく、更に泥酔一歩手前という状態だったので、危害を加えられる恐れはないと判断したためだ。

心配して立ち上がろうとしたリディを目で制し、受付嬢に軽い調子で苦情を伝える。

「ギルドじゃ、客《クライアント》が暴力を振るわれても対応しないのかい？」

受付嬢は困ったような顔をして必死に首を横に振り、テリーを止めようと声を上げた。

「いい加減にしてください！　これ以上、暴れるのでしたら、支部長に罰を与えてもらいます！」

彼女の言葉に冒険者たちは笑い声を上げるだけで、一向に改めようとしない。俺はその隙に背中の剣を外し、リディに向かって投げた。彼女は目で〝なぜ？〟と訴えてくる。

「剣を抜いたら冗談で済まなくなるからな。大丈夫、殺しはしないから」

その言い方が気に入らなかったのか、テリーが「てめぇ！　ガキが舐めた口を！」と叫びながら腰の剣を抜いた。

窓から入る光が刀身に当たりキラリと光る。

ちゃんと手入れされているな。と考えるほど俺には余裕があった。彼の後ろで受付嬢が更に叫んでいるが、周りの冒険者たちは囃《はや》し立てるだけで全く止めようとしない。

（駄目だな、こいつらは。さて、そろそろ空気の鎚《エアハンマー》で吹き飛んでもらうか……）

テリーは長剣を大きく振りかぶって俺に向かってくるが、その足はふらつき、頭上の剣が左右に大きく揺れている。その状態で俺を斬ろうと剣を袈裟懸《けさが》けに振り降ろすが、その斬撃は欠伸《あくび》が出るほど緩慢なもので、軽く半身をずらすことで容易に回避できる。テリーは空振ったことで剣に振り回され、大きくよろめいた。その隙を突いて彼と身体の位置を入れ替え、距離を取る。

（この位置なら人に迷惑を掛けることはないな。備品が壊れたらこいつに払わせればいい）

テリーはブツブツと悪態をつき、だらりと剣を持ったままゆっくりと振り返る。俺は素早くエアハンマーの呪文を唱え、彼に向けて魔法を放った。

空気の塊が油断していたテリーの腹に直撃する。彼は「ゲホッ！」という悲鳴ともつかない声を上げながら、体操の後転のようにクルクルと転がっていく。そして数回転した後、開け放たれた扉から外に転げ落ちていった。

（まるでコントだな。それにしては笑いが無いが……）

さっきまで笑い転げていた冒険者たちだったが、今は水を打ったように静まり返っている。

受付嬢に「今のは正当防衛ですよね。俺は剣を置いたのに、向こうが斬りかかってきたんですから」と言って、再びカウンターに座った。

酔った冒険者たちは困惑の表情を浮かべながら、互いの顔を見ている。

報酬の話に戻ろうとした時、入口からハスキーな若い女性の声が響く。

「外にテリーが転がっているぞ！　誰も気づかなかったのかい！」

逆光で見辛いが俺が振り返ると、そこには長身の女槍術《そうじゅつ》士《し》が立っていた。

彼女は革鎧に身を包み、左手には短めの槍《やり》を持っていた。彼女が中に入ってくると、騒いでいた仲間の一人が慌てて外に向かう。

女槍術士の姿がはっきりと見えるようになった。俺は思わず息を止め彼女を見つめていた。

見上げると、そこには二十代後半くらいの化粧っ気の無い精悍な顔があった。やや剣呑《けんのん》な雰囲気にも見える切れ長の瞳が印象的で、俺はその美女に思わず見惚れてしまう。

（いかにも肉食系って感じだな。リディとは違うタイプの美人だ……それにしてもでっかいな。父上より背が高いんじゃないか……いや、そんなことより、あの胸だ。革鎧の形が普通じゃない。鎧を外したらどうなるんだろう？）

濃い金色の短めの髪から、猫のような耳が飛び出ていた。よく見ると革鎧の腰当《スカート》から、黄色と黒の縞模様の尾が揺れている。

（獣人だったんだ。猫じゃないな。虎か？……女ボスって感じなのかな。足運びを見る限り凄腕っぽいし、絡まれる前に用事を済ませよう）

受付カウンターで手続きを終え、ホッと息を吐いた。

その時、後ろから「坊やがテリーを伸《の》したのかい？」と、女槍術士のやや艶《つや》のある声が響く。不味いことになりそうだと身構えるが、この場からすぐにでも立ち去りたいと思い、低姿勢で対応する。

「剣で斬り掛かられたので魔法で反撃しました。一応手加減はしていますから、怪我はないと思います。もし、怪我をしているようなら治療しますが？」

「ほう、魔法でね……怪我も治せると」

彼女は目を細めて俺のことを上から下まで舐めるように見た後、

「ただの魔術師じゃないようだね。ちゃんと修業をしているって感じか。テリーがやられるのも仕方がないか……」

俺は独り言を言っている女槍術士から逃げようと、リディと共に入口に早足で歩いていく。

俺たちがギルドから出ようとした時、「待ちな」と女槍術士が声を掛けてきた。俺はゆっくりと振り返り、「何か御用でしょうか？」と聞き返す。

「あいつは舎弟でも何でもないが、どうやら堅気の客に迷惑を掛けたようだ。詫びをしようと思ってな」

「お詫びしてもらうようなことは、何も起きませんでしたから」

俺がそう言うと、彼女はニヤニヤと笑いながら、「まあそう言うなよ」と言って近づいてきた。

俺はその姿に、獲物を襲う猛獣の姿を重ねて思い浮かべていた。何が狙いか分からないが、トラブルは起こしたくない。

「あたしはベアトリス。ベアトリス・ラバルだ。坊やは？」

俺は咄嗟に「ザックです」と答えた。普段なら省略せず、〝ザカライアス・ロックハート〟と名乗るのだが、今回は本能が警鐘《けいしょう》を鳴らしたため、本名を名乗らなかった。

「ザック？　ふーん。ザックね……まあいいわ」と言って、もう一度俺を舐めるように見る。

「ちょっと付き合ってくれないか？」

ベアトリスがそう言って一歩前に出ると、リディが庇うように俺の前に出る。そして、マントのフードを跳ね上げ、「私はリディアーヌよ。私のザックに何の用かしら？」と挑発的に言い放った。

リディの顔を見た男たちが溜め息のような声を出すが、ベアトリスは一瞬呆けた表情を浮かべた後、すぐにニヤリと笑った。

「裏の訓練場で坊やの実力を見たいってだけさ。別に取って食おうってわけじゃないんだよ」

「急いでいるのよ。それに子供相手に何を見たいのかしら？」

リディがそう言って睨みつけると、ベアトリスは大きな声で笑う。

「アハハハ！　今、話題の天才、ザカライアス・ロックハートの実力が見たいだけなんだよ！　お前がそうなんだろう？」

俺の正体を見抜いていたようだ。

「そうですが、それが何か？」と答えるのが精一杯で、自分の名が冒険者にも広まっていることに驚いていた。

（魔術師ギルドで話題になっているとは思っていたが、まさか冒険者たちの間にも広がっているとは……面倒が降りかかってこなければいいんだが……）

俺が警戒するような目でベアトリスを見ると、彼女は更に近づいてきた。

「そんなに警戒しなくてもいいさ。ひと月くらい前にイアンって若いのを助けただろう。そいつから聞いたんだよ」

巨大ムカデ《ジャイアントセンチピード》に襲われていたイアンから話を聞いたようだが、これ以上付き合うと不味い気がした。

「実力を見るも何も、こっちにメリットがないじゃないですか。ただでさえ言い掛かりをつけられて迷惑してるんですよ、こちらは」

俺が真正面からそう言うと、ベアトリスは僅かに驚いた表情を見せてから、豪快に笑う。

「アハハハ！　面白い子だね。あたしが怖くないのかい？　いい度胸だよ！」

そう言って一頻《ひとしき》り笑った後、

「メリットがあれば付き合ってくれるんだね。いいだろう。何か望みがあれば、言ってごらん？　何なら添い寝をしてやってもいいぞ。アハハハ！」

正面切ってからかわれるとさすがに腹が立つ。しかし、姉御肌の実力者とのコネクションは今後の役に立つかもしれないと思い直す。

（実力は充分にありそうだ。俺の見立てに間違いがなければ後見人になる資格がある……）

十五歳以下の者が冒険者ギルドに登録するには、三級以上の実力者が後見人になる必要があり、彼女はその資格を持っていると考えた。しかし、それをどう伝えるべきか悩む。

俺が黙っていると、「本当に見掛けとは違うようだね」と刺すような視線を送ってきた。その視線を受け、背中に冷たい物が流れる。

（あからさまな殺気とは違う。どう言ったらいいのか分からない……そう、プレッシャーのような感じか。断るにしても下手な断り方はできないな……）

俺が冷や汗を流していると、リディがベアトリスを睨みつけ、

「子供相手に殺気をぶつけるなんて、大人の女のすることじゃないわね」と言い放ち、「ザック、帰るわよ」と俺の腕を取る。

俺はまだベアトリスという女冒険者との関係をどうするか決めておらず、立ち止まっていた。リディが〝どうしたの?〟という視線を送ってくる。

(腕は立つし、悪い奴でもなさそうだ。それに人望もある。この街で魔物を狩るなら彼女と良好な関係を築いておいた方がいいかもしれない。もし、俺の勘違いだとしてもリスクは少ないしな……)

リディに目で〝任せろ〟と伝え、ベアトリスの目を見つめる。そして表情を緩め、「ベアトリスさんは三級以上ですよね?」と尋ねた。

「ああ、三級だが」と訝《いぶか》しげな顔をする。

「添い寝というのも魅力的ですけど、私の実力を見て納得できたら、後見人になってもらえませんか? 冒険者ギルドに登録したいんです」

俺の申し出が意外だったのか、ベアトリスは最初、キョトンという感じで俺を見ていたが、すぐに大きな声で笑い始める。

「アハハハ! 本当に面白い子だね。いいだろう。あたしが認めるほどの実力があるなら、後見人とやらになってやるよ!」

俺が頷《うなず》くとリディが肘で俺をつついてきた。そして、小声で「大丈夫なの?」と聞いてきた。

「ああ、折角の機会だ。うまくすれば冒険者の登録ができる。登録できなくとも実力者と手合わせするだけでも充分にメリットはある」

俺はベアトリスに伴《ともな》われ、ギルドの裏にある訓練場に向かった。

ギルドの訓練場は幅二十メートル、奥行き三十メートルほどの広さがある。中では十人ほどの冒険者が汗を流していた。

ベアトリスは壁に掛けてある訓練用の槍を無造作に取ると、「魔道剣術士だって聞いてるよ。それも結構な腕だとね」と言って、壁にある木剣を指差した。

俺はバランスのいい一本の木剣を選び、彼女から十メートルほどの場所に立つ。

「魔法はどうしますか？」

俺の問いに彼女は余裕の笑みを浮かべ、

「この距離だと、普通に呪文を唱えただけじゃ難しそうだね。最初に撃たせてやるよ」と言ってきた。周りにいる冒険者たちもベアトリスの実力を知っているのか、同じように余裕の表情で笑っている。

（舐められたものだな。魔術師に先に撃たせるとは……そうは言っても怪我をさせるわけにはいかないし、オリジナル魔法を見せるのもちょっとな……いや、逆にオリジナル魔法を見せて驚かせた方がいいかも……）

「それでは先に攻撃させてもらいます」と言って、最も得意な魔法、燕翼の刃《スワローカッター》の呪文を唱え始める。

「数多《あまた》の風を司りし風の神《ウェントゥス》よ。天を舞う刃の燕《つばめ》を我に与えたまえ。我が命の力を御身に捧げん。舞え！　燕翼の刃《スワローカッター》！」

俺の右手から透明な魔法の燕が飛び立っていく。俺はそれを大きく上昇させた。ベアトリスは初めて見る魔法に「ほう」と感心したような声を上げる。しかし、その燕が訓練場の天井付近を舞い始めると、何をするのかと訝《いぶか》しげな表情に変わっていく。

「何をする気だい？」

俺はそれに答えることなく不敵に笑い、更に同じ呪文を唱えていく。五秒ほどで二羽目が右手に現れると、彼女の表情は驚愕《きょうがく》に変わった。

「複数同時発動だと！」

俺はその表情に思惑通りだと満足する。

（魔術師に先制攻撃を許した時点で油断なんだ。怪我をさせるつもりはないが、もっと驚いてもらうとするか）

二羽目の魔法を発動した直後、魔闘術を脚に掛け、地を這うような姿勢で一気に距離を詰める。

俺の作戦はこうだ。最初の燕を上空に旋回させておき、その間に二羽目を召喚する。一羽目は俺の最初に指示に従って、十秒後にベアトリスの後方に回り、後頭部を狙う。二羽目はタイミング合わせて、側面から彼女の膝を狙う。その間に自らに魔闘術を施し、正面から突っ込んでいく。

つまり、三方向から同時に攻撃を掛けるという作戦だ。

もちろん、致命傷になってはいけないので、燕の刃部分が鋭利にならないようにイメージしている。この魔法を選んだのは、こういった調整ができることも理由の一つだ。火の玉《ファイアボール》ではこういった調整が難しい。

燕たちの攻撃に最初は慌てたベアトリスだが、すぐに状況を理解して楽しげに「やってくれるね！」と叫ぶ。俺が同時攻撃を狙っていると瞬時に看破し、俺の方に飛ぶように走り込んできた。

「何⁉」

今度は俺の方が驚くことになった。

一応警戒はしていたが、彼女の動きの鋭さは俺の想像の遥か上をいっていたのだ。

二メートル近い巨体が猫科の猛獣のようにしなやかに躍動し、瞬時に距離を詰めてくる。俺の魔闘術を使った動きを凌駕するその速さに、反応が僅かに遅れる。

この予想外の動きに俺の攻撃は完全にタイミングを外された。当初のプランである三方同時攻撃は脆くも崩れ去った。

彼女は後ろから迫る燕を振り向きもせずに避けると、飛び去る燕に槍を叩きつけて消滅させ、ニヤリと笑った。

俺はその動きに驚くことしかできなかった。死角である真後ろからの攻撃を絶妙のタイミングで避け、更に再び攻撃をしてくることを予想し、先手を打って叩き落としたのだ。

（振り返りもせず、どうやってタイミングに合わせたんだ？　これが一流の冒険者か……）

しかし、それだけではなかった。

その勢いのまま、彼女は二・五メートルほどの木の槍を鋭く伸ばしてきた。俺は顔に向けて放たれた一撃を何とか剣で弾いて軌道を逸らす。

しかし、それは誘いだった。彼女は突き出した槍をすぐに引き戻すと、今度は三連の突きを放ってきたのだ。その鋭さは最初の比ではなく、気づけば流星のような鋭い突きを腹にもろに受けていた。俺は胃液と胃の中の物を吐きながら、地面をのた打ち回る。

しかし、俺もやられっぱなしだったわけではない。

目の端に映ったベアトリスが僅かによろめいたのだ。俺の放った魔法の内、低空を飛ぶ一羽が彼女の太ももの後ろに命中したらしい。相打ちまでは持っていけなかったが、それでも一矢報いることはできた。

俺は口に溜まった酸っぱい胃液を吐き出すと、木剣を杖に立ち上がる。

ベアトリスは俺に槍を突きつけたまま、一言もしゃべらず、冷たい目で俺を見下ろしている。

よろめきながら立ち上がると彼女の目をしっかりと見つめ返す。

「もう一戦やりますか？　それも魔法抜きで」

彼女はそれでも口を開かず、俺を見つめている。

俺は何か不味いことをしたのかと心配になり、

「じゃ、これで終わりですか？」

ベアトリスは小さく首を横に振ると、

「久しぶりだよ。これほど驚かされたのは……さっきは済まなかった。あんたの魔法を舐めていたよ」

彼女は俺に魔法を先に撃たせたことを謝罪してきた。そして、「これじゃ、テリーを笑えないわ」と言って笑う。その表情はサバサバとした感じで更に好感を持った。

もう一戦やったが、結果は一方的だった。思い付く限りの方法を使っても手も足も出なかったのだ。終わった後、彼女は呆れたような表情を浮かべていた。

「しかし、本当に十歳なのかい？　後ろにいる連中と魔法抜きでやりあえる腕だよ」

彼女はそう言いながらも、「後見人の件は受けてやろう」と言ってくれた。

しかし、その後に「但し条件がある」と続ける。

俺が尋ねると、ベアトリスは笑みを浮かべる。

「なあに、簡単なことだよ。あたしとパーティを組むだけだ」

「はあ？」と思わず、声を上げていた。

ベアトリスは三級の冒険者、すなわちベテランの冒険者だ。ここにいるリディやシャロンの父であるガイのような一流の冒険者が、俺のような子供とパーティを組みたいと言ってきたら、驚くより呆れてもおかしくはない。

俺は間違いではないかと思って聞き直すが、「後見人となる条件はあたしとパーティを組むということだ」と繰り返す。

理解に苦しみ、「どういうことだ？」とリディに小声で聞いてみた。だが、リディは「好きにしたら」とそっぽを向く。どうやら、俺が彼女に後見人を頼んだことでへそを曲げたようだ。

俺は困り果て、パーティを組むのは恒久的なことかと聞くと、

「あたしは基本的にはソロなんだが、あんたのことが気に入ったんだよ。これからどうなっていくのか、間近で見てみるのが面白そうだと思ったんだ」

漏れそうになる溜め息を堪える。

「私は学院の生徒です。あなたの都合に合わせて、森に入るわけにはいきません。ですからこの話はお断りさせて頂きます」

そう言って断ると、周りの冒険者たちが溜め息を吐く。

詳しくは分からないが、彼女と組みたい連中は多いようだ。ベアトリスも彼らと同じように驚きの表情を浮かべている。そして、呆れたような、それでいて少し寂しそうな表情に変わる。

「あんたは知らないだろうけど、これでもあたしは引く手数多なんだよ」

そして、大仰な手振りで肩を竦《すく》め、「振られちまったね」とおどける。

「まあいいさ。それなら、時々組むのならいいってことだね」

俺がそれに頷くと、

「分かったよ。このベアトリス姐《ねえ》さんがあんたの後見人になってやるよ」

俺は彼女に「よろしくお願いします」と深々と頭を下げた。

訓練場を後にすると、すぐにギルドの受付で手続きを始めた。

数分でオーブに情報が書き加えられ、手続きは完了した。

「これで登録は終わったが、何か聞きたいことはないか？」

そこで俺はシャロンのことを切り出した。ベアトリスは首を横に振り、「実力を見てみないとな」と言った。

確かにその通りだと思い、「そうですね。すみませんでした」と謝罪する。

「その堅苦しい話し方は何とかならないか？　リディアーヌには普通に話しているんだ。あたしにも同じようにしゃべってほしいんだがね」

俺はちらりとリディを盗み見る。彼女は〝知らない〟とでも言うようにそっぽを向いている。

「了解。じゃあ、ベアトリス。俺のことはあんたじゃなくてザックと呼んでくれ。こんな感じでいいか？」

俺がそう言うと、彼女は「それでいい」と満足げに頷いた。

俺は僅か十歳にして冒険者となった。ファンタジーの定番である冒険者になれたのだ。俺はその事実に学院でのいじめのことを忘れ、喜びを噛《か》み締めていた。

ギルドを出た後、リディが不機嫌そうな声で話し掛けてきた。

「やっぱり美人とは仲良くなりたいものなのよね。彼女はあなたが興味を持っている獣人だし。それにあの尻尾、呆れるくらい見ていたわよ」

「誤解だぞ、それは」と反論しようとしたが、

「最初に顔を見たとき、見惚れていたでしょ。凛々しい感じの美人だし、あなたの周りにはいないタイプだもの。それにあの胸。男の人は大きな胸が好きなんだから仕方ないわ」

俺は何を言っても無駄だと沈黙する。

「まあいいわ。あの人は悪い人じゃなさそうだし、この街にいるなら、ああいうタイプの人とも繋がりがあった方がいいもの」

リディも俺と同じようなことを考えていたようだ。ただ俺が鼻の下を伸ばしていたため、へそを曲げていただけのようだ。鼻の下を伸ばしていたというのはあくまで彼女の主観だが。

俺は彼女の前に回り、「俺の魔晶石をやる相手はリディなんだぞ」と真剣な表情で彼女の目を見つめる。その言葉に少し恥ずかしそうな表情を浮かべ、「分かっているわよ」とようやく笑顔を見せてくれた。

翌日、シャロンの実力をベアトリスに見てもらうため、四人で森に入ることになった。

シャロンはベアトリスの話を聞き、少し緊張していたが、俺が「悪い人じゃないから」と言うと素直に頷《うなず》いた。少なくとも会うまでは不安げな表情は一切見せなかった。

ベアトリスが家にやってきた。そしてシャロンを見るなり、「ちっちゃい嬢ちゃんだ」と言って彼女の前でしゃがみ込む。

その動きにシャロンが「ヒッ！」といって怯え、ベアトリスは少し悲しそうな表情を見せながら、シャロンに謝っていた。

「ザックが怯えなかったから大丈夫だと思ったんだがね……すまないね。あたしは自分の姿が怖いのは自覚しているんだけど……」

俺はシャロンの肩に手を置き、

「怖い？　誰がそんなことを言ったんだ。なあ、シャロン。ビックリしただけだろう？」

俺の言葉にシャロンは「はい」と小さく頷き、ベアトリスに「ごめんなさい」と言って頭を下げる。

ベアトリスはどう言っていいのか分からないという表情で俺を見つめていた。

「ベアトリスは美人だと思うぞ。体が大きいだけで別に怖くもないし」

俺は正直に思ったことを言ったのだが、彼女は「大人をからかうな」と俺の背中を叩《はた》いてきた。

俺はつんのめりそうになりながら咳込むが、リディが「いつまでも遊んでいないの」と不機嫌そうにそっぽを向く。

ベアトリスはそのドタバタを誤魔化すように真剣な表情を作り、

「その子の実力を見せてもらうよ。あんたの言うことを信じないわけじゃないが、この目で見てみないとね」

彼女の計画は比較的危険の少ない近場を中心に魔物を探し、シャロンの実力を見るというものだ。

どうやら、俺よりも更に幼い感じのシャロンを見て不安になったようだ。

確かにお嬢様然としたシャロンを見て戦力になるとは思えないだろう。しかし、ベアトリスは今日も驚くことになると俺は密かに思っていた。

北の森に向かって一時間ほどすると、俺やシャロンにとって格好の相手、殺人蜂《キラーホーネット》が十匹ほど飛んでいるのを見つけた。

ベアトリスは毒のことを気にして、やり過ごすことを提案してきたが、それを断り、シャロンと二人で呪文を唱えていく。

俺たちは同時に魔法を放った。それは直径二メートルほどの小型の竜巻、〝刃の竜巻《トルネードスラッシュ》〟だ。竜巻は草や木の葉を巻き上げながら殺人蜂に向かっていく。

殺人蜂たちは俺たちに近づこうとして、次々と真空の刃に切り刻まれていった。十匹いた殺人蜂はすべて竜巻に吸い込まれ、あっけないほど簡単に駆除は完了した。後ろを振り向くと、そこには唖然とした表情で固まるベアトリスの姿があった。

「シャロンの実力もなかなかだろう？」と言うと、ベアトリスは掠《かす》れた声で、

「ああ、あんたが言う通りだ。そこらの魔術師より腕はいいよ」

まだ放心しているベアトリスに対し、「なら、登録してもいいな」と追い討ちを掛ける。彼女は何も言わず、ただ頷くだけだった。一旦街に戻り、シャロンの登録を行った。

その後、再び森に入り、四人で魔物を狩っていく。ベアトリスが加わったことで、俺たちのパーティの戦闘力は飛躍的に上がった。特に前衛が二人になったことで、俺の負担は大幅に減っている。

ベアトリスの戦闘力だが、訓練場で見たのは実力の一端に過ぎなかった。穂先の長い槍を自在に操り、小型の魔物ならハルバートかグレイブのように斬り裂く攻撃で両断し、大型の魔物に対しては正確な突きで急所を貫いていく。

レベルを聞いてみると、槍術士レベルは何と五十一だった。逆立ちしても勝てないはずだ。

最後に倒した岩猪《ロックボア》をメインディッシュに、俺とシャロンの冒険者登録とベアトリスとの出会いを祝おうということになった。

ベアトリスを家に招く形となり、この家の主婦であるシャロンが大慌てで仕事を開始する。リディはパンや酒などを買いに行き、俺とベアトリスが猪の解体だ。

彼女はベテラン冒険者らしく慣れた手つきで猪を解体していく。

「大きくはなかったが結構な量だ。こいつはどうするんだい？　売りにいくなら知ってる店を紹介

するが」

「いや、ご近所に配るから適当に切り分けておいてくれ」

俺たち用にバラ肉と肩肉、モモ肉を二十キログラムほど残し、ベアトリスと一緒に残りを近所に配りにいく。お隣のリトルフさんとノヴェロさんを中心に数軒の家に肉を配ると、お返しにと言って、果物や燻製肉、鍋に入れてもらったシチューなどがもらえた。

何となく昔の日本の近所付き合いのようで微笑ましいと思いながら、家に戻っていく。

家に入るとシャロンが簡単な野菜炒めを作り終わり、暖めたオーブンに塩と香辛料を塗りこんだバラ肉を入れていた。

俺は慌てて風呂の準備を始める。ちょうど風呂が沸いた頃、パンとワインの壷を抱えたリディが戻ってきた。

「お風呂の準備は終わってる？」

「終わっているぞ」と言うと、嬉しそうな顔で風呂場に向かう。

ベアトリスは不思議そうな顔で「風呂があるのか？」と聞いてきた。

「俺が作った風呂なんだが、割といいぞ。リディの後に入ったらいい」

彼女は呆れながら、「どこのお大尽《だいじん》の家なんだい」と呟いている。

うちの風呂は、父や従士たちが家を訪れても大丈夫なように大きめに作ってある。大柄なベアトリスでも大丈夫だろう。

三十分ほどで、リディが風呂から上がってきた。

バスローブのような簡単な服を羽織っただけの艶《なま》めかしい格好だが、俺以外に男性がいないので、本人は全く気にしていない。最初は目のやり場に困ったが、最近ではすっかり慣れてしまっている。

「ベアトリスに入り方を教えてやってくれ」

「その前に一杯だけ冷えたビールを飲ませて」と言って、顔の前で両手を合わせて拝んでくる。

その仕草があまりに可愛かったので、「一杯だけだぞ」と言って、彼女が買ってきた小型のビール樽からジョッキに注いでやり、擬似ペルチェ効果の魔法でキリキリに冷やして渡す。

彼女はそれを愛しそうに受け取ると、一気に飲み干した。プハァと息を吐き出す姿が親父臭いが、それは指摘しない。

ベアトリスは今日何度目かの驚きの表情を浮かべるが、「風呂上りに飲ませてやるから」と言って風呂場に送り込む。少し酔っていたリディが風呂場でベアトリスにちょっかいをかけていたが、無事に風呂に入れたようだ。

風呂から出てきたベアトリスの姿を見て、俺は目のやり場に困った。客用のバスローブを貸したのだが、襟を前で合わせようとしても完全に閉じ切れず、胸の深い谷間がはっきりと見え、更に健康的な太ももが目に飛び込んでくる。

彼女を凝視しないよう精神力を総動員したが、それでもしっかりと気づかれていた。ベアトリスも少し頬を赤らめ、「着ていた服に着替えてくる」と言って、慌てて奥に引っ込んでいく。

シャロンが風呂場に向かう頃、ベアトリスが戻ってきた。まだ上気した顔だが、相当気持ち良かったのか、いつもより表情が柔らかい。

「それにしても凄いね。あたしは初めて風呂って奴に入ったが、こんなに気持ちがいいものだとは思わなかったよ」

「そうだろう。これだけはやめられないんだ」と答え、彼女に冷えたビールを渡す。

この十月という時期に冷たいビールが飲めるのかと驚きながら、五百ｃｃ以上入るジョッキを一気に呷《あお》った。

「プハァ！　リディアーヌが一杯だけと拝んだ理由がよく分かるよ。こんなにうまいもんなんだね！」

まだ飲み足りないのか、もの欲しそうな表情で俺を見るが、俺は首を横に振り、「食事まで待てよ」と言って空のジョッキを受け取った。

俺が風呂から上がると、そのまま祝宴が始まった。

近所からのお裾分けとシャロンの作った料理を並べ、最後にメインディッシュである猪のオーブン焼きをテーブルに載せる。

俺とシャロンは柑橘《かんきつ》の果汁に氷を入れたもの、リディィは程よく冷やした白ワイン、ベアトリスは冷えたビールで乾杯する。

食事をしながら、ベアトリスがしきりにこの生活を褒めていた。

「風呂も凄いが、冷えた酒があるのがいい。氷もふんだんにあるし、貧乏な貴族の屋敷より贅沢な暮らしをしているんじゃないのか？」

俺が貧乏貴族の屋敷というところで苦笑すると、彼女はすぐに頭を下げて謝ってきた。

「すまん。あんたの実家のことを言ったわけじゃないんだ」

「いや、構わないよ。うちの家は貧乏だが、暮らしは豊かだからな。何と言っても大きな風呂があるし、酒蔵も持っているくらいだ。村に行けば実感すると思うよ」

貧乏だと言ったが、今のロックハート家は昔ほど貧しいわけではない。スコッチの売上によって安定的な現金収入があるし、他の貴族と違って支出が少ないから金に困ってはいない。

食事を終えると、ゆったりとした時間が流れていく。俺の横ではリディとベアトリスが静かに酒を酌み交わしている。

雑談が始まると、以前から知りたかったドクトゥス周辺の魔物のことをベアトリスに質問した。

彼女はジョッキを傾けながらも丁寧《ていねい》に答えてくれる。

山に入るにはレベル四十以上は必要と言われ、少しだけ落ち込んだ。

「だとすると、俺たちはまだまだ森の中っていうことだな」

ベアトリスはジョッキを置き、僅かに戸惑ったような表情を見せる。

「何を焦っているんだい？　あんたの歳でその実力なら、充分過ぎるほどだよ。あと十年掛けても二十歳なんだ。じっくり強くなっていけばいいと思うんだがね」

「焦っているつもりはないんだが」と俺は苦笑する。

「少なくとも五年後、卒業の時までに魔法のレベルを五十、剣術のレベルを四十以上にしたい。今の上がり具合だと、魔法が四十、剣術も三十台後半というところだろう。だから、もう少し強い敵と戦いたいんだ」

リディとシャロンは俺の秘密を知っているため、何も言わないが、何も知らないベアトリスは俺の言葉を聞いて呆れる。

「十五歳で宮廷魔術師長並になりたいのかい？　剣術もベテラン傭兵《ようへい》と肩を並べる四十以上……あんたならできそうな気もするけど、そこまで急ぐ理由が……いや、今は聞かないでおくよ。また、会ったばかりのあたしに言う話じゃないだろうからね」

少し寂しそうな表情で自分を納得させるように呟き、

「分かったよ。できるだけ力になってやろうじゃないか。このベアトリス姐さんに任せておきな」

おどけるようにそう言って笑うが、

「だが無茶なことをしたら、お仕置きするからね」と目を細める。

その日はそこでお開きになり、ベアトリスは名残惜しそうに宿へ帰っていった。

帰り際に俺たちの家を見上げて何か呟いていたようだが、よく聞き取れなかった。

二　漆黒の防具

十月からリオネル・ラスペード教授の指導を受けられるようになり、学院生活も充実したものに変わった。今では五日に二日のペースでラスペード教授の指導を受け、他の日は森に入るか、図書館で自習している。

十月の半ばにクェンティン・ワーグマンが森で遭難しそうになる事件もあったが、それ以外には大したことは起きず平和に過ぎていた。

そして、十一月に入った。

森に入り始めた当初は、比較的近場で八級以下の弱い魔物を狩っていたが、ベアトリスが加わってからは徐々に森の奥に行くようになった。

最近では五キロメートルほど行った場所にある荒地で、六級相当の屍食鬼《グール》を相手にすることが多い。

グールは鋭い牙と長い鉤爪を持つアンデッド系の魔物だ。アンデッドであるため痛みに強く、腕を斬り落とされても、牙を剥いて向かってくる。その姿は有名な映画で見た〝リビングデッド〟を思い出させる。

グールを倒すためには、焼き尽くすか首を落とす必要があって面倒なのだが、金になるのは魔晶石と報奨金しかなく、冒険者たちに人気がない魔物だ。

しかし、俺たちにとっては非常に都合がいい。荒地に出てくるため、森では使えない火属性魔法のいい練習台になるし、一度に現れるのはだいたい五体以下と少なく、ベアトリスとリディがいれば危険はほとんどない。更に一回の出現数は少ないが出現率が高い。つまり、〝湧き〟がいいので探し回る必要がない。それに他の冒険者と競合することが無い点も気に入っている。

このグールを相手に剣術と回避のスキル向上を集中的に図っている。僅か十日で二つのスキルはレベルが一つずつ上がっており、これだけ効率のいい相手はなかなかいないと感心するほどだ。

順調にレベルアップしていた十一月四日。俺は自らの慢心から怪我を負った。

その日はいつものように、十時頃から荒地に湧いてくるグールを狩っていた。前衛が俺とベアトリス、後衛でシャロンが魔法、リディが弓で支援するいつもの形だった。

ベアトリスは俺が囲まれない限り手を出さないし、リディも俺とシャロンの援護の他に、周囲の警戒をしているため、あまり手を出さない。

その時の相手は三体だった。ベアトリスも邪魔にならないように十メートルほどの場所で見ており、リディも油断なく弓を構えていた。特に危険を感じることはなかった。

怪我を負ったのは、俺に襲い掛かってきたグールが直前で石に足を取られ、予想外の動きを見せたからだ。その動きについていけなかった。

グールは百八十センチメートルほどで、体重も俺より五割以上重い。そのグールが走り込んだ勢いのまま、俺に覆いかぶさってきた。

「ザック！」というリディとベアトリスの叫び声が聞こえたが、俺は受身を取ることもできず、後頭部を強打する。

「痛っ！」と声が漏れるが、一瞬、目の前が真っ白になり、鼻の奥がツンとする。しかし、そんな俺に容赦なくグールは襲ってくる。

飛びそうになる意識を強引に引き戻し、必死に腕を伸ばしてグールの頭を押さえる。致命的な首への噛み付きは防いだものの、膂力《りょりょく》に勝る敵に徐々に押し込まれていく。

その時、目の前のグールと目が合った。

俺にはそいつがニヤリと笑ったように見えた。

グールは大きく口を開け、ギザギザの歯を見せながら、俺の首元に牙を突き立てようと更に迫ってくる。

必死に体を捻《ひね》り、何とか首への一撃は防いだ。しかし、捻った左肩に噛み付かれ、そのまま大きく抉られた。

肩に激痛が走る。気づかぬうちに悲鳴を上げていたようだが、その間にもグールは迫ってくる。

再び首元を狙う敵に恐怖しながら、右手でクナイ型の投擲剣《とうてきけん》を握った。

グールの頭にクナイを突き込もうとしたが、間に合わないことは分かっていた。汚く鋭い牙が俺の顔に迫ってくる。

この時、俺は死を覚悟した。

死力発揮という特殊能力があるが、まだ体力《HP》が充分残っているため、発動しない。

体力があっても頚動脈《けいどうみゃく》を切り裂かれれば、死ぬ可能性は高い。治癒《ちゆ》魔法が得意なリディが近くにいるが間に合わないだろう。

こんなところで死ぬのか？　まだ、やりたいことは一杯ある。この世界を見て回りたい。リディたちと楽しく旅もしたい。

長く引き伸ばされた時間の中で、俺はそんなことを考えていた。半ば諦めかけた時、目の前の視界が急に開けた。迫っていたグールの頭が左にずれ、吹き飛ばされるように飛んでいく。

そして、気が付くと目の前にベアトリスの愛槍の穂先が光っていた。間一髪、グールの頭に突きを入れ、体ごと吹き飛ばしたようだ。

「すまない！　遅くなった！」

礼を言うため体を起こそうとしたが、噛まれた左肩に激痛が走り、言葉にならない呻き声を上げる。

この時の俺は防具を着けておらず、革製のジャケットしか着ていなかった。その革のジャケットの左肩部分を見ると、ギザギザに食い千切られ、更に左肩の肉の一部も抉られていた。

「大丈夫かい！」というベアトリスの叫び声が聞こえ、リディとシャロンの走ってくる足音が聞こえる。

ベアトリスが「早く治癒魔法を！」とリディを急かしているが、俺は痛みのせいか意識が朦朧とし始めていた。そんな呆けた頭で〝急がなくても大丈夫だ、死にはしない〟と言おうとしたが、その言葉は紡がれることはなかった。

この時、グールの麻痺毒が体に回り始めたのか、急に意識が飛んでいった。俺には毒耐性の特殊スキルがあるはずだが、百パーセント防げるものではない。恐らく低い確率で毒が回ったのだろう。

（今日は厄日だったな……）

そこで俺の意識はぷっつりと切れた。

意識が戻ったのはその日の夜だった。いつの間にか家に運ばれており、自分の寝台で目を覚ます。

俺は自分の状態を知るため、傷口に手を持っていき、恐る恐る触ってみた。だが、痛みはほとんどなく、若干左肩が引きつる感じがあるだけだった。肉ごと齧《かじ》り取られた傷を見ているので、よくこれで済んだと安堵する。

ゆっくりと周囲を見回すと、椅子に座って寝ているリディィの姿があった。

着替えどころか革鎧も外していない。帰ってきてから大して時間は経っていないのだろう。寝ている彼女を起こすことを一瞬躊躇《ためら》うが、心配しているだろうと思って声を掛ける。

「リディィ、起きてくれ。リディィ」

俺の声に「ううん」と唸ったあと、パチリと目を開ける。俺が声を掛けたことで安心したのか、その瞳からぽろぽろと大粒の涙が零れ落ちていく。そして俺に抱きつくと、泣きながら「心配したんだから」と何度も言っていた。

「ごめん。心配を掛けた」と右手で彼女の髪を撫でる。

一頻《ひとしき》り泣いた後、リディィは下で待っているシャロンとベアトリスを呼びにいった。

ベアトリスは開口一番、謝罪の言葉を口にした。

「済まなかった。あたしがもう少ししっかり見ていれば……」

彼女の手を握り、

「助かったよ。ベアトリスが間に合わなかったら死んでいたかもしれない。それにこれは俺の責任だ。運が悪かったこともあるが、どんな状況にも対応できるようにしなかった俺の慢心が招いたことなんだ」

シャロンはリディとベアトリスの後ろから覗き込んでいた。泣いていたのか、彼女の目は真っ赤で「痛くないですか？　大丈夫ですか？」と、鼻声で聞いてくる。

俺はシャロンにも「心配掛けたね。大丈夫、少し引きつった感じはするけど、痛くは無いよ」と言って安心させる。

「とりあえず、あの後どうなったか教えてほしいんだが」

比較的冷静なベアトリスがベッドの横に膝をつき、その後の話を聞かせてくれた。

昼前に俺が怪我を負い、その場でリディが治癒魔法を掛けて傷を回復させた。しかし、一向に俺が目を覚まさないため、麻痺毒が回ったと判断し、浄化の魔法も掛けた。浄化の魔法で麻痺毒が消えれば、すぐに目を覚ますはずだが、一時間ほど待っても目を覚まさない。グールが頻繁に出没する荒地にいては危険だと判断し、ベアトリスが俺を背負って家に帰ってきた。

午後三時過ぎに家に着いたが、それでも目を覚まさない。

心配したベアトリスが昔なじみの腕のいい治癒師を呼んできたが、その治癒師が治癒魔法を使っても回復しなかった。治癒師は俺が頭を打っているので、それで意識が戻らないのだろうと言い、明日まで様子を見るようにと言って帰ったそうだ。

それから三時間、今は午後六時の鐘が鳴った直後だが、リディが俺から離れるのを嫌がって、ずっと近くで見ていたということだ。

「本当に心配を掛けた。頭を打ったから自分で治癒魔法を掛けておくよ。多分、これで大丈夫なはずだから」

俺はそう言うと、治癒魔法を掛けていく。恐らく脳震盪なのだろうが、脳へのダメージは馬鹿にできない。脳内で出血しているかもしれないから、木属性の魔法で脳の血管を修復し、水属性魔法で血栓などができないよう脳内の血管をきれいにしていく。最後に光属性魔法で脳の周りを浄化し、脳細胞を活性化するイメージで脳の障害を防ぐ。

(医者じゃないから、この程度しか思いつかないが、あとは明日一杯安静にしていれば充分だろう。気分が悪くなったり目眩がするようなら、もう一度脳に治癒魔法を掛けてみよう……)

俺の変わった治癒魔法を見てベアトリスが驚くが、リディとシャロンは安堵としたのか少しだけ表情を緩ませていた。

「多分、これで大丈夫なはずだ。明日はちょうど学院も休みだし、ゆっくり寝ているよ。それより腹が減ったな。シャロン、晩飯はできているかい？」

「はい！　温め直してきます」と言って、飛ぶように一階に降りていく。

俺が起き上がろうとするとリディが押し止め、ベアトリスが俺を抱き上げた。いわゆるお姫様抱っこという奴だ。俺は自分で歩けるから降ろしてくれと言ったが、二人は聞く耳を持たず、そのまま階段を降りていった。

お姫様抱っこのまま食堂に連れていかれるが、一つだけいいことがあった。

リディは革鎧を脱いでいなかったが、ベアトリスは既に装備を外し、シャツにベストというラフな格好になっていた。つまり、抱かれている俺の右側には大きな二つのクッションがあったのだ。

弾力性のあるクッションの感触を楽しんでいたが、すぐに食堂に着き、ゆっくりと椅子に座らされる。

既にシャロンがシチューのような煮込み料理を温め終えており、すぐに俺の前に出してくれた。

俺が食べようとすると、シャロンが「ザック様は手を洗っておられません。私がお手伝いします」と言って横に座り、俺の手からスプーンを奪ってシチューを食べさせてくれる。ベアトリスとリディはそれを微笑ましそうに見ていた。

三人に心配を掛けたので、この羞恥《しゅうち》に耐えることにした。

「助かるよ、パンをちぎって浸してくれるかい？」

シャロンは俺の指示に従って、甲斐甲斐しく世話をする。

リディが着替えにいくと、もう大丈夫だと思ったのかベアトリスが帰ろうとしていた。

「今日は本当に助かったよ。ありがとう」

「気にするな。今日のはあたしのミスでもあるんだ」と言って片手を上げる。

俺にはその表情が寂しげに見え、思わず声を掛けた。

「今日は風呂を入れられないが、泊まっていったらどうだ？」

ベアトリスが何か言いそうだったので、「なあ、シャロン。ベアトリスがいてもいいよな？」とシャロンに声を掛けた。

「はい。ベアトリスさんがいてくれた方が助かりますし。私とリディアさんではザック様を運ぶのは大変ですから」

そこにリディが現れ、「そうよ。ザックの寝顔を見ながら飲みましょう」と笑っている。

「それはないだろう」と俺が言うと、「心配を掛けた罰よ」と言って頬にキスをしてきた。

翌朝は頭痛も吐き気も無く、すっきりと目覚めた。

夜中にトイレに行く時にもベアトリスが抱いていくのには閉口したが、何事もなく朝を迎えることができた。

天気は良さそうだが、今日は休養日にするつもりなので、朝の鍛錬もせず布団の中でゴロゴロと寝返りを打つ。

隣には客用の折りたたみ寝台を持ち込んだリディとベアトリスが寝ていた。

冗談かと思ったら、昨夜は人の寝顔を見ながら本当に飲んでいた。ただ何もしゃべらず、静かに飲んでいるだけだったので、俺はすぐに寝てしまったが。

俺は二人の寝顔を見ながら、シャロンを含め三人の女性に愛されていることに戸惑っていた。ラスモア村にいるメルもいるから、四人の女性に愛されていることになる。

メルとシャロンはまだ子供だから、ただの憧れかもしれない。しかし、ここにいる二人は大人の女性だ。美しく自立した二人の女性が俺を愛してくれている。

ベアトリスは何も言っていないが、昨日の態度から察せないほど俺は鈍感ではないつもりだ。いや、充分に鈍感かもしれないが、それでも昨日の態度から、俺のことを男として見ているということは分かる。

俺は元の世界ではもてなかったし、結婚にも失敗している。リディ一人が俺に想いを寄せてくれるだけでも充分に幸せなのだ。だから、この状況に戸惑っている。

(今はまだいい。いつかは真剣に考えなければいけないことだな……)

そんなことを考えながら二人の寝顔を見ていると、シャロンが階段を降りていく足音が聞こえてきた。

朝食の準備をしにいったのだろうが、その足音で二人が目を覚ます。

「おはよう、リディ。おはよう、ベアトリス」

俺の声に二人が反応し、リディはあくびをしながら、ベアトリスはこの状況に戸惑いながら、挨《あい》拶《さつ》を返してきた。

朝食を摂りながら、昨日のグール戦の反省会を行った。

俺自身、慢心していたつもりはなかったが、状況の変化に対応できなかったことは慢心と言われても仕方がないと言うと、ベアトリスが大きく頷く。

「確かにそうだね。あんたはどんな状況でも冷静だし、魔法も剣も充分に使えている。それに避けることに関しちゃ、既に一流と言えるほどだ。その分、油断していたんだろうね」

彼女の意見は俺の考えと一致していた。

「確かにその通りだな。俺自身、グール程度に捕まるとは思っていなかった」

「あんたの一番の油断は防具を着けていないことだよ。防具は無い方が動きやすい。あんたのスタイル的には無い方がいいのかもしれないが、前衛に立つなら、昨日みたいなことはいずれまた起こるんだ。その時に防具があれば全く違う状況になるはずだよ。あんたなら分かっているんだろ？」

ベアトリスの言っていることは自分でも考えていたことだ。昨日の失敗の最大の要因は、〝保険〟を掛けていなかったことだろう。つまり、昨日までの戦い方はどのような状況になっても、失敗しないことが前提だったのだ。

奇襲を受けても、アクシデントが起こっても、必ず回避できる。そういう考えが俺の中にあったのだろう。もし革鎧を着ていれば、肩のダメージは充分に軽減できた。肩の傷が浅ければ、肩に噛み付いているグールに反撃できたかもしれない。

「ベアトリスの言う通りね。前衛に出ないシャロンはともかく、あなたは防具を着けるべきよ。それに今から防具をつけることは無駄じゃないわ。ねぇ、ベアトリス」

リディの言葉にベアトリスが頷く。

「あんたは防具を着けたことがないんだろ。防具を着けた時と着けない時では体の動く範囲が違う。この先、一生防具を着けるつもりが無いならともかく、着けるつもりがあるなら、今から慣れておいた方がいい。そういうことだ」

「分かった。昼から防具を見に行きたいんだが、案内してくれるか？」とベアトリスに言うと、

「今日は休養日なんだろ。ゆっくり休まなくちゃ駄目だろう」

リディもシャロンもそれに頷いていているため、反対多数で俺の買い物は却下になった。

新市街の冒険者ギルド近くには武具関係の店が並ぶ一画がある。そこには鍛冶師《かじし》や革職人たちが営む店が立ち並んでおり、俺もこの辺りには剣の手入れのため何度も足を運んでいた。

翌日、ベアトリスの案内で防具屋に向かった。彼女の馴染みの店は〝リュファス・ラヴァーニュの店〟といい、革職人のエルフがやっているらしい。

扉を開けると、加工前の皮の匂いと膠《にかわ》の生臭いというか微妙な匂いが漂っていた。中には革鎧のパーツが多く並べられ、硬革《ハードレザー》が飴かメノウのような透明な光沢を放っている。

ベアトリスが「リュファスはいるか！」と声を上げると、奥から若い女性が出てきた。その女性はエルフだった。どのエルフにも言えることだが、美形過ぎて年齢がよく分からない。柔らかい物腰からリディより年上なんだろうと思う程度だ。

「ラシェルか。リュファスはいないのかい？」とベアトリスが言うと、ラシェルと呼ばれた女性は微笑みながら、

「今、手が離せないのよ。二十分くらい待ってくれたら出てこれるそうよ。それより、今日は何の用かしら？　初めてのお客さんがいるようだけど」

「今あたしとパーティを組んでいる仲間だ。リディアーヌ、ザック、シャロン。今日はザックの防具を見繕《みつくろ》いにきたんだ」

ラシェルは俺の前に立ち、上から下まで眺めたあと、

「ふーん、この子は魔法も使うのね……ベアトリス、予算はどのくらいなの？」

何も言っていないのに、俺が魔法を使うと気づいている。リディにも精霊の力が見えるそうだから、ラシェルにも見えるのかもしれない。

「初めまして、ザックです」と笑顔で彼女に挨拶し、

「予算は物を見ないと分かりません。一応、上限は五千C《クローナ》までと考えていますが」

「五千ね。戦闘のスタイルとか要望とかは、ベアトリスに聞いた方がいいかしら？　それとも、そちらのエルフのお嬢さんに聞いた方がいい？」

リディを一目見て、ベテランの冒険者と見抜いているようだ。

「本人に聞いてくれ。それでいいだろう、リディアーヌ」

「そうね」

リディが頷くと、ラシェルは俺に視線を戻した。

「分かったわ。それにしても凄いわね。ベアトリスに信頼されているなんて。前に連れてきた子なんか、一から十までベアトリスの意見で決まっていったわよ」

「それはないだろう。アドバイスをしただけだろ」とベアトリスが抗議するが、ラシェルは気にせず、「では、戦い方を教えてもらえる？」と話を進めていく。

俺は苦笑しながら何となくラスペード先生に似ているなと思ったが、どう説明したらいいのか困った。俺の困惑を無視して、彼女は〝狼と戦う時はどう？〟とか、〝人型の魔物は？〟とか具体的な話を聞いてくる。

彼女の質問に一つずつ答えていき、二十分ほどで満足したのか質問をやめ、「大体分かったわ。リュファスにも伝えておくから」と言って、工房に戻っていった。

「あれで分かるのか？」とベアトリスに聞くが、彼女は笑いながら、

「最初はそう思うんだよ。二人の腕はあたしが保証する。だから安心しな」

「それだと高いんじゃないか？　五千と言ったが、そこまで出す気はないぞ」

ここドクトゥスの標準的な革鎧の値段は、ヘルメットから脛当てまでの一式でおおよそ千クローナ、日本円でだいたい百万円だ。それでは新人《ルーキー》が手を出せないので、安い中古品で一式二百クローナほどからあるらしい。さすがにそこまで質を落とすつもりはないが、一年くらい使えるなら三千くらいまでと思っている。それでも日本なら割といい国産車が新車で買える。

ここ一ヶ月の俺たちの収入だが、俺の分だけでも軽く五百クローナを超えている。それだけの収入がありながらも、短期間しか使えないものにあまり金をかけたくないと思ってしまう。

普通に考えれば、今の収入と二万クローナを超える貯蓄を考えれば、五千クローナ以上の金を掛けても問題にはならない。子供がいたら、子供服には金をかけたくないと思う親になっていたんだろうなと思うほどだ。

俺がそんなことを考えているとベアトリスが、

「命を預けるものなんだからケチケチするな。足りないなら、あたしが出してやる」と言ってきた。

「俺は成長期なんだ。長く使えないものに金を掛けるのはもったいないだろう。それに防具は保険みたいな物なんだ。基本的には動き回って回避するスタイルを変えるつもりはないしな」

俺がそう言うと、奥から若い男性の声が聞こえてきた。

「買い換える時に下取りもするよ。君の言う通りなら、高く買い取れると思うよ」

そう言いながら、大きなエプロンをした二枚目のエルフが工房から出てきた。彼が店主のリュファスのようだ。

人当たりのいい柔らかな雰囲気で、荒くれ者が来る防具屋の主人というより、金持ち相手の装飾品店の店主といった方が似合いそうな男だ。

「君が今回のお客さんだね。素材はどうしようか？　昆虫系の魔物の外殻か、爬虫類系か、それとも普通に動物系の革か。この街は素材が多く手に入るから、大抵の物は作れると思うよ」

俺には素材の特徴と価格が分からない。そのことを伝えると、マシンガンのように説明を始めた。

「そうだね。初めて買いに来たんだから知らないのは当たり前だね。うんうん、では説明するよ……」

それから十分ほど素材の説明が続いた。どうやら、とんでもなく話好きの人に捕まったようだ。

素材については分かり過ぎるほど分かったので、次は必要な防具の種類を確認しようと思ったが、リュファスに聞くと同じように長くなりそうなので、リディとベアトリスの意見を聞くことにした。

二人とも一度フルセットを揃えてみた方がいいという意見で一致したので、俺はそのまま伝えた。

「ヘルメットから脛当てまでのフルセットで。素材は一般的なものでお願いします」

俺が普通の動物系の革を選んだ理由は簡単だ。値段がそれほど高くないこともあるが、一般的な革鎧から慣れていけば、手入れの仕方なども覚えられるし、独り立ちする時に役に立つ。

そして、何より悪目立ちしない。

ただでさえ俺は目立っている。旧市街では学院の首席で、あのラスペード教授のお気に入りだ。ここ新市街でも、今までパーティを組まなかったベアトリスが俺とパーティを組んだことが大きな話題になっている。更にリディという絶世の美女が常に傍らにいることから結構目立っているのだ。

「それだと五百から二千クローナの間になるけど、どのくらいのものにする？」

俺は奮発して、二千クローナの物にした。

「了解。採寸してパーツを組合せるだけだから、三日ほどで終わるよ。色はどうする？　今あるものでよければ時間は掛からないけど、染め直すと十日ほど掛かるよ」

色に拘《こだわ》りはないし、周りを見ても飴色の物がほとんどだからと、「あるものでお願いします」とあまり考えずに答えた。

俺は工房に連れて行かれ、採寸された。腕の可動範囲をどうするかとか、膝の裏や足首はどうするかなど細かい聞き取りを終え、ようやく解放される。

その間、リディたちは店の中でシャロンの防具を見ていたようだ。防具と言ってもマントとかローブとかの魔術師が使うものだ。さすがに魔術師ギルドのお膝元だけあって、品揃えは豊富だ。

驚いたことに、マントやローブには魔法が付加されたものがあり、良い物だとちょっとした革鎧並の防御力があるそうだ。

シャロンの安全のためにと一つ買おうとした。しかし、その値段を見て彼女の顔面が蒼白になる。

安い物でも二千クローナ。高い物なら十万クローナ、日本円で一億円もしたのだ。普通の革のマントが高くても二百クローナくらいだから、シャロンが驚くのも無理はない。

さすがに一億円の物には手が出ないが、安い二百万円のものなら手が出せる。

「これを買おうか。木属性の魔法が付加されて防刃性が上がっているって書いてあるし」

シャロンは「こんな高価な物は買えません」と泣きそうな声で断るが、「俺がプレゼントするから」と言って強引に買うことにした。

それを見ていたベアトリスが「自分の物はケチるのにね」と呆れていた。

「当たり前だろう。俺は男だからいいが、シャロンは女の子なんだ。体に傷がついたらどうするんだ」

それを聞いたリディがニヤニヤしながら話に加わってきた。

「なら、私にもプレゼントしてほしいわ」

「リディは革鎧を着けているからいいだろう」

「あら、私に傷がついてもいいの」と泣き真似をする。

俺は遊んでいるリディを放っておいて、シャロンのマントを選んでいく。

リュファスの代わりに戻ってきたラシェルに質問していく。

「色はここにあるだけですか？　大きさの調整は？　同じくらいの値段で別の効果のあるものは……」

「自分のを選ぶ時より真剣じゃないか」とベアトリスが呆れている。

結局、森の中で目立たない濃いモスグリーンのマントを二千五百クローナで購入した。

マントの長さも折り返すことで簡単に調整できるとのことで、長く使えることも〝買い〟の理由だった。

シャロンは涙目になり、「自分だけこんな高い物を……」と呟いていたので、強引に手渡した後、「今度、村に帰るときにメルやダンのも買って土産にしよう」と耳元で囁《ささや》く。すると、すぐに笑顔になり、「はい！　ありがとうございました」と言って嬉しそうに抱えていた。

横で聞いていたリディが「あら、私たちにはないわけ？」と真剣な顔で言ってきたので、今度買ってやるといって、その場を収めた。


三日後、朝一番でリュファスの店に取りに行く。

フルセットということで、兜《ヘルメット》、胴鎧《キュイラス》、腰当《スカート》、肩当《スパールダー》、上腕甲《リアブレイス》、肘当《クーター》、籠手《ガントレット》、大腿甲《キュイス》、膝当《ポレイン》、脛当《グリーブ》を買ったのだが、出てきた革鎧を見て、俺は言葉を失った。

俺が頼んだのは一般的な革鎧で牛か馬の皮を加工したもので、茶色い飴色の物のはずだった。だが、俺の目の前にある革鎧は黒で統一され、表面が黒曜石のように輝いた禍々しい物だった。

（魔王の鎧じゃないんだから、この色はないだろう。黒塗りの高級車のボディの色が近いな……しかし、この硬質な感じは金属か？　叩くと音はプラスチック系、そう、アクリルに近い感じだ。でも、こんなに目立つ鎧はどうよ……）

俺は唖然としたまま、それを見ていたが、横で笑みを浮かべているリュファスに苦情を言った。

「俺が頼んだ物と違うんですが。俺が頼んだのは一般的な革を使ったものだったはずです。これはどう見ても違いますよね？」

彼はニコニコと笑いながら、

「いやいや、一般的な牛の革を使っているよ。処理はちょっと特殊だけどね。もちろん予算内で抑えているよ」

詳しく聞いて見ると、革自体は一般的な牛革で、色は黒が余っていたからだそうだが、ラシェルが表面に木属性魔法で撥水《はっすい》加工を施したら、思った以上に光沢が出たそうで、面白いからと言って調子に乗り、硬化と撥水を重ね掛けして輝きを上げたそうだ。

「余分に掛けた魔法の分はサービスだから、気にしないでいいよ」

俺はその言葉で脱力し、

「いや、そういうことじゃないんだが」と素の言葉でしゃべってしまった。

「そういうしゃべり方もできるんだ。ここは気を使わなくてもいいから、普通にしゃべってくれればいいよ」

「はあ」と気の抜けた声で答える。

「ああ、これも渡しておくよ。ラシェルがこれも一緒にってうるさいんでね」と言って、黒く染められたウールのアンダーウエアと同じ色の黒い革のズボンを手渡してきた。

俺がそれを持って呆けていると、リディとベアトリスが早く着てみろとせっつく。

鎧の着け方を知らないというと、二人掛かりで楽しそうに着せていく。俺は成すがままに手や足を動かし、十分ほどで鎧を装着した。

リディたち三人は似合う似合うと言って楽しそうにしているが、姿見の鏡がないため、俺にはどう見えているのかはよく分からない。だが、ヘルメットや脛当を見る限り、力の暗黒面に落ちた某騎士に見える気がしていた。

（黒いマントにフェイスマスクをして光のサーベルでも持ったら、完全に暗黒卿だな。黒いマントじゃなくて良かった……）

そんなことを考えていたら、奥からラシェルが現れた。

「よく似合っているわね。そうそう、これもプレゼントよ」

そう言って、漆黒に染められたマントを手渡してきた。

俺が手に持ったまま着ようとしなかったため、ラシェルが強引に着せてくる。

「うん。思った通りね。これで完璧よ」

何が完璧なのかは分からないが、満足げに何度も頷いている。

要望通りかどうかは別として、俺の注文と異なるところはない。当然返品はできないが、どうにも釈然としなかった。

「マントにも防刃と防水の処理がされているし、結構いいものよ。手入れはいつでも言ってね」

後日聞いたところでは、ラシェルが俺に興味を持ちベアトリスにいろいろ聞いたそうだ。そして、闇属性も使える魔道剣術士と聞いて、遊び心を刺激されたのだとか。その分、性能は倍の値段の物よりいいそうだ。

試しに動いてみると、やはり最初は動き辛かった。

今まで伸縮性のある革のジャケットだったため、引っかかりのようなものは全くなかったが、肩や肘、膝をカバーする防具が動きを阻害する感じで、回避するときにしゃがもうとすると胴鎧が邪魔になる。

しかし、それもベアトリス相手に訓練を行うことで、ほとんど違和感なく動けるようになった。雨の日にギルドの訓練場で訓練をした結果、十一月の終わり頃には以前と同じ動きができるようになっていた。

確かに性能はいい。しかし、この装備には呪いが掛けられていた。

着けるたびに精神にダメージを与えるという呪いが。

その装備をつけて訓練場に行くと、必ず注目され、ひそひそと話す声が聞こえるようになった。しばらくして、〝真闇の小魔剣士《ダークネス・リトルソードウィザード》〟と呼ばれていることを知った。

初めて聞いた時、「なんだよ、それ……」と絶句したことをはっきりと覚えている。

その厨二的な〝二つ名〟は、純真な少年から程遠い俺の精神に大きなダメージを与えたのだ。初めてそのことを知った日の夜、俺はベッドの中で数時間悶え苦しんだ。

三　新しい家族

十二月三十日。この世界の大晦日、つまりトリア暦三〇一二年の最後の日だ。

変な二つ名がついてしまったが、俺たちは順調に魔物を狩り続け、六級冒険者となった。

ステータス、スキルは順調に上がっている。

十一月に例の防具を手に入れてから、グールやオークといった人型の魔物を中心に相手にしたため、剣術などの近接戦闘用スキルの向上が目覚ましい。今の剣術士レベルは二十二、剣術スキルが二十七。スキルだけなら六級傭兵、つまり一人前の傭兵と肩を並べるまでになっている。

魔法の方も順調だ。得意の風属性が二十七になり、ベテランクラスの魔術師に匹敵する。

ラスモア村を出てから半年で上がったレベルは剣術士が六、魔法が四だ。

ベアトリスに言わせると信じられない速さだそうだ。常識的にはレベル二十を超えると、半年で一つか二つ上がればいい方らしい。もっとも剣術については、キャラクター設定で三倍の成長速度になっているから、俺に違和感はない。

魔法と同時に剣術のレベルを上げていることになるが、通常の剣術士の三倍の速度で上がっているのは努力の結果と考えている。しかしシャロンの成長を見る限り、まだまだ伸び代はあると思ってしまう。

シャロンは風属性レベルを二十二に上げ、更に火属性レベルも二十一になっている。魔力総量が俺より少ないはずなのに、レベル上昇が大きいのは彼女の努力の賜物だろう。

ちなみに、ラスモア村のメルとダンも順調にレベルアップしていると手紙に書いてあった。具体的な数字は教えてくれないので、来年の夏、俺たちが帰ったときに驚かすつもりなのだろう。

学院のほうだが、相変わらず五日に二日のペースでラスペード教授の指導を受けている。

その結果もあって、メインの風属性以外のレベルの上がりが早い気がする。

今日は大晦日ということで森にも訓練にも行っていない。家ではシャロンが楽しそうに料理をし、リディとベアトリスが酒やパンなどを買いに行っている。

俺は風呂当番だ。元々俺が一番の風呂好きだったが、今では三人とも俺以上に風呂好きになっている。特にベアトリスは完全に風呂に魅了されていた。風呂上りの一杯が大きな影響を与えていることは間違いない。

全員が風呂に入り、食事の準備も終わった。

全員で神へ感謝して乾杯をする。

俺は僅かな時間、今年は激動の年だったと物思いに耽《ふけ》った。

今年に入ってから学院に入る決意をし、従士であるニコラスに頼んで学院の入学資格を調べてもらい、五月の誕生日に受験することを家族に告げた。

初めての旅もした。

多くの人にも出会った。

バイロン……一緒に旅した傭兵、バイロン・シードルフ……。

キトリーさん……リディの旧友のキトリー・エルバイン教授……。

ラスペード先生、ワーグマン議員……。

そして、ベアトリス。

別れもあった。

ラスモア村のメルやダン、ニコラスや従士たち、そして家族。

初めて死を覚悟した。

少し感傷的になっていたのか、リディが声を掛けてくるまで三人が俺を見ているのに気づかなかった。

「また、何か考えていたのね。でも、まずは食事を楽しみましょう」

それに頷き、シャロンの作った料理を味わっていく。

シャロンの料理の腕は、ここに来た当時に比べ大きく上達していた。近所の奥さんたちに料理を教えてもらっているそうで、時々ラスモア村にはない料理も出ることがある。

「メキメキ腕を上げているよ。本当に美味い」

俺がそう言うとリディやベアトリスも同じように褒め、シャロンは「ありがとうございます」と赤くなりながら、うれしそうに笑っている。

食事も終わり、片づけを終えると、暖炉の前でのんびりとした時間を過ごしていく。

ガタン、という暖炉の薪《まき》が崩れる音だけが部屋に響く。

リディが徐《おもむろ》に「相談があるの」と話し始めた。

「ベアトリスのことよ」というと、ベアトリスはビクッという感じでリディの方を見る。

「出会ってから、もう三ヶ月くらい。そろそろ、ここに住んでもいいんじゃないかと思うの。あなたもここがいいんでしょ？」

問い掛けられたベアトリスは一瞬固まり、「ああ」とだけ答えた。

「多分、私に気を使ってくれてるんだろうと思って……シャロンはどう？」

「私は大賛成です」

リディはそれに笑顔で頷き返し、

「じゃ、これで決まりね。今日は元々泊まっていく予定だったけど、明日以降もここで住むことでいいわね」とベアトリスに確認する。

「俺の意見は聞かないのか？」と冗談っぽく言うと、リディはクスクスと笑いながら、

「あなたが断るわけないでしょ。私が人付き合いが苦手だから、言い出さなかったんでしょ？」

確かにその通りだ。

俺が大怪我をした十一月に言おうかと考えたが、あの時は出会ってから、まだ一ヶ月だった。リディの対人恐怖症を考えると、半年は様子を見ないと無理だろうと思い、春になったら切り出すつもりでいた。

もう一つ心配だったことがある。ベアトリス本人のことだ。

彼女は十五年ほど冒険者をやっており宿住まいが長い。逆に言えば、こういった住宅地に住んだことがなく、何となくやりにくいのではないかと思っていた。彼女自身、小さい子供に怖がられていると思い込んでおり、隣のノヴェロ家に三人の小さな娘がいることを気にしていたのだ。

この辺りは近所付き合いが比較的濃い地区で、両隣とは頻繁《ひんぱん》に交流している。俺たちが獲ってきた魔物の肉を分けたり、逆にたくさん作ったからと言って料理を分けてもらったり……近所の人たちも幼いシャロンが主婦代わりなのが心配なのだろう。

そんな関係を崩したくないと、ベアトリスが思ってもおかしくはない。

「もちろん、俺が反対する理由はない。大歓迎なんだが、ベアトリスは本当にいいのか？　一人の方が気が楽とかもあるだろうし……リディが先走っているなら、遠慮なく言ってくれ」

ベアトリスは小さく首を横に振り、「そんなことはない」と、彼女にしては珍しく消え入るような小さな声で言った。そして俺たち三人を見ながら、

「本当にいいのか？　あたしはあんたたちの邪魔はしたくないんだ。あんたたちは出会って六年以上なんだろう？　あたしはまだ三ヶ月も経っていない。そんなあたしが……」

「時間は関係ないだろう。命を預けあっているんだ。そんなことは気にしなくていい」

俺は彼女の言葉を遮《さえぎ》り、そう言った後、「じゃあ決まりだな」と言って、飲み物を手に取る。

「乾杯しよう。新しい家族のために」

三人も俺に唱和した。

そして、トリア暦三〇一三年の年が明けた。

昨夜、ベアトリスが一緒に住むことが決まり、結局夜遅くまで起きていた。眠い目を擦《こす》りながらも、毎日の日課の鍛錬に向かう。

まだ薄暗い午前六時。いつものように小さな裏庭に行き、剣を振る。三十分ほど剣を振り続けていると、徐々に体が熱くなり、汗が噴き出してくる。

いつもなら、この時間になるとシャロンが起き出し朝食の準備を始め、気が向いたときにはリディが一緒に剣を振る。

今日は朝食の準備も遅くていいと言ってあるので、シャロンもまだ寝ているようだ。

俺はあることを考えながら、剣を振っていた。

(ベアトリスと一緒に暮らすことになった……俺の秘密を話すべきか。話すとしたら、どのタイミングか。俺としては今日にでも話しておきたい……家族やリディ、シャロンたちは抵抗なく受け入れてくれたが、彼女は受け入れてくれるのだろうか……)

俺が雑念だらけで剣を振っていると、知らない間にベアトリスが後ろに立っていた。

「朝から精が出るね。しかし、何を考えているんだい? あまり集中しているようには見えなかったが」

「ちょっと悩んでいることがあってな。いつもなら、剣を振っていると雑念は飛んでいくんだが……」

「あたしのことかい?」

ベアトリスの言葉に、俺は素振りを止めて振り返った。

「あたしのことで悩んでいるのなら、隠さずに言ってほしいんだ」

真剣な表情でそう言われ、俺はどう答えようか悩んだ。

「分かった。後で話すよ。リディやシャロンのいる時に」

俺がそう言うと、ベアトリスは黙って槍を取り出し、俺の横で同じように素振りを始めた。

シャロンが起き、朝食のいい香りが漂ってきたところで素振りをやめる。浴室に行き、シャワーで汗を流す。ベアトリスにも「まだ湯があるから使っていいぞ」と言って、俺は着替えにいく。のんびりとリビングの椅子に座っていると、

「新年の朝から気持ちがいいわ」と湯気の上がる髪を拭きながら、ベアトリスがリビングを通っていく。

その頃になるとリディも眠そうな顔で降りてくる。

昨日の残りと朝食用に温めたパンが食卓に並び、いつもより豪華な朝食が始まった。食べ始めた後、俺は先ほど考えていたことを切り出した。

「ベアトリスに聞いてほしい話がある。リディもシャロンも知っている俺の秘密についてだ」

リディはパンをちぎる手を止め、シャロンは驚いたのか、カタンと音を立ててカップをテーブルに置いた。

リディの目が〝話すのね〟と言っていたので、俺は小さく頷く。

「俺には家族と信頼できる極一部の者しか知らない秘密がある」

そう切り出してから、ゆっくりと話し始めた。

俺が生まれる前の記憶を持っていること。それが別の世界であること。神の遣わす者を導くよう神に言われたこと。そして、神が危険視する者と戦わなくてはならないかもしれないこと。

何の感情も込めず、事実として淡々と話していく。

ベアトリスは真剣な表情で聞いているが、時折、小さく首を振ったり、目を見開いたりしていた。

そして、話が終わった。

食卓ではコトリとも音がせず、誰も何も言わない。四人の息遣いと暖炉の薪がパチパチと爆ぜる音だけが聞こえている。

どのくらい沈黙していたのか分からないが、ベアトリスが掠れた声で話し始めた。

「……冗談を言っているわけじゃないのは分かる。だが、冗談であってほしいと思ってしまうよ……でも分かる気がするよ。あんたの心が大人だっていうのは、初めて会った時から感じていたからね……済まないね。話が大き過ぎて、あたしの頭じゃついていけないよ……」

そう言って、彼女は下を向き、テーブルを見つめていた。

「一緒に住む話はなかったことにしてもいい。ただ一つだけ頼みがある。このことは誰にも言わないでほしい。まあ、言っても誰も信じないと思うが」

ベアトリスは何も言わず黙っている。俺はその沈黙を、俺に対する不気味さから来ているものだと思っていた。

「無理をする必要はない。この子供の体に君の父親くらいの心が入っているんだ。気味が悪いと思っても仕方はない」

「違う！」とベアトリスは鋭く言い、真剣な表情で俺の誤解を解こうとした。

「そんなことは思っていない！　ただ、神々の話なんて……御伽噺《おとぎばなし》でしか出てこない話だろ。そんな話に、はい、そうですねって言えるわけないだろう……でも、あんたの魂が年上だっていうのは納得しているよ。ようやく納得できたって感じかね……」

今まで黙っていたリディが静かに話し始めた。

「あなたがそう思うのはおかしくはないわよ。私だって初めて聞いたとき驚いたんだから。でも、あなたはまだマシよ。私はこの子が四歳の時に知ったのよ。私の膝にちょこん、って乗るくらいの時だったの」

ベアトリスは黙ってリディの話を聞いている。

「でも話してみたら、すぐに納得したわ。だって、子供の話し方じゃないんだもの。あなたもそこは納得しているんでしょ？」

ベアトリスは「ああ」と頷く。

「私も正直言って、ザックの使命っていうのがよく分からないの。この人が嘘《うそ》を吐くとも思わないし、吐く理由もないんだけど……でも、そんなこと、どうでもいいのよ、私には」

「どうでもいい？　大事なことだろう」

「そう？　私はザックと、この人と一緒にいられるなら、そんなことどうでもいいわ。もし、この人がそれで危険になるなら、私が身代わりになってでも助ければいい。でも、今は考えても答えは出ないし、私が考えるより、この人が考え、することを助ける方が確かなのよ。だから、今はこの人と一緒にいられれば、他はどうでもいいの」

ベアトリスは笑顔で頷く。

「そうだな。確かに頭の悪いあたしが考えるより、ザックが考えた方がいいに決まっている。あたしに今できることは、この子を守ってやるくらいだな」

リディの考えはベアトリスに理解されたようだ。

突然、リディは俺に向かって話し始めた。

「迎え入れるんだから、覚悟はできているのよね？」

「覚悟？　ベアトリスが裏切るとでも言いたいのか？」

リディは「違うわよ」と不機嫌そうに言い、

「この子があなたを裏切るわけないじゃない。あなたもそれは分かっているんでしょ。私が言いたい覚悟っていうのは、この子の想いに応える覚悟のことよ。言っていることは分かっているんでしょ」

ベアトリスが真っ赤な顔をして、「お、おい……何を言い出すんだ」と狼狽する。リディはそれを無視して俺を見詰めていた。俺はどう答えていいのか困った。

「ああ、分かるつもりだが……だが、シャロンの前でする話じゃないだろう」

リディはニコリと笑い、

「もうシャロンも理解できる年よ。それにこの子にも関係ある話なんだから。その上でもう一度聞くわ。ベアトリスの想いに応える覚悟はあるの？」

「それは……」と言葉を濁《にご》す。

「あなたは私のことを考えてくれているんでしょうけど、ベアトリスもシャロンも、ここにはいないけどメルもあなたのことを想っているの。想いを受け入れるつもりもないのに、迎え入れるのは残酷なことなのよ。それを自覚している？」

ベアトリスとシャロンが真っ赤な顔をして俯く。

「ベアトリスは何も言っていないじゃないか」と弱々しく反論する。だが、リディはすました顔で、

「そう？　じゃ聞いてみる？」とベアトリスの方を向いた。

「あなたはどう思っているの？　この人のことを」

ベアトリスは更に顔を赤らめながら、「そ、そんなこと……」と黙ってしまう。

「結構初心《うぶ》なのね。でも、言わないと始まらないわよ。それとも最初から諦める？」

ベアトリスはリディの挑発に顔を上げた。

「あたしは……確かにザックに魅かれているよ。今日の話を聞いて、理由も分かったしな。だからって、急にそんな話になるのは……」

「まあいいわ。分かったでしょ」と俺の方を向いた。

俺にもリディの言いたいことは分かっている。だが、俺には四人の女性を愛するなんて器用なことはできない。俺が返答に困っているとリディが先に口を開いた。

「私のことは気にしなくていいわ。ベアトリスに負けるつもりもないし、シャロンやメルにもね。なぜ、私がこんなことを言うのか分かる？」

俺は首を横に振った。

「私はこの子たちが好きなのよ。だから、悲しむ姿は見たくないわ。それに今の関係を壊したくないの。多分、すぐには壊れないと思うわ。でも、あなたがこの子の想いに応えなければ、この子は去っていくはず。私ならそうするから」

「だからって……こんなこと言いだすのは……」

「あなたもこの子たちに魅力は感じているんでしょ？　なら、自分に素直になればいいじゃない。あなたがこの子たちのことをなんとも思っていないなら、私だってこんなことは言わないわ」

俺は呆れながら、

「自分の言っている意味が分かっているのか？　こういうことを言う女のことを〝都合のいい女〟って言うんだぞ。男にとって都合がいいからな……」

「あら、そんなことはないわよ。私は〝あなたの一番〟を譲る気はないし……まあいいわ。今すぐ結論を出さないってことは目があるってことね。ベアトリスもそう思っておきなさい」

リディはそう言った後、「さて、さっさと朝食を食べて街に行きましょう」と勝手に話を切り上げた。

正直なところ、リディの言っていることが理解できない。

普通は愛する相手の愛情を独占しようとするはずだ。だが、彼女は他の相手がいてもいいと言う。

（理解できない……俺に対する愛情が無くなったのか？　いや、そんなことはないはずだ。だったらどうして……）

その後、すっかり冷めた朝食を食べ、新年を祝う街に出ていった。だが、俺とベアトリスとシャロンの三人は微妙な空気に支配され、ぎこちない会話に終始した。

四　帰郷

六月になりドクトゥス周辺の森は、若葉の鮮やかな翡翠《ひすい》色から濃い緑色に変わりつつある。

冬の間も順調に魔物狩りを続け、剣術士レベルは二十六に上がり、剣術スキルレベルは三十になった。魔法もよく使う風属性がレベル三十に上がっている。

剣術のスキルが順調に上がっているのは、ベテラン剣術士ジェラルドに稽古をつけてもらっていることが大きい。彼は二級冒険者で年明けに一緒に依頼を受けてから付き合うようになった。

もっとも雨や雪の日など、彼が魔物狩りに行かない時に稽古をつけてもらっているため、月に数回程度しか稽古をつけてもらっていない。しかし、単なる高レベルの剣術士というだけでなく、意外に人に教えるのがうまい。俺と同じバスタードソードを使っていることもあって、剣術スキルが順調に上がっているのだろう。最近では何度か山に行っており、まだまだ上がりそうな感じだ。

学業の方はもっと順調だ。五月下旬にあった期末試験だが、筆記試験は相変わらず簡単なもので、俺もシャロンも満点だった。

そして、成績を決める最も重要な実技だが、試験官を務めたラスペード教授から俺が首席、シャロンが次席だとその場で言われていた。

試験が終わるとティリア魔術学院は補習の時間に当てられる。実技や座学の成績で合格点に達しなかった者が、進級の条件をクリアするため補習を行うのだ。俺たちに補習は必要ないから、その期間はいつも以上に森に行って経験を積んでいる。

六月二十九日はティリア魔術学院の卒業式だ。卒業式が終わると、そのまま終業式が行われる。終業式は日本の小中学校と同じような感じで、休みの間の注意などがあるだけだ。

終業式終了後、教室で成績表が配られる。成績の下位の者が緊張していることが手に取るように分かる。彼らはこの一組であるエリートクラスから、一般クラスである二組から五組のいずれかに移る可能性があるからだ。

成績表には学年順位が記されるので、結果は一目瞭然だ。自分の順位が四十位以内でなければ、別のクラスに移ることになる。

とりあえず、席次順に手渡されていく。

「ミスター・ロックハート」と俺の名を呼び、俺は担任のベネットのところに向かう。

「君がこの二百八十一期の首席だ。これからも頑張りたまえ」

そう言って筒状に丸められた成績表を手渡してきた。以前はあれほど敵視していた彼も今では普通に接している。俺は礼を言って自分の席に戻る。

次にシャロンにも成績表が手渡された。既に分かっていたはずだが、彼女は未だに自分が次席であることに慣れておらず、困惑の表情をして、「本当に次席なんですか……本当に……」と呟いていた。

その後、次々と成績表が手渡されていく。そして、三十五番目くらいに渡された生徒が成績表を開いた瞬間、泣き崩れた。どうやら、四十位以内を確保できなかったらしい。

後ろを見ると、更に二人ほど涙を浮かべており、最低三人は入れ替わるようだ。

（悔しいんだろうな。この制度は成績の底上げに有効だとは思うが、この年でこういう競争社会を経験するのは酷なような気がする……それを言ったら元の世界でも同じか）

ベネットから簡単な挨拶があり、それで解散となった。

俺たちは明日、故郷ラスモア村に向けて出発するつもりでいる。

リディやベアトリスは、明後日の夏至《げし》祭を楽しんでからでもいいのでは？　と言ってくれたが、少しでも早く故郷に帰りたかった。

シャロンも同じ気持ちのようで、結局、明日出発することで落ち着いた。

行きには彼女の父ガイ・ジェークスが護衛についてくれたが、今回は従士の護衛を断っている。俺たちも十分に強くなったことと、三級冒険者のベアトリスも同行するため、不要だと判断した。

卒業式と終業式があったものの、まだ午前中であり明日の出発の準備を行っていく。と言っても、既に村への土産は買ってあり、住んでいる家の管理を不動産屋のマクラウドに頼みに行くくらいだ。

土産は本や魔道具、調味料などの実用品が多い。メルとダンへの土産はリュファスの店のマントだ。

このマントだが、メルとダンの分を買う時に、リディとベアトリスの分も買っている。俺がシャロンのマントを買う時に〝買ってやる〟と言ったのをリディがしっかり覚えていたのだ。

結局四着で一万クローナ、約一千万円もの大買い物になったが、魔物を狩って儲けた金で賄《まかな》えたので問題はない。

このマントなのだが、少し工夫というか遊びを入れている。それはダン用に迷彩柄のウッドランドパターンにしてもらったことだ。軽い感覚で頼んだのだが、それを見たベアトリスが大層気に入り、彼女の分も迷彩柄にすることになった。

そこで、更に俺の遊び心に火がついた。王虎族のベアトリス用にと、タイガーストライプの物を作ってもらったのだ。

そこまでは良かったのだが、革防具の職人であるリュファスたちが、このパターンをいたく気に入ったようで、標準デザインとして使いたいと言ってきた。そのうち、迷彩柄の革鎧もできるかもしれないが、どうもファンタジーな世界にはそぐわないような気がする。

ちなみにリディはシャロンと同じ濃いモスグリーン、メル用のものは赤みの掛かったこげ茶色の物にした。俺のマントも新調しようかと思ったが、まだ充分使えるし、周りの反対の声が大きく、買い換えていない。つまり、未だに暗黒卿のコスチュームということだ。


翌六月三十日の朝、両隣のノヴェロ家とリトリフ家に挨拶して出発する。

初夏の爽やかな朝で、出発にはもってこいの天気だ。俺たちはアウレラ街道を東に馬を進めた。

明日七月一日は夏至祭が行われる。この辺りで一番の街はドクトゥスであるため、昨日から街には人が溢れているが、祭を前に街から出発する人は少なく、街道は空いていた。

その後も初夏の晴天が続き、大きなトラブルも無かったため、ペリクリトルに僅か四日で到着した。

以前利用した〝荒鷲の巣〟亭に泊まることにしていたが、少しだけ寄り道をする。昨年一緒に旅をした傭兵、バイロン・シードルフを訪ねたのだ。彼が使っている宿で聞いてみたが、彼は不在だった。商隊の護衛をしている傭兵がいないのは、それほどおかしな話ではないが、更に詳しく聞いてみると、半年くらい前からペリクリトルにはいないようで、どこかに仕官したとの話だった。

父から届いた手紙に新しい従士が入ったとあったが、俺が帰った時に紹介するつもりなのか、その手紙には従士の名前が書かれていなかった。

バイロンがどこかに仕官したという話と、父の手紙の内容と合わせて考えると、彼は無事、ロックハート家に仕官できたのだろう。

これで帰る楽しみが一つ増えたと思いながら、荒鷲の巣亭に向かった。

午後六時くらいに宿に入ったため、夕食時間に被ったが、俺が来たということで調理人でもある主人のヨアンが顔を出してくれた。

「元気そうでなによりだ。今は忙しいが、あと二時間もしたら落ち着くから待ってな」

そう言って厨房《ちゅうぼう》に戻っていく。それを見たベアトリスが、「料理人に知り合いがいるのか？」と不思議そうな顔でシャロンに聞いていた。

部屋に荷物を置き馬の世話を終える頃には、茜色に染まっていた空が藍色に変わり始めていた。

食事は前回と同様に肉と魚からメイン料理を選ぶことができた。

既に夕食には遅い時間なのになぜ選べるのかと不思議に思っていたら、女将のミラが理由を教えてくれた。

「うちの人があなたたちに、って取っておいたのよ。何なら両方でもいいわよ」

俺は折角なので両方もらい、ベアトリスも同じように両方頼む。リディとシャロンは魚をメインにし、久しぶりに本格的な料理を楽しむことにした。

魚料理はイワナのポワレだ。鮭か鱒《ます》かと思うほど大きな切り身がカリッと焼かれ、食欲をそそるバターと魚の油が焼けた良い香りが漂う。そして、フレッシュな香草が上に載せられ、爽やかな香りと風味を加えている。

相変わらず美味いなと思いながら、溶けたバターにパンを浸す。水を片手に持ちながら、これが白ワインならと考えていた。

（本当に良い香りだ。鱒よりこっちの方が繊細な味がして好きなんだよな。これにほんの少しだけ柑橘の香りがあれば完璧だな……これには白ワイン。それもフレッシュなソーヴィニオン・ブラン。それともちょっと酸味が強いシャンパーニュか……）

魚料理を食べ終わる頃、肉料理が出てきた。

今日の肉料理は牛頬肉の煮込みだ。赤ワインでじっくりと煮込まれており、セロリやローリエの他に、仄《ほの》かにクローブのようなスパイスの香りがする。

（これだと赤ワインが飲みたくなるな。シラーか、それとも南米辺りの濃い目のマルベックが合いそうだな。それとも少し奮発して、ボルドーのカベルネの良い奴か……）

頭の中で妄想しながら、水を飲んでいく。

十代の飲酒は脳や身体の成長を妨げると聞いたことがあり、ほとんど飲んでいないし、飲んでもすぐに解毒の魔法でアルコールを抜くようにしている。

（子供の体で一番辛いのはやはり酒だな。特にリディとベアトリスがうまそうに飲んでいるのを見ると、禁酒するのをやめようかと思ってしまう……）

そう思いながらも、いつものようにリディやベアトリスの酒を何度も冷やしていく。

食事を終えると、厨房からヨアンがやってきた。

エプロンを外しながら、「どうだ？　ドクトゥスは」と言って歩いてきた。俺が「楽しくやっているよ」と答えると笑顔で頷いている。

俺の横に座るベアトリスに気づき、「そういや、こっちの姐さんは初めて見る顔だな。俺はヨアンだ」と軽く挨拶をする。

「ベアトリスだ。うまい飯だったよ」とベアトリスも笑顔で応えた。

ヨアンは彼女に笑顔で頷きながら椅子に座り、

「ところで例の〝スコッチ〟だが、ようやく入るようになったぞ」

俺はようやくという言葉を聞き、結構時間が掛かったのだなと思った。

「割とすんなり行くと思っていたんだが？　何かあったのか？」

「何でも去年の夏頃からアルスのドワーフたちの買う量が増えたんだそうだ。ノートン商会のヘンリーに交渉してもらって、何とか二ヶ月に一回売ってもらう約束を取り付けたんだが、あっという間に、この辺りのドワーフに売れちまう。なあ、お前の力で何とかならんか？」

アルスでの消費量が増えて、他への供給が難しくなったらしい。

しかし、スコッチは熟成期間が必要だから、すぐには供給量を増やせない。俺の計画に沿って、三年で出す一般品と十年以上寝かす高級品を同量生産しているが、長期熟成用は今のところどれだけ人気が出ても売りに出す気はない。これは領主であり、蒸留所のオーナーである父も了承していることだ。

ヨアンの話ではアルスで評判のスコッチが飲めると、ペリクリトルにいるドワーフたちが入荷と共に押し寄せ、あっという間に飲み切ってしまうそうだ。

三ヶ月前に初めて入れた時には、この値段で売れるのかと心配していたそうだが、どこで聞きつけてきたのか、入ったその日に数十人のドワーフが現れ、百リットルを超えるスコッチを一晩で空けてしまった。

次に入ったのは先月で、宣伝もしていないのに、どこからともなくドワーフたちが現れ、宿泊客の食事の場所がなくなるほどだった。そのため、急遽《きゅうきょ》裏庭にテーブルと椅子を出し、臨時の酒場を作ったそうだ。案の定、その日も僅か二時間で無くなっている。

「済まんが倍の値段を出してもいい。いや、三倍出してもいいんだ。十日に一樽くらい回してもらえないか？　夕方になるとドワーフどもがうるさいんだよ。いつ入るんだってな」

俺は軽く頭を振りながら、ドワーフという種族を舐めていたと反省する。

ここペリクリトルには数百人のドワーフがいる。腕のいい鍛冶師も多いし、冒険者も一流の者が多い。つまり高所得者が多いということなのだが、この値段の酒があっという間になくなるというのが信じられない。更にどういうわけか、スコッチが入る日に押し寄せるという。それが不思議で仕方なかった。

（それにしても酒の匂いでも感じるのか？　ベルトラムは酒の匂いなら一キロ先からでも分かると豪語していたな。法螺《ほら》だと思っていたが、案外、この世界のドワーフが持つ固有能力なのかもしれないな……だが、今のところ打つ手が無いぞ……）

俺はヨアンに頭を下げる。

「悪いが今は約束できない。できるだけ手は打ってみるが、あれは造るのに三年は掛かるんだ。今から手を打っても早くて三年後だ」

ヨアンはがっくりと肩を落とし、

「三年か……それまであのドワーフの相手をしなきゃならんのか……」と呟いていた。

その呟きを聞き、なぜか厨房の方から視線を感じた。俺が厨房の方に視線を向けると、酒を求め、幽鬼のように厨房を覗くドワーフたちの姿を見たような気がした。

翌日の七月四日。ここペリクリトルからアルス街道を南下していく。ペリクリトルの南門を抜け、アルス街道に入る。出発から五日経つが天候は安定しており、夏の青空と白い雲が眩しい。

そんな中、俺は黒尽くめの格好だ。

暑いことは暑いのだが、思ったほどではない。もちろん冬と違い、インナーは薄手の麻の物――リディが買ってきた物だが、なぜかこれも黒い――で通気性が良いことと、鎧を作ったリュファスの腕が良いのか、思ったほどの暑さでなかったのは嬉しい誤算だ。

ただ、この夏空のもとで漆黒の装備というのはとても目立つ。

俺とすれ違う人は必ずと言っていいほど振り返るのだ。そして、〝この子は大丈夫なのか？〟とか、〝こういう格好にあこがれているんだな〟と痛い子を見る優しい目をしながら小さく頷いていく。

この辺りは緩やかな丘が連なる草原地帯だ。草原には真っ白な羊たちが草を食んでいるが、真っ黒な俺が通ると羊たちも草を食べるのを止め、見上げているような気がする。

そのことをリディに言うと、彼女は笑いながら、

「気のせいよ。羊はあなたのことなんか気にしないわよ。それにすれ違う人が見ているのは、その姿が似合っているから。もう八ヶ月以上もその姿なのよ。いい加減諦めたら」

我ながら諦めが悪いが、やはりコスプレという感じが消えない。最初に暗黒卿みたいだと思ったのがいけなかったのだろう。これを着けるたびに、あの低音のテーマ曲が頭に流れるのだ。

五　初体験

天候に恵まれたこともあり、帰郷の行程は順調で、七月六日に城塞都市ソーンブローに到着した。

宿を確保した後、冒険者ギルドと傭兵ギルドで情報収集を行う。両ギルドで情報を集めるが、特に気になる情報はなかった。つまり、いつも通り魔物と盗賊が出るということだ。

明日は往路でハーピーに襲われたアルス街道最大の難所・カルシュ峠を通過する。

今回はどこかの商隊に入るつもりはないが、単独で行動するつもりもない。商隊の前か後を付かず離れずという感じで進むつもりだ。

夜が明けるとファータス河の西に見えるポルタ山地に雲が掛かり、今日の夕方から雨になりそうだという話を聞いた。ただでさえ危険な峠で雨に打たれれば更に危険が増す。

ベアトリスたちと相談した結果、早めに出発した方がいいだろうということになり、商隊の前に位置し、峠を抜けたら単独で進むことにしている。

商隊は重量物を運ぶ荷馬車だ。峠に入ると荷馬車の速度は時速二、三キロメートルにまで落ちる。俺たちは何度も休憩をいれて、商隊の速度に合わせていた。

今回の商隊は荷馬車十輌の編成だ。夏至祭の直後に、多くの商隊がペリクリトルから出発したことから狭間のような感じになり、いつもより数が少ない。

当然護衛の数も少なく、全部で三十人ほどしかいない。一見したところ腕の立つ傭兵はおらず、バラバラの装備から〝数合わせ〟という印象を受けるほどだ。

そんな商隊でも同行者が多いということは安心感につながる。特に魔物は数が少ない旅人を狙うことが多い。御者を含めて五十人程度の商隊なら、ハーピーのような飛行型はともかく、オーククラスの魔物に対しては充分な抑止力を持つ。

午後一時頃、カルシュ峠の最も厳しいところに入った。大木が生い茂る深い森から、潅木《かんぼく》と背の高い草に植生が変わっていく。更に進むと岩がゴロゴロと転がる荒地になり、片側が切り立った崖になる。

（去年はこの辺りでハーピーに襲われたんだが……）

俺たちは周囲を警戒しながら、峠の頂上で商隊が追い付くのを待っていた。後ろから荷馬車のガラガラという音が聞こえ、商隊がゆっくりとした速度で坂道を登ってくる。

十輌の荷馬車が俺たちの後ろ五十メートルほどのところにいるという状況だ。

ここまでに何度か視線を感じたような気がしており、そのことを言うと、リディもベアトリスも同じように感じていたという。

崖を見上げながら、この逃げ場のない峠の頂上から早く抜け出したいと考えていると、リディの鋭い警告の声が峠に響く。

「見て！　武器を持った男たちよ！」

彼女の指差す方向を見ると、剣や槍、弓を持ったむさ苦しい男たちが現れた。その数は二十人強。

既に北行きの商隊とはすれ違っているから、商隊の護衛ということはあり得ない。つまり、盗賊の類《たぐい》だということだ。

ベアトリスが後ろにいる商隊に向かって「盗賊だ！」と叫び、その間に俺たちは馬を降りて武器を構える。

距離はおよそ五十メートル。峠の頂上は幅五メートル、高さ十メートルほどの切り立った崖に挟まれており、迎え撃つには絶好の場所だ。

リディもベアトリスも同じ意見なのか、この場所から動かず、前衛であるベアトリスが槍を構えて前に出る。

むさ苦しい男たちだが、盗賊と確定したわけではない。

「盗賊のようだがどうする？　先制攻撃を掛けてもいいなら魔法を撃ち込むが」

ベアトリスは凄みのある笑顔を浮かべ、「そうだね。一応聞いてやろうか」と言った後、

「それ以上近づいたら、こっちも黙っちゃいないよ！　邪魔だから消えな！」

ベアトリスの威勢のいい言葉に盗賊たちは下卑《げび》た笑いを浮かべ、そのまま歩いてくる。

「威勢のいいねえちゃんだ。後で存分に可愛がってやるから待ってな！」

「抵抗しても無駄だぜ！　この数には敵わねぇぞ。ひひひ……」

俺はその言葉を聞き、リディとシャロンに声をかけた。

「盗賊で決まりだな。魔法で先制攻撃を掛けるぞ。シャロンは手前側から炎の嵐《ファイアストーム》を頼む。奥に進むように調整してくれ。俺は逃げられないように後ろから手前に来るようにするから。リディは任せ

る」

シャロンは「はい」と言ってコクリと頷き、俺と共にファイアストームの呪文を唱え始めた。

リディは雪嵐《ブリザード》の呪文を唱えていく。俺たちのファイアストームの直後にブリザードを打ち込んで、生き残りに止めを刺すようだ。

盗賊の中にも魔法に詳しい者がいたようで、「魔法を使うぞ！　矢を放て！」と焦り気味に叫んだ。

数本の矢が飛んでくるが、峠の下からの撃ち上げということもあり、威力の弱い矢しか飛んで来ない。更に俺たちの前に立つベアトリスが槍を回転させるようにして、飛んでくる矢を次々と叩き落としていくため、避ける必要すらなかった。

その間に俺とシャロンのファイアストームが完成した。

盗賊たちは既に駆け出しており、二十メートルほどまで近づいている。シャロンがその目の前に炎の渦を出現させ、俺が彼らの真後ろに同じように炎の渦を作った。

ゴウ！　という燃焼音が響き、幅五メートルの道を炎の渦が壁となって盗賊たちの前後を塞ぐ。

そして二つの渦は前後からゆっくりと進み、盗賊たちを追い詰めていく。

盗賊たちは前後に現れた二本の炎の渦に驚き、思わず足を止めてしまった。そして、炎が自分たちに接近してくるのを見て、パニックに陥る。

盗賊たちは口々に「動いてくるぞ！　下がれ！」とか「後ろからも近づいてくるぞ！　邪魔だ！　どけ！」とか叫び、必死に逃げようとした。

しかし左右に逃げ道はない。二十人以上が狭い道にひしめき合い、右往左往するだけで行動が定まらない。混乱の中、一人の盗賊が無理やり味方を押しのけて逃げようとしたことから、数人が足を取られて転倒する。喚きながら立ち上がろうとするが、パニックに陥った盗賊たちは容易に立ち上がれなかった。

（無様だな。所詮《しょせん》盗賊ということか。じい様が指揮を執っていれば、これほど無様な動きはしない。いや、俺が指揮を執ってもここまで酷くはないな……）

その間にも炎の壁が接近していき、盗賊たちを炎に巻き込み始めた。

盗賊たちは口々に、「熱い！　助けてくれ！」と叫び、泣き叫ぶような悲鳴が狭い峠にこだまする。

阿鼻叫喚だった。衣服や革の防具が焼ける臭いが漂い始め、すぐに人の体が焼ける嫌な臭いも混じるようになる。三十秒ほどで炎は消えたが、十人以上が地面に倒れたまま動かなくなり、数人が痛みにのた打ち回っていた。運良く仲間が盾になり、軽い被害で済んだ者もいたようで、怒りの声を上げて立ち上がる。

盗賊たちが立ち上がった直後、リディのブリザードの魔法が放たれた。彼女の手からキラキラと煌《きらめ》く鋭利な氷の破片が道一杯に飛んでいく。

盗賊たちは下がろうとしたり、地面に伏せようとしたりするが、氷の破片はそんな行動に関係なく、次々と彼らを斬り刻む。

僅か一分半ほどで二十人以上いた盗賊は五人にまで減っていた。

その五人のうち三人は盾を装備していたことから、リディのブリザードの魔法でも致命的な傷を負わなかった。それでも顔や腕に火傷を負い、更に氷の破片に防具の隙間を切り裂かれており、決して無傷とは言えない。

残りの二人は頭目と副頭目なのか後方にいたようで、俺のファイアストームのダメージを受けずにいた。しかし、立っている五人に逃げる暇は与えない。

ベアトリスはリディの魔法が途切れた直後、その五人に向けて突撃していく。

俺も剣を引き抜き彼女に追従するが、あっという間に豪快な槍捌《さば》きで盾持ちの盗賊を仕留めていった。

俺が追い付いた頃には三人とも倒れており、彼女は更に先行していく。俺も彼女と共に後ろにいる頭目らしき男に向かっていく。

その頭目らしき男は俺とベアトリスが近づいていっても、呆然とした表情でブツブツと呟くだけだった。

「全滅⁉　二十人の手下が全滅⁉　さ……三分も経たずにか……女二人と子供二人に……手下が二十人も……ば、化け物か！」

どこかで聞いたような言葉を吐き出しているが、そんなことに構うはずもなく、ベアトリスは呆然と立ち尽くす頭目に鋭い突きを繰り出す。頭目はそれに対処することなく、無抵抗に槍を受けた。

俺は頭目の死体に一瞬だけ視線を送る。

（こいつは自分に何が起こったのか理解しないまま、死んでいったんだろうな。分からないでもないが、盗賊にしては甘い男だな……）

もう一人の男もベアトリスの容赦のない一撃を受け、血を吐いて地面に転がっている。

結局、剣を握ったものの俺に出番はなかった。

ベアトリスは俺とシャロンに周囲の警戒を命じた後、リディと二人で、魔法で瀕死の状態になった盗賊たちに止めを刺していく。尋問するために比較的軽症の者は残すようだが、酷い火傷をしている者は安楽死の意味も込めて止めを刺しているのだろう。

俺は周囲を警戒しながら、ようやく初めて人を殺したという事実に気づいた。

確かに見た目は悪人そのものという感じだった。それでも一応はコミュニケーションのとれる人間だった。それを魔物と同じように冷静に殺せた。そして、人を殺したと気づいても冷静でいられる。

俺は人を殺した事実より、そのことに驚いていた。

商隊の護衛たちは恐る恐る近づいてきた。そして、目の前に広がる光景に言葉を失っていた。彼らはソーンブローの街を出るとき、俺たちを見下すような、そして、迷惑そうな態度を取っていたのだ。さすがにベアトリスの実力は分かっていたようだが、それでも俺たち子供二人の守役くらいに思っていたのだろう。出発前に盗賊たちを呼び寄せるからと、ベアトリスに近寄るなと言ってくる者もいたくらいだ。

その馬鹿にしていた俺たちが、自分たちでも苦戦しそうな盗賊団を五分と掛からず全滅させた。彼らはその事実を受け入れられず、悪夢を見ているような表情をしている。

生き残りの盗賊三人に縄を打ち、死なない程度に回復させる。

そうしている間に商隊の本隊が峠の頂上に到着した。彼らは盗賊たちの死体を前にし、そこから動くことができずにいる。

代表者らしい商人がその様子に怯えるような表情を浮かべながらも、ベアトリスに礼を言いにきた。

彼女は手の平を返したような商人の態度を鋭い目付きで見下ろすが、すぐに表情を緩め、盗賊の装備を外すことと、魔晶石とオーブを回収した死体をどこかに捨ててほしいと依頼する。俺たちは商隊の傭兵たちが死体を片付けている間に、生き残りの盗賊たちに尋問を行った。

盗賊たちは自分たちに起きたことが信じられず、未だに動揺していた。そのため、ベアトリスの凄みを利かせた問いに素直に答えていく。

尋問した結果、盗賊たちはこれでほぼ全員で、特に拠点を持たない野盗集団だった。ここから一キロメートルほど先に馬が隠してあり、馬の番に二人残していると話す。

「まだ大して時間は経っちゃいない。逃げられても問題ないが、馬は回収しておきたいしね。ザック、手伝ってくれ」

ベアトリスは馬番の盗賊を始末し、馬を回収することにしたようだ。そして、接近戦が得意な俺を相棒に指名してきた。

俺が「了解」と短く答えると、

「歩いて行くよ。盗賊のいうことは当てにならないからね」

俺はそれに頷き、周囲を警戒しながら急ぎ足で峠道を下っていく。盗賊の生き残りは二人だけだが、戦闘の血の匂いが魔物を引き寄せないとも限らないからだ。

五百メートルほど下ったところで、周囲の風景は岩の壁から荒地に変わった。俺とベアトリスは身を隠すため姿勢を低くする。そして、周囲への警戒を強めながら慎重に峠道を下っていく。

五分ほど進むと、微かに馬の嘶《いなな》きらしき音が聞こえてきた。

ベアトリスは俺に手で停止の合図を送る。

「東側の茂みに隠れていそうだね。ここの草むらなら、あたしでも十分隠れられる。ついておいで」

彼女はそう言うと、ガサガサという音と共に草むらに分け入っていく。

俺も遅れないように彼女の後ろにピタリとつき、身を屈めて進んでいく。五分ほど進むと、馬の嘶きが大きくなった。

ベアトリスはゆっくり立ち上がり、周囲の状況を確認する。

「情報通りだね。茂みの中にいるようだよ。だけど今回は魔法はなしだ。いいね」

俺は小さく頷く。魔法を使わないのは確実に敵を倒すためだ。俺の風属性魔法を使えば、襲ってきた盗賊程度の敵二人なら、複数の魔法を同時に展開することで十分に倒せる。しかし、今回は万全を期すため、魔法ではなく相互に支援ができる接近戦を挑むことにした。

俺は背中のバスタードソードをすらりと引抜き、しっかりと握り締める。その重みを確かめながら、ゆっくりと立ち上がり、彼女の示した茂みを確認する。

峠道から三十メートルほど東に入った場所に松のような低い木が十数本固まって生えている。その茂みは窪地になっているのか、荒地に生える背の高い草のせいで馬や盗賊の姿は確認できなかった。

ベアトリスがゆっくりと前を進み、俺も同じように慎重な足取りで草むらを進んでいく。ガサガサという草を掻き分ける音が異様に大きく聞こえるが、周りを吹く風が草を揺らす音で聞こえないはずだ。

茂みまで十メートルほどのところに到着した。

馬の蹄の音と共に盗賊らしい男の下品な声が聞こえてきた。

「何でも大女だが別嬪《べっぴん》の獣人に、金持ちのところの餓鬼がいるらしいぜ。それに餓鬼は男も女もきれいな顔をしているって話よ。まあ、いずれにせよ、どっちも頭《かしら》のおもちゃになるだけだがな……」

狙いは商隊だけでなく俺たちも入っていたようだ。そのため、生け捕りにしようと奇襲をしなかったらしい。

そんな話を聞きながらも這うような姿勢で慎重に近づいていく。そして、一番外側にいる馬まで、あと数メートルという位置まで近づく。

動く度にガサガサという草を掻き分ける音を立てていたが、緊張感のない盗賊は馬が草を食べている音とでも思っているのか、一向に気にする気配が無い。

草の間から見ると、二人の盗賊が武器も抜かずに松の木にもたれかかり、見張りをすることなく、会話に夢中になっている。

ベアトリスがハンドサインで左を殺《や》れと伝えてきた。俺はそれに頷き、左側の盗賊をじっくりと観察する。

その盗賊は二十代前半、恐らく二十歳をそれほど超えていない若者だ。その顔にはすさんだ感じがあり、〝チンピラ〟という言葉が頭に浮かぶ。

（あれだけ隙だらけということは、碌《ろく》な訓練は受けていないのだろう。若造が食い詰めて盗賊の仲間に入ったというところか……さて、いわゆる〝童貞〟っていう奴を捨てに行きますか……）

俺は初めて自らの手で人を殺すという行為をする。

そのことに気づいた時、僅かに動揺があった。しかし、すぐにいつもの冷静さを取り戻していた。今の俺にはあの若い盗賊はただの獲物だ。魔物と大差ない。

俺はこの若者のことを駆除すべき〝物〟に過ぎないと考えていた。

ベアトリスとタイミングを合わせるため、〝いつでも行ける〟と目で合図を送る。彼女はしっかりと頷き、即座に行動を起こした。

槍を低く構え、バネに弾かれるように飛び出していく。その動きに馬たちが驚き、暴れ始める。盗賊は何事と思い、立ちあがろうとした。

俺もベアトリスの動きに追従すべく、魔闘術で瞬発力を上げる。そして、目標のチンピラに真直《まっすぐ》に跳んでいく。

目標の男は俺の姿を見て、大きく目を見開いた。しかし動揺しているのか、手元の剣を抜くことすらできない。俺は右手に持っていたバスタードソードを両手でしっかりと持ち直し、男の首を狙い一気に振り抜いた。

信じられないという表情を浮かべ、呆然と俺を見つめていた。

僅かな時間が流れる。

男は自分の首が斬り裂かれたという事実を認められないまま、何か声を上げようとした。しかし、彼の声は言葉にはならず、気管から空気が漏れるヒューという音を出すだけだった。

その直後、噴水のように真っ赤な血が噴き出し、僅かに降り掛かる。俺は若い盗賊を一瞥《いちべつ》すると、すぐにその場を離れた。

盗賊を殺すのに要した時間は僅か数秒。盗賊の死体から離れると、いつものように剣を振り、血を払いながら周囲を警戒していく。

結局、これだけの行為を何の感情もなくやった。魔物とは言え、既に千近い命を奪っているからなのか、全く動揺がない。逆にそのことの方が驚きだった。

同時に攻撃したベアトリスも右側の男を一撃で仕留めていた。彼女も俺と同じように槍を振って血を払う。

「見事だよ。しかし、人を殺すのは初めてなんだろう？　よく落ち着いていられるね」

そして、この状況には合わない優しいともいえる笑みを浮かべる。

「いや、これは悪い意味じゃないんだ。褒めているんだよ」

「ああ、分かっている。自分でも驚いているんだ。自分の冷静さにな」

俺はそう言いながら周囲を見回し、他に敵がいないことを確認していた。その動きにベアトリスは呆れたような声で、

「あんたは魔物相手の冒険者としても一流になれるが、人間相手の傭兵、いや、あんたの場合は騎士か……騎士としても一流になれるよ。本当に野犬相手に震えていたのかね」

俺はそれに答えず、死体から魔晶石とオーブ、そして使えそうなものを外していく。

ベアトリスはまだ何か言いたそうだったが、小さく首を振り、馬の状態を確認し始めた。馬と共に街道に戻り、残りの盗賊を仕留めたことを伝えて出発する。

午後四時頃、目的地であるボウデン村に到着した。

村に着いたところで盗賊たちの荷物を検《あらた》めたが、金目の物はほとんど出てこなかった。

もう一度生き残りの盗賊を尋問したがアジトらしいところもなく、隠してある財宝もない。食い詰めた盗賊が拠点を移すところだったらしい。

生き残りの盗賊たちが問題を起こすことなく夜が明けた。俺は盗賊たちがいつ行動を起こすのかと気を張っていたが、ベアトリスもリディも気にしている様子がなかった。

そのことを二人に聞くと、リディが代表して答えてくれた。

「あの三人なら問題ないわよ。この状況で逃げ出そうと思ったら、誰かを人質に取るしかないもの。私たちならシャロンにさえ気をつけておけば問題ないわ。それに私たちにとって、あの盗賊たちを生かしておく理由はないの。向こうもそれを知っているから、こっちが油断さえしなければ逃げようとしないわ」

彼女の言う通り、盗賊たちの目は完全に死んでいた。二十四人の仲間が僅か四人の女子供に倒された。今でも悪夢を見ている感じなのだろう。

今日の目的地はキルナレック、今回の旅の最後の中継地だ。

昨日に引き続きどんよりとした空模様だが、雨が降りそうな感じはしない。天気は徐々に回復し、厚い雲はところどころ切れ間が見えるようになってきた。

何度か休憩を入れ、午後三時頃、キルナレックに到着した。

俺たちは城門で入市の手続きを行うが、門を守る兵士の一人が俺の名前を聞いて驚き、一人が街の中に走っていく。

この街では祖父ゴーヴァンの人気は異常なほど高い。理由はこの辺りの治安を一手に引き受けているからだが、その孫の一人である俺が盗賊団を壊滅させたと聞き、守備隊の責任者に伝令を走らせたようだ。

残った兵士が、ボロボロになった盗賊と二十頭以上の馬を見て驚きの声を上げる。

「こいつらはザカライアス様がお倒しになったんで？　いや、凄いものですな！」

俺たちが守備隊詰所に向かうと言うと、すぐに上役が来るからと言って止められる。乗り手のいない馬が多数いるから、それを気にしていることもあるのだろう。

ほどなくして、守備隊の役職者らしい男と数名の部下が走ってきた。

荒い息で挨拶をすると、「馬と盗賊は当方にて預からせて頂きますが、よろしいですかな」と引取りを申し出てきた。

俺はリディとベアトリスに目でそれでいいか？　と合図を送る。彼女たちからも了承の合図が来たので、「よろしく頼みます」と言って引き渡した。

盗賊の討伐については調書の作成が必要とのことで、宿にチェックインしてから守備隊の詰所に向かった。

その途中、盗賊にかけられた懸賞金について、ベアトリスに聞いてみた。

「ところで盗賊を倒すと、どのくらいの懸賞金というか、報酬がもらえるんだ？」

ベアトリスは「残念だが、ほとんどないね」と笑う。

「お尋ね者で懸賞金が掛けられている奴もいるが、普通はそんなもの掛けられちゃいないんだ……」

ベアトリスの話では、明らかに名前が判明している者に対しては、懸賞金が掛けられることもある程度だそうだ。その代わり盗賊のレベルによって報奨金が支払われる。大体の目安だが、レベル一に対して二クローナ、つまり二千円だそうだ。レベル三十の剣術士に対して、たった六万円と言うのは信じられない。

「そんなに安くちゃ、誰も盗賊を倒そうとは思わないんじゃないか？」

「そうでもないさ。盗賊団の討伐は商業ギルドや町から傭兵ギルドが依頼として受ける。だから一箇所に住みつくような盗賊団は討伐対象になるのさ。今回のような流れの盗賊はそれがないんだ……」

つまり、拠点を持つような盗賊団は討伐の対象となり、傭兵ギルドが商業ギルドなどから依頼を受けることによって、報奨金とは別に報酬が支払われる。一方、移動を続ける盗賊団は討伐の対象とならない。これは盗賊団が一箇所に定着して拠点を築かれるより、移動してくれたほうがいいという考えだそうだ。

拠点がないということは、危険な森や山で野宿をして過ごすことが多くなる。盗賊に魔物の相手をさせ、共倒れを狙っているとも言えるが、あまり釈然としない。

俺が納得できないという顔をしていると、ベアトリスが俺の肩に手を乗せながら、話しかけてきた。

「確かに盗賊を倒しても、もらえる金は少ないよ。でも、考えてごらん。あいつらは武器も持っているし、襲った商人からお宝も奪っているんだ。あいつらの持ち物は討伐した者が独占できる。だから、充分に割は合うのさ。まあ、今回のような貧乏な奴らは別だがね」

確かに二十四人の盗賊団にしては大した物を持っていなかった。現金が七百クローナほどで、あとは彼らの武器と馬ぐらいしか換金可能なものはなかった。

守備隊の詰所に行き、簡単な事情聴取を受ける。

場所と時間と、どうやって倒したかを簡単に聞かれ、オーブで違法行為をしていないか確認された後、倒した盗賊の魔晶石を守備隊に渡して手続きは完了した。

守備隊の詰所を後にし、宿に向かう。宿に着くと俺に会いたいという客が来ていた。客は俺たちがカルシュ峠で同行した商隊の商人たちだった。

「先日はロックハート家のご子息様とは知らず、ご無礼いたしました。お許し下さい」

代表の商人がそう言うと、全員が深々と頭を下げる。

そして、代表が懐から革袋を取り出し、

「これは些少《さしょう》ながら、盗賊から守って頂いた我々の気持ちでございます。お納め下さい」と差し出してきた。

どうやら、俺がロックハート家の者と聞いて慌ててやって来たようだ。この辺りではうちの人気は凄いから、その家の関係者に助けられたのに、礼もしていないと言えなかったんだろう。

「気にしなくていい。礼がほしくてやったわけじゃないから」と言って固辞《こじ》する。

もらっても良かったのだが、祖父は助けた商人や旅人から謝礼を受け取らない。もしここで俺が受け取ると、ロックハート家の評判が落ちる可能性があると考えたのだ。

それでも謝礼を受け取ってほしいとしつこく言ってくる。

「祖父ゴーヴァン、父マサイアスより、盗賊が蔓延《はびこ》るのは領主が務めを怠っている証拠と聞いている。ならば、我がロックハート家が務めを怠ったことになる。よって、謝礼を受けることはできぬ」

俺はあえて堅い言い方をして商人たちを納得させた。商人たちは最後にもう一度礼を言って、宿を出て行った。

それを見たリディが「なんか騎士らしいじゃないの」とからかってきた。

「ロックハート家の評判を買っただけだ。十一歳の次男の教育もちゃんとできていると分かれば、次の代も安心だと思うだろ？」

「そうかしら？　あなたの人気が高くなったら、ロッドが大変よ。それでなくても、あなたは〝天才〟として有名なんだから」

　リディに真面目な顔でそう言われ、俺は返す言葉を失った。

（確かにそうだな。兄上はいい人なんだが、俺ほどの知名度はない。いや、既にラズウェル辺境伯の指揮するカエルム帝国北部総督府軍で多くの手柄を挙げているそうだから、普通なら人気は出るんだろうが、いかんせん、ここにいないからな。もう少し考えるべきだった……しかし、リディに指摘されるとは思わなかった……）

　そのやりとりをベアトリスが不思議そうに見ていた。

「あんたは次男なんだろ？　それに跡目争いを起こす気もないんだ。気にする必要はないんじゃないか？」

　俺が答える前にリディが笑いながら答える。

「明日になれば分かるわよ。この人がラスモア村でどんな風に見られているか……あなたはきっと驚くと思うわ……ふふふ」

　その言葉にシャロンも頷いているが、俺はいまいち実感が無い。

（まあ、メルやダン、うちの従士たちは熱烈に歓迎してくれるんだろうが、それだけだろう……リディの言っている意味がいまいち分からないな……）

　その夜、宿の食堂で夕食をとっていると、次々と声を掛けられる。もちろん、ドクトゥスの冒険者ギルドのように馴れ馴れしい者は一人もいない。

俺が魔法を使って盗賊を退治したという話を聞き、一言感謝の言葉を伝えたいという感じで、地元の名士たちがやってきたのだ。

ベアトリスはその様子を見て、何やら呟いていた。

一時間ほどでようやく挨拶もなくなり、ゆっくりと食事ができるようになる。

俺はベアトリスが何を呟いていたのか気になり、「さっき、何か言っていなかったか？」と聞いてみた。

彼女は少し困った顔をして、

「忘れていたわけじゃないんだが、あんたは貴族様なんだよなと思ったのさ。明日はご領主様や本物の英雄と顔を合わすんだ。それでどうしたものかと思ってね……」

話を聞いてみると、父や祖父に会うのに作法も何も知らないし、俺とタメ口なのを気にしているようだ。

「うちの家は祖父の代から騎士になった成り上がりだぞ。作法なんか気にする必要は全くない。第一リディなんか、祖父のことを〝ゴーヴィ〟って呼んでいるんだぞ。それにベアトリスは俺の後見人。つまり、師匠のようなものなんだ。いつも通り堂々としていればいい」

俺がそう言ってもまだ納得がいかないのか、「それでもね……」と煮え切らない。

俺はベアトリスという女性のことを、あまり理解していなかったようだ。確かに深い人付き合いは、それほど得意ではないと思っていた。しかし、若い連中の面倒を見たりしていたから、ここまで気にするとは思っていなかった。

食事が終わった後、リディにそのことを相談してみた。彼女は「大丈夫よ」と言って笑っているが、具体的なことは特に何も言わない。

「いや、大丈夫じゃないだろう。うちの家は確かに格式があるとか、作法にうるさいとかはないが、俺に対してタメ口で話し掛けると、ウォルトかガイ辺りが何か言いそうだぞ。そうなったら、ベアトリスの居心地が一気に悪くなるんだ」

「そうね。その時はあなたが宣言すればいいのよ。俺の女だからそう扱えって……ふふふ」と言って笑い出す。

俺は「あのな」と言ったところで、それ以上言う気を失ってしまった。

俺は未だに年明けの話、ベアトリスの想いを受け入れるか否かという話の結論が出ていない。身体が子供だということで問題の先送りをしている。我ながら優柔不断だということは否定しない。

ベアトリスの方も積極的にアプローチしてくるわけでもなく、あの話はなかったことにしている節がある。それに甘えているところもある。

ベアトリスのことは、村についてから何とかすることにした。

六　メルの決意

盗賊の報奨金などを受け取った後、懐かしい故郷・ラスモア村に向けて出発する。

降り注ぐ陽の光に思わず目を細める。眩《まぶ》しいが、まだ朝の爽やかな空気が残っており、暑さはそれほど感じない。

灰色の城壁に囲まれた街を出るとすぐに深い森に入っていく。森には夏の朝の日差しが差し込んでおり、木々の葉を透かして緑色の木漏れ日が顔に当たる。

この辺りに来ると妙に懐かしい気持ちになるのは、植生が村に近いからだろうか？　そんなことを考えながら馬を操っていく。

リディも鼻歌交じりに馬を歩かせ、緊張感の欠片もない。シャロンも俺と同じ思いをしているのか、時々周りを見回しながら、故郷に思いを馳せているようだ。

そんな中、ベアトリスだけが緊張した面持ちで周囲を警戒しており、緊張感のない俺たちに噛み付く。

「カルシュ峠は過ぎたとはいえ、まだ森の中にいるんだ。もう少し気を張ったらどうだい！」

「ああ、そうだな」と答えるが、リディは意地悪そうな笑みを浮かべて、ベアトリスをからかう。

「謝らなくてもいいわよ。この辺りは迷い込んだ野犬か、はぐれの森狼くらいしか出てこないわ。

あなただって危険は感じていないんでしょ。ただ単にゴーヴィたちに会うから、気が重いだけじゃないの？」

図星だったのか、ベアトリスは少し口を開きかけたが、結局反論しなかった。

途中で休憩を入れ、午後一時過ぎにラスモア村への分岐点に差し掛かる。

俺はそこであることに気づいた。一年前にはあれほど分かりにくかった村への道が分かりやすくなっていたのだ。荷馬車が作った轍《わだち》が未舗装の街道に茶色い二本の線を描いている。

村への道に入ると、懐かしさが一気に込み上げてくる。

この辺りで初めて野犬と戦ったな、と当時のことを思い出していると、シャロンが馬を寄せてきた。

「この辺りでしたね。初めて野犬を見たのは。もう三年も前なんだ……なんか懐かしいですね」

彼女も俺と同じことを考えていたようだ。

「しかし、本当に長閑《のどか》な森だ。これだけ深い森で、ここまで魔物の気配がしないというのは……」

ベアトリスが誰に言うでもなく、そう呟いている。

一時間ほどで木々の間から懐かしい丘が顔を覗かせる。森を抜けると、美しい丘の連なりが目に飛び込んできた。

牧草の濃い緑色と夏麦の黄金色、更にイモ類の畑の緑と茶色。三角屋根の家々がその間にあり、村人たちが楽しげに話しながら、農作業や家事をしている。

（帰ってきたんだな……この懐かしさは何なのだろう……故郷《ふるさと》というのはこういうものなのか

……）

村の西側を流れるフィン川に掛かる橋を越えると、更に感慨《かんがい》が深くなる。

村人たちも気づいたようで慌てて頭を下げ、すぐに勢いよく手を振る。俺も手を振ってそれに応えながら舘ヶ丘に向かう。

舘ヶ丘の南に広がる草原では子供たちが遊んでおり、俺たちに気づいた一人が「ザック様！」と言いながら、大きく両手を振っている。

舘ヶ丘に入ると、右手に見えるスコッチの保管庫で多くの男たちが働いていた。増築の作業を行っているようだ。

リディもシャロンも満面に笑みを浮かべ、周りを見ている。シャロンはもちろん、リディにとってもここが第二の故郷になっており、それが何となく嬉しい。

ただ一人、緊張気味のベアトリスだが、村の牧歌的な光景に自然と笑みが零《こぼ》れていた。

そして、「確かにいい村だな」と俺に声を掛けてきた。

「リディアーヌが言っていたことが実感できたよ。確かにあんたは人気者のようだ……大人も子供もあんなに嬉しそうな顔であんたのことを迎えるんだ。それも心からだというのが、よく分かるよ……」

屋敷の前に着くと、既に出迎えがいた。

誰かが走って伝えてくれたのか、祖父を初め家族全員とウォルトら従士たち、更に訓練中だった自警団の連中も門の後ろで手を振って俺たちを出迎えてくれる。

そんな中、一番前にいるのはメルだ。一年前より身長も伸び、また少し女らしくなっていた。

馬を降り祖父たちに挨拶しようとすると、メルが「ザック様！」と言いながら、ぶつかるような感じで俺の胸に飛び込んでくる。

「ただいま、メル」と言って彼女を受け止め、彼女の肩を抱くような形で父たちに帰郷の挨拶をする。

「おじい様、父上、母上、そして、みんな。ただいま帰りました」

そう言いながら、ゆっくりと頭を下げる。

父が俺に近づき、「無事で何よりだ。まずは屋敷に入ろう」と言って、俺の肩に手を置く。

俺はそれに頷くが、「彼女がベアトリス・ラバルです」と言って、ベアトリスを紹介する。

「息子たちの護衛、感謝する。私がここの領主、マサイアス・ロックハートだ」と言って、ベアトリスに近づき、右手を差し出す。

「我がロックハート家は貴女を心から歓迎する。我が家だと思って寛《くつろ》いでほしい」

ベアトリスはその行動に目を白黒させて、父の右手を取った。

「べ、ベアトリス・ラバルです。お、お会いできて光栄です……」と言って、真っ赤になった。

何か言葉を考えていたようだが、父のあまりにフランクな対応にパニックになっている。

「父上、ベアトリスは私の後見人です。リディと同じく客人として扱ってください」

「ああ、もちろんそうするつもりだ」と俺に言った後、

「ベアトリス殿はザックの親とも言える後見人。つまり、ザックにとっては命を預ける大事な方だ。

皆もそのように思っておいてくれ」

従士たちは大きく頷き、彼女に笑顔を向ける。ただ一人、俺の横にいるメルだけが上目遣いで睨んでいた。

父は俺の意図を正確に見抜いて、うまく取り計らってくれた。父は小さく頷くが、俺がメルの肩を抱いたままということに気づき、小さく噴き出す。

「メルに逢いたかったのは分かるが、まだ父上にもターニャにも挨拶をしておらんぞ。時間はたっぷりあるのだ。先に挨拶を済ませておけ。メル、お前もだ」

俺とメルは慌てて離れ、彼女は真っ赤になって母親であるポリーの後ろに隠れてしまった。その様子にみんなが笑い出す。

俺は少しばつが悪いと思いながら、祖父、母、弟たちに挨拶をしていく。

祖父は何も言わず、俺の肩をバンと叩き、母は俺をしっかりと抱き締める。双子のセオフィラスとセラフィーナは「ザック兄様！」と言って、俺にしがみついてきた。

一番年下の妹、三歳のソフィアは俺のことがよく分からず、母の後ろに隠れてしまった。

俺はそれを微笑ましく見ながら、従士たちに声を掛けていく。

従士たちの列の一番端に厳つい顔の大男、バイロン・シードルフがいた。

「この男が新しく入ったバイロン・シードルフだ。見ての通りの剛の者だ」

父の紹介の言葉を聞きながら、

「久しぶりだな。どうやら自力で父上やおじい様に認められたようだな」と言って、右手を差し出す。

父はその姿を見て、「知り合いだったのか」と驚く。

「事情は後で話します。とりあえず中に入りましょう」と言って、懐かしい我が家に入っていった。

一年離れていただけでは、我が家は何も変わっていなかった。質素な造りの廊下を通っていくと、家族が集《つど》う広い食堂があり、いつもいい匂いが漂ってくる厨房がある。

荷物をウォルトらに預け、自分の部屋に行く。

俺がいつ帰ってきてもいいように、きれいに掃除されており、空気を入れ替えるためか木窓が開け放たれていた。その窓から懐かしい村の景色を眺める。

(帰ってきたんだな。ここから見える景色は何も変わらない……まだ、感傷に耽《ふけ》る年でもない。精神的にはそうかもしれないが、今の俺には未来がある……)

外の風景から無理やり視線を外し、黒い革鎧を脱いでいく。脱いでもなぜか黒一色なのだが、気にしない。

食堂には家族や従士たちが揃っていた。リディたちも装備を外して、食堂に降りてくる。

全員が揃っているのを確認すると、俺は立ち上がって帰郷の挨拶を始めた。

「皆さんが元気そうで何よりです。私もシャロンも学院では優秀な指導者に巡り合え、私が首席、シャロンが次席で一年目を終えることができました……新しい友、ベアトリスとも出会えましたし、毎日が充実しています。ですが、やはりここが私の家です！　ここに勝る場所はありません。もう一度言わせてください。ただいま帰りました！」

俺は深々と頭を下げる。

祖父が「うむ、よく帰ってきた」と言って笑みを浮かべると、周りから「お帰りなさい」と声が上がる。

買ってきた土産を渡し終わると、ホールは一気に賑《にぎ》やかな声に包まれていく。

午後二時過ぎに屋敷に着いたが、いろいろな話をしていたため、気が付けば日が傾き始めていた。

俺たちは祖父たちに断ってから、旅の疲れを流すため公衆浴場に向かった。

風呂好きのリディはもちろん、ベアトリスも大きな風呂があると聞き非常に期待している。

風呂に入ると、女湯では村の女性たちが初めて見る獣人のベアトリスに興奮する声が時折聞こえていたが、平和なのんびりとした時間が流れていた。

風呂から上がり、外の風に当たる。公衆浴場は草原の真ん中にあり、風が吹き抜けていく。まだ涼しいとは言いがたいが、火照《ほて》った体には心地いい。

ふと見上げると、空には雲雀が飛び白い雲が流れていく。

俺はふぅと息を吐きながら伸びをし、久しぶりの休日気分を味わいながら、草原に置かれているベンチに座ってリディたちを待っていた。二十分ほどでリディ、ベアトリス、シャロンの三人が出てきた。

「随分楽しそうだったが？」と聞くと、リディが楽しそうに答えてくれた。

「ここの人たちって、獣人を間近で見るのって初めてじゃない。大人も子供もベアトリスに興味津々って感じだったわ。もちろん、それだけじゃなかったけど」

そう言いながら、防具を外したシャツ姿のベアトリスの胸元に意味深な視線を向ける。

ベアトリスは風呂上りということで、やや上気した顔でそれを聞いていたが、微妙な表情をするだけで何も言わなかった。

俺が大きな風呂に入った感想を求めると、満面の笑みを浮かべ、

「ああ、あれは最高だな。あんたが風呂を家に作りたくなったのがよく分かるよ。しかし、本当にこの村は天国だよ」

俺たちはそのまま他愛のない会話をしながら、屋敷に戻っていく。

その夜は、俺たちの帰郷を祝う宴が開かれた。

普段なら家族だけなのだが、今日は特別にメルとダン、シャロンもロックハート家の食卓を囲んでいる。恐らく父か母が手配したのだろう。

食事をとりながら、ドクトゥスでのことを話していく。

森での魔物狩りでレベルが上がったこと、五級冒険者となったこと、ラスペード教授の授業のことなどを話し、和気藹々《わきあいあい》とした楽しい時間が過ぎていく。

夕食後、父と祖父にバイロンのことを説明する。

父は静かに聞いていたが、祖父は俺が口添えしなかったことに対し、不本意だったのか表情がやや硬い。

「いくらお前の推挙《すいきょ》があったとしても、その者の人となりを認めねば、儂《わし》はロックハート家に仕えることは認めん」

俺はそれに真面目な顔で頷く。

「もちろん、おじい様も父上もきちんと人を見て決められるでしょう。ですが、バイロンほどの男です。私の口添えがあろうがなかろうが、必ず仕官できると確信していました。その上で私が口添えしない方が、より早く我が家に馴染《なじ》めると考えたのです」

父は俺の言葉に笑顔で頷いた。

「確かにな。独力で父上の信頼を勝ち取ったと言われる方が、あの者も嬉しかろう」

祖父も俺の考えが理解できたのか、ようやく表情を緩める。

話が終わったので部屋に戻ろうとしたが、父に呼び止められる。

「まだバイロンについて話があるのでしょうか?」

父は笑いながら、「ベアトリス嬢のことだ」と言って、

「メルが気にしていたぞ。自分のいないところで、お前が新しい女を作ったとでも思っているようだ。ハハハ!」

俺はそれにどう答えようか悩むと、父の表情が少し曇る。

「いや、冗談のつもりだったのだがな……」

俺は小さく首を振りながら、苦笑していた。

「私には分からないのです。確かにベアトリスは魅力的な女性です。それに私に好意を寄せてくれています。ですが、私にはリディがいます……どうしたらいいんでしょう……」

俺が心底困った顔をすると、今度は祖父が大笑いし始めた。

「フ、ハハハ！　あ、いや、済まぬ。お前でもそのような顔をするのじゃと思ってな。それがおかしかったのじゃよ……フフ……ハハハ！」

一頻《ひとしき》り笑った後、祖父は真面目な表情になり、

「何事にも器用なお前でも、こういうところは不器用なのじゃな。ところで、お前の秘密はあの者に話しておるのか？」

俺は頷き、年明けに話したと正直に伝える。祖父と父は黙り、しばらく考え込んだ。そして、祖父が徐《おもむろ》に口を開く。

「お前が信頼できると判断したのなら、儂もそれを支持する。リディアも認めておるなら、あの者はお前を裏切ることはなかろう。それでよいな、マット」

父に確認するように話を振ると、父は大きく頷く。

「私が見る限り、ベアトリス嬢は信頼に値する女性だと思います。やや不器用な気は致しますが、ザックにはちょうど良いかと」

そして、俺を見ながら、

「メルとシャロンのことはよく考えるのだぞ。特にメルにはできるだけ早く話をしておけ。お前が帰ってくるからと、ここ一ヶ月ほど舞い上がり続けていたからな」

俺はどういう表情をしていいのか困惑するが、それを誤魔化すように小さく頷く。

祖父が俺の表情を見て真剣な表情で話し始めた。

「この世界では男も女もいつ死ぬかも分からぬ。長命であるエルフですら、先のことは分からんの

じゃ。だから、先延ばしにして後悔だけはするな。平和な世ならば、明日考えればよいと言っても問題にはならん……しかし、ここではそれは当てはまらぬ。魔物、盗賊、病……危険に満ちておるのじゃ。お前も一度は死を覚悟したのだろう。ならば、儂の言うことが分かるはずじゃな」

「はい……おっしゃりたいことは分かる気がします。ですが……」

祖父は俺の言葉を遮り、

「ならばよい。後悔しても良いが、いたずらに逡巡《しゅんじゅん》しての後悔はするな。儂が言えるのはそれだけじゃ」

祖父は自分の過去を振り返って、俺にアドバイスをしてくれていたようだ。

メルとシャロン、ダンの三人は俺の部屋で待っていた。今回ばかりは〝ザックカルテット〟だけでリディもいない。

最初はリディも一緒にいたそうだったが、メルとシャロンに今の正直な気持ちを話すつもりでいたから、リディに遠慮してもらった。もちろん、その時はリディのことだけを話すつもりだったのだが、祖父と父との話を聞き、ベアトリスのことも話す必要があると今は考えている。

俺が部屋に戻ると、満面の笑みを浮かべたメルと同じように笑顔のダン、それにいつも通り静かに微笑むシャロンの三人が俺を出迎える。

「待たせたね」と言ってから、メルとダンへの土産を渡すことにした。

「二人にお土産だ。ドクトゥスの革職人に作ってもらったマントなんだが……」

二人に手渡しながら性能について説明するが、メルはほとんど聞いておらず、マントを抱き締めるように見つめ、ダンはその変わった模様に不思議そうな顔をしていた。

「ダンのは迷彩柄と言って、森の中で姿を目立たなくする模様にしてもらっているんだ」

「確かに葉っぱのようですが、結構目立つような気がしますが……あっ、すいません。ありがとうございました。珍しい柄でお礼を言うのを忘れてしまって……」

ダンは頭を掻きながらそう言って謝ってきた。

「気にしなくていい。明日にでも森に入って確認してみようか。結構、目立たなくなるはずだぞ」

と言って笑い返した。

その間もメルは自らのマントを矯《た》めつ眇《すが》めつ眺めている。

「メルも気に入ってくれたら嬉しいんだが」と水を向けると、彼女は急に我に返り、「ありがとうございました、ザック様」と礼を言うのを忘れていたことに気づいたのか、真っ赤な顔になった。

「メルにはもう一つ土産があるんだ。多分、ぴったりとはいかないはずだから、後で手直ししてもらってくれ」

俺が渡したのは鮮やかなブルーのシンプルな形のワンピースだ。一年間離れていたため、少し大き目かなと思う物を選んでいる。

メルは受け取ったワンピースを広げてから、本当に嬉しそうな顔をしている。

彼女が落ち着くまで待ち、この一年間の出来事を話し合う。驚いたことに、二人は俺たちとほとんど変わらない速度でレベルを上げていた。

「二人とも凄いな。俺とシャロンは魔物の多い森に入っていたが、この平和なラスモア村でここまで上げるとは」

俺は二人を賞賛したが、メルは顔を顰《しか》め、「あんなに頑張ったのに……」と下を向いてしまう。

彼女の表情の意味が気になり、ダンに何があったのかを問い質した。

「父上にお願いして、この春、シェハリオン山に一ヶ月篭《こも》ったんです……」

その答えに言葉を失う。

シェハリオン山は北のカルシュ峠から絶えず魔物が流れてくる。時には大物のオーガが住み着くことすらある場所で、間違っても子供が修業するような場所ではない。

「そんなところに……二人だけで……」

俺が絶句していると、メルが必死になって説明を始めた。

「だって、ザック様が森に入っているって……ガイさんに聞いた話だと、ドクトゥスの北の森は魔物が多くて腕を上げるには最適だって……だから、私たちも……」

去年の夏に帰ったガイに話を聞いて焦ったようだ。俺は今更ながらにメルたちのことを考えていなかったと反省する。そして、俺の気持ちを正直に伝えることにした。

「二人が山に篭ったのは仕方がないが、この先は二人だけで山に篭るような危険な真似はやめてくれ。俺やリディがいれば治癒魔法で少々の怪我なら治せる。だが、二人だけじゃ、怪我をしたら助かる可能性は低い。ダン、お前なら俺の言っている意味が分かるな」

ダンは俺の言葉に小さく頷く。俺は更に話を続けていく。

「猟師たちですら、森の中での怪我を死ぬほど恐れている。彼らは魔物と戦うわけじゃない。それなのにだ。魔物狩りで山に篭れば怪我をする危険は猟師たちとは比べ物にならない……メルが焦る気持ちは分かる。だが、俺がいないところで死ぬかもしれないような修行をするのはやめてくれ。頼む」

俺はその場で頭を下げる。

メルは「あ、あの……」と何か言いたそうにするが、言葉にならない。

俺が頭を上げると、ダンが俺に謝罪してきた。

「ザック様の言われることはよく分かります。僕がもっとしっかりしていれば……メルを止めることができたんです」

「違うんです！　ダンは私を止めたんです。でも、私が無理を言って……ごめんなさい。ザック様。ザック様が謝られることじゃない。私が……ごめんなさい……」

メルは目に涙を浮かべ、俺に謝ってくる。俺は震える彼女の肩を抱いた。

「無事だったんだ。もう謝らなくてもいい。俺がお前のことをもっと考えるべきだったんだ」

メルは俺の肩に顔を埋め、鼻をすすりながら泣いている。そんな彼女を見ながら、俺の目の届くところにおいた方がいいと思い始めた。

「二人とも聞いてくれ。俺と一緒にドクトゥスに行かないか？　メルは俺がいなくなれば、また無茶をするだろう。なら、俺の目の届くところにいた方が俺も安心できる。どうだ？」

俺の言葉にメルが勢いよく顔を上げる。彼女は真っ赤な目を一杯に見開いて俺を見つめていたが、すぐに嬉しそうな表情で俺に抱きついてきた。

「ザック様と一緒……本当にいいんですか？」

メルはそう呟くと、

「ザック様のお勉強の邪魔に……ううん、邪魔はしません。でも、私が行っても……」

嬉しそうにしながらも、どうしていいのか混乱している感じだ。

「もちろん、おじい様やヘクターたちの許可が必要だ。だからまだ決定じゃない。そのことは覚えておいてくれ」

メルはさっきまで泣いていたのに、今はこれ以上ないくらい幸せそうな顔をしている。

（こんなに表情が変わる少女だったのだろうか？　俺と離れている間に少し変わったような気がするが……情緒不安定というか、やはり、目を離すことはできないな……）

ダンは少しだけ困惑の表情を見せたが、すぐに喜びの表情を浮かべ、

「僕もいいんですか？　いえ、僕も行きたいです！　僕ももっと強くなりたいですし、いろんなところを見てみたい……」

俺は二人が舞い上がっていることに僅かに危惧を覚えた。

「俺たちと一緒に行くということは、家族と離れ離れになるんだぞ。その覚悟はあるんだな」

「「はい！」」と声を合わせて答える。

「大丈夫です。だって、シャロンができたんですよ。私だって……シャロン、私でも大丈夫よね」

メルの問いにシャロンはにこりと笑って頷く。

「メルちゃんなら大丈夫。最初は寂しかったけど、ザック様もリディアさんもいたから、すぐに慣

れると思うわ」

俺はダンの方を見るが、彼は冒険したい年頃の少年らしく、未だ見ぬ大都市に思いを馳せている。少し早まったかと思ったが、彼らくらいの子供が親元を離れるのは、この世界ではそれほど奇異なことではない。

二人が落ち着いたところで本題に入ることにした。

二人の少女に正直な気持ちを話そうと気合を入れる。少しだけ背筋を伸ばし、「話は変わるんだが、いいか」と真剣な表情で二人に話しかけた。

俺の表情にダンを含めた三人は小さく首を傾げた後、すぐに頷く。

「メルとシャロンに言っておきたいことがある。二人が俺のことを好きだと思っていることに俺は気づいている……」

俺がそう言うと、二人は真っ赤な顔になって俯いてしまう。更にメルに気があるダンも視線を彷徨わせている。

三人の様子に構わず話を続けていく。

「俺も二人のことは好きだ。だが、これは恋愛感情じゃない……」

その言葉にメルは顔を上げ、シャロンは更に俯く。

「俺の魂はおじい様と同じくらいの歳だと言ったのは覚えているな。俺にとって、二人は、いや、三人は孫のようなものなんだ……どう言っていいのか難しいが、俺は二人を愛している。しかし、それは恋じゃないんだ」

メルは唇《くちびる》を噛み締め、シャロンは下を向いたまま動かない。

「俺の言っている意味は分かるな。俺の姿がなまじ子供だから、二人は勘違いしているんだ。俺の姿がおじい様やウォルトくらいの見た目なら、恐らく今のような感情は芽生えなかった……」

そこまで言うと、メルが俺の言葉を遮ってきた。

「違います！　私は……私はザック様のことが……昔から……」

「ああ、言いたいことは分かるよ、メル。でもな、俺にとっては可愛い子供なんだ。だから……」

メルはやや虚ろな目をして、

「ベアトリスさんですか？　ベアトリスさんがいるから、私なんか、もういらないんだ……」

やはり気にしていたのかと思ったが、すぐにその言葉を否定する。

「違う！　た、確かにベアトリスのことは好きだ……これは家族という意味じゃない。女性として好意を持っているという意味だ。もちろんリディも……」

そこでシャロンがやや伏目がちに俺を見る。

「ベアトリスさんもザック様や先代様から見れば、子供のような歳じゃないんでしょうか……」

俺は首を横に振り、それを否定する。

「ベアトリスもリディも大人の女性だ。自分の行動に責任が取れる大人なんだ」

シャロンはおずおずという感じで反論する。

「それなら私たちが大人になれば……ザック様に大人の女性として認められれば、私たちもそういう目で見て頂けると言うことですよね……」

その反論を聞いて答えに窮する。

（シャロンの言うことにも一理ある。将来を含めて、可能性がゼロかと言われれば、ノーと言うしかない。自分の子供なら、恐らくそんな気持ちにならないんだろうが、俺には子供がいなかった。だから、絶対に女として見ないかと言われると答えられない……）

俺が沈黙していると、メルの目がきらりと光った。

「お答えにならないってことは、私もシャロンも大人になれば、女として見てもらえるかもしれないってことですよね。分かりました……今はお答えにならなくてもいいです。今の自分が子どもだって分かってますから！」

シャロンも同じように頷きながら、

「リディアさんやベアトリスさんにはまだ全然敵いません。今はまだ……でも、私ももっと頑張れば……」

どうやら俺の説明は失敗に終わったようだ。

メルは俺に言うでもなく、ひとり呟く。

「ザック様の横に立てるくらいになれば……そう、あの人には負けない。私の場所はザック様の横だけ。あの人に取られたくない……」

今はこれ以上、何を言っても無駄なような気がした。卑怯な考え方かもしれないが、時間が解決するのを待った方がいいだろう。

「もう一度言っておく。リディィはもちろん、ベアトリスのことも俺は女性として見ている。この先どうするかはまだ分からないが、少なくとも俺の気持ちは彼女にきちんと伝えるつもりだ」

俺が決意をもって放った言葉だったが、二人はあまり反応しない。俺が更にしゃべろうとすると、メルが笑顔でそれを遮る。

「ザック様の言いたいことは何となく分かりました。でも、リディアさんはともかく、ベアトリスさんを認めたわけじゃないです。私が言うのもおかしな話かもしれないけど、ザック様の横には私が立つって決めてるから……だから明日、ベアトリスさんの覚悟を聞いてみます」

俺は女性というものを理解していないと痛感していた。

それだけ言うと、メルは「お土産ありがとうございました。お母さんに手直ししてもらいます」と言って立ち上がる。

それに釣られてシャロンとダンも立ち上がった。

俺は彼女たちを家に送るつもりで、一緒に屋敷を出た。

マーロン家でメルと別れた後、隣のジェークス家に向かった。

ダンとシャロンが「おやすみなさい」と言って家に入ろうとしたので、俺はダンだけを呼び止めた。そして、メルについて話をした。

「メルのことが好きなんだろう？　メルの我儘《わがまま》を聞いて危険な修行に付き合うほどに……しかし、メルが俺のことを好きだと知っているから、自分では言いだせない。そんなところじゃないのか？」

俺の指摘にダンは恥ずかしそうに俯く。

「俺が気にしているのはお前が俺のこと、そして、メルのことを考えて身を引くことだ。お前はガイによく似ている。実直で忠義の心が篤《あつ》くて……歯がゆいくらいに俺を立ててくれる……」

ダンは小さく首を横に振ったり頷いたりして、俺の話を聞いている。

「俺はみんなが思うほど凄い人間じゃない。前の人生で失敗し、それをやり直す機会をもらった。だから、他の人より上手くできる。ただそれだけなんだ。そんな俺にメルは憧れを抱いている。いつか俺への想いは、いい思い出になると思っている」

「でも、ザック様は本当に凄い人だと思います。僕なんかは思いもつかないこと、いいえ、誰も思いつかないことをやってしまわれます。だから……」

「この世界の人から見ればそうなんだろうな。しかし、俺のやったことは大したことじゃない。決して俺は凄い人間じゃないんだ。ただ別の世界の記憶があるだけだ。だから、お前には自分の人生を大切にしてほしい。俺のために身を引こうとか、メルにとっては俺の傍《かたわ》らにいることが一番とか考えて自分の気持ちを抑え込まないでくれ。メルもいつか気づくはずだ。自分を一番大事に想ってくれるのは誰かということを……」

彼は十二歳の子供にしては大人びた笑顔を浮かべた。そして、静かに反論する。

「ザック様はメルのことをよく分かっていません。メルは本当にあなたのことが好きなんです。僕には難しいことは分かりませんけど、これだけは言えると思うんです。僕が一番メルのことを見ていると。僕が一番メルのことを分かっていると……だから、僕は……」

俺はこの時、ダンも成長しているという事実に気づいた。

「……だから、僕は見守ることにしたんです。今の僕にはメルを諦めて、他の女の子を好きになるなんてできません。だから、僕は……」

俺は彼に掛ける言葉を見つけられなかった。

彼は俺が考えている以上に大人になっていた。そのことを考えなかった自分が情けないと思った。

その後、自分に息子がいたらこんな話をしたのかなと思いながら、十分ほど他愛のない話をした。

村に帰ってきた次の日、久しぶりにロックハート家の訓練に参加した。

本来なら自警団の訓練が主体なのだが、今日の主役は間違いなく俺だ。祖父が一年間の成果を見たいと言ったためだが、父や兄、従士たち全員が興味津々といった感じで集まっていた。

相手はメル、父、バイロンと続いた。さすがにバイロンが相手では勝ちは拾えないが、それでも一年間で強くなった実感はあった。そして、ニコラスを相手にしたところで自分の未熟さを痛感させられた。

まあ、ここまではいいだろう。祖父を相手にする訓練は何の訓練をしているのか疑問に思うことがある。少なくとも痛みと疲労には強くなれたのだろう。しかし、これだけ技量に差があると少しくらい手加減してもらわないと、技量の向上は望めない気がする。

訓練というか俺の腕試しが終わると、ボロボロになった俺の横に心配そうなベアトリスがいた。

彼女は訓練中、何度も止めに入っている。

その横には、いつも通りね。という感じで笑っているリディがいた。二人に声を掛けたかったが、訓練直後は口を開くのも億劫《おっくう》だった。

五分ほど休むと何とかしゃべる気力が湧いてきたので、とりあえず心配顔のベアトリスに声を掛ける。

「凄いだろ、うちの訓練は。そうは言っても、今日は特別だったがな。しかし、もう少しやれると思ったんだがなぁ……まだまだだよ……」

ベアトリスは俺が口を開くと、いきなり憤《いきどお》りを見せた。

「いくらなんでもやりすぎだよ、ここの連中は！　訓練なんてレベルじゃないよ！」

しかし、すぐに安堵の表情を浮かべる。

「でもよかった。何ともなくて……」

こういう表情を見ると、いつもは姉御然とした凛々しい感じの彼女が、一気に可愛く見えるから不思議だ。

その後、ベアトリスと従士頭のウォルト・ヴァッセルが手合わせをした。さすがにウォルトの技量は凄まじく、ベアトリスが手も足も出ない。

最近のウォルトのレベルを聞いていないから正確なところは分からないが、八年前で六十を超えていたから、既に七十近いレベルになっているかもしれない。

祖父の指示があったのか、ウォルトはできるだけ互角に見えるようにうまく戦っていた。ニコラスやヘクター、ガイ辺りは気づいていただろうが、自警団の連中はベアトリスがあの〝鬼軍曹〟であるウォルトと互角に戦ったと思っているはずだ。

実際、ベアトリスが敗れた直後に祖父が互角だったと宣言しているから、この話はすぐに村中に伝わるだろう。ベアトリス本人も分かっているから、最初は屈辱的だという表情をしていたが、力量の違いを素直に認めたためか、最後にはすっきりとした表情になっていた。

その後、彼女はバイロンと模擬戦を行った。バイロンが訓練中、俺に容赦のない一撃を加えたことで腹を立てていたようだが、この模擬戦でそのわだかまりは解けたようだ。

「中々やるね。さすがはロックハート家にお仕えする従士様だよ」

ベアトリスがそう言いながら右手を差し出すと、バイロンも厳つい顔を綻《ほころ》ばせる。

「さすがはザカライアス様が見込まれた方だ。その若さでこれほどなら安心して預けられる」

ベアトリスはその言葉に不思議そうな顔をするが、何か言う前に別の声が割り込んできた。

「ベアトリスさん！　私と手合わせしてください！」

彼女の後ろからメルが木剣を手に叫んでいたのだ。ベアトリスはどうしていいものかと俺を見る。

（これが昨日言っていた覚悟を聞くっていう奴か？　しかし、模擬戦ってことは〝肉体言語〟で聞くということか？……）

俺が黙っていると、シャロンの相手をしていたリディが話に加わってきた。

彼女はベアトリスに「相手をしてあげたら？」と告げ、

「彼の横に相応しいのはどっちか、はっきりさせたいんでしょ？」

メルはその言葉に顔を上気させて大きく頷く。

ベアトリスの方はまだ迷っていたが、やる気になっているメルを見て諦め、小さく首を横に振ってから、「分かったよ」と答えた。

屋敷の西側の広場で、二人の女戦士が対峙する。

自警団の訓練は休憩に入ったようで、従士たちを含め二十人ほどの観客が二人を見守っていた。

祖父も何か感じたのか、審判は不要と間に入ろうとしない。

ベアトリスは木の槍を、メルは木剣を静かに構える。そして、審判の開始の合図も二人からの合図もなく、ごく自然な感じで模擬戦は始まった。

最初に動いたのはメルだった。バスタード型の木剣を低く構え、鋭い踏み込みで二メートル近い巨体のベアトリスの懐に潜り込もうとした。ベアトリスはその動きに僅かに目を見開くが、槍を同じように低く構え、迎え撃つ態勢を取った。

しかし、メルはそのままの勢いで突っ込んでいく。

当然、ベアトリスは鋭く槍を突き出し、メルの肩を打ち付けた。メルは独楽《こま》が回るように回転しながら倒れるが、すぐに立ち上がり、剣を構えながらベアトリスを睨み付ける。

メルは愚直なまでに正面からの攻撃に拘《こだわ》った。ベアトリスに何度も地面に転がされながらも、すぐに立ち上がり斬り掛かっていく。

その行動に俺は困惑した。同じようにベアトリスも困惑している。

時折、俺に視線を送り、〝どうしたらいい〟と目で聞いてくるが、俺にもどうしていいのか分からない。

二人の模擬戦が始まってから十分ほど経った。その間にメルは数え切れないほど吹き飛ばされ、全身泥まみれになりながら肩で息をしている。一方のベアトリスは、ほとんど場所を変えることなく、メルの無謀とも言える突撃に槍を合わせているだけで、息が上がるどころか汗すら流れていない。

俺にはメルの意図が分からなかった。敵わないまでも、自分の力のすべてを叩きつけていくと思っていたからだ。

（俺でもベアトリスには敵わない。魔闘術を使ったとしてもだ。当然、メルに勝てる要素はない。だが、これは訓練なんだ。ただ闇雲に突っ込んでいくだけじゃ訓練にならないだろう。何を考えているんだ、メルは？）

俺がそんなことを考えていると、隣にいたリディが独り言を言うように呟いていた。

「あの子はそこまで……ベアトリスはいつ気づくのかしら……」

俺がその呟きに「何のことだ？」と尋ねると、リディは首を小さく振るだけで答えない。シャロンも何か感じているようだが、俺の視線を受けても何も答えてくれなかった。

俺の中の疑問は時間と共に大きくなっていくが、答えは一向に思い浮かばない。

その間にもメルの無謀な攻撃は続いていた。

更に五分ほど経つと、ベアトリスの表情が困惑から真剣なものに変わっていることに気づいた。

そして、最初のような軽い攻撃ではなく、模擬戦とは思えないような重い攻撃を繰り出し始めた。

メルは更に大きく吹き飛ばされ、剣を杖にしないと立ち上がれない。

俺にはこの戦いの意味が分からなかった。そして、我慢できなくなり止めに入ろうとした。しかし、俺の肩をリディが掴んで、小さく首を横に振る。

「あのままだと、そのうち大怪我をする。それにただ闇雲に突っ込むだけじゃ、訓練にもなりはしない」

いつもなら軽い調子で話すリディが、いつになく真剣な表情をしている。

「あなたには訓練に見えているの？　あれは真剣勝負よ。よく見なさい」

俺はその言葉を聞き、視線を二人に戻した。メルは歯を食いしばり、剣を杖にして肩で息をしている。ベアトリスは槍を構えたまま、油断なくメルを睨む。

俺はこの闘いの意図を少しずつ理解し始めた。

そして、何度目かの攻撃の時、メルがベアトリスの槍を打ち据えた。その時、俺にもようやくこの戦いの本当の意味が分かった。

メルは〝覚悟〟を聞いていたのだ。自分なら何度でも立ち上がる。俺の横に立つために。そして、あなたはどうなのか？　そう彼女は聞いているのだ。

それに対し、ベアトリスも答えている。自分にも覚悟があると。あなたに負けない覚悟があると。だから手加減はしない。

そんな会話が二人の間でなされているのだろう。

俺は自分の解釈が間違っていないと本能的に感じていた。その一方で二人の想いにどう答えたらいいのか、この場でどうしたらいいのか分からなかった。

ただの木の棒とはいえ百回以上打ち込まれており、このまま続けるとメルが危険だと思い始める。昨夜ダンに話したことを唐突に思い出した。メルの想いは憧れに過ぎないという話を。しかし、

それは間違いだった。ダンが言う通り、彼女の想いはそんなものじゃない。

彼女は気力だけで立っている。大の男でもあれだけのダメージを受ければ立ち上がるどころか、そのまま気を失ってもおかしくない。

それほどまでに彼女の想いは強かった。

俺はゆっくりと二人の方に歩いていった。今度はリディも止めなかった。俺がメルの想いに気づいたと知っているから。

俺はメルの前に立ち、

「ベアトリスもメルの〝覚悟〟が分かったと思う。俺にも分かったよ……もういい。お前の気持ちはよく分かったから」

俺がそう言って抱き締めると、メルはしゃがれた声で「はい……」と答えて気を失った。

俺はすぐに治癒魔法を彼女の全身に掛けた。

広場では水を打ったように静かで、誰も口を開かない。そんな中、ベアトリスが静かに口を開いた。

「敵わないね、この子の〝覚悟〟って奴には……あたしも負けるつもりはないよ。だが、今日はメルの勝ちだね」

そう言ってふっと笑う。

俺は小さく頷き、ボロボロになったメルを抱えて自分の部屋に向かった。

俺自身も祖父たちの相手でボロボロになっていたが、それ以上にメルは酷かった。

メルの怪我は治癒魔法で治っているが、消耗した体力はすぐには戻らない。部屋には心配顔のシャロンとダン、いつになく真剣な表情のベアトリス、そして、なぜか笑顔を見せているリディの姿があった。

俺はメルの頭を撫でながら、彼女に声を掛ける。

「昼からはゆっくりしたらいい。俺はベルトラムのところに挨拶に行ってくるが、ここで休んでいたらいい」

メルは小さく首を横に振ると、大人びた笑みを浮かべた後、はにかみながら俺を見つめる。

「もう大丈夫ですよ。それに一緒にいたい……ですから……」

「しかし……」と言おうとすると、「このくらい、いつものことですから」と起き上がる。

シャロンが泣きそうな顔で「本当に大丈夫？」と聞くと、メルは笑顔で大きく頷く。

俺がもう一度翻意《ほんい》を促《うなが》すが、今度はリディが「村の中なんだからいいんじゃないの？」と口を挟んできた。

昨日からリディには調子を狂わされ続けている。確かに村の中なら休める場所はいくらでもあるし、いざとなれば俺が背負ってもいいと思い直す。

「分かった。だが、疲れたり辛かったら必ず言うこと。それが条件だ」

メルは大きく頷き、「じゃあ、着替えてきます！」と言って部屋を出ていく。僅かに足を引き摺っているように見えるが、思ったより元気そうだ。シャロンたちも同じように準備をするといって部屋を出ていった。最後まで部屋に残っていたリディにメルのことを聞こうと口を開く。

「なあ、メルのことなんだが……」

「あの子の気持ちは分かったんでしょ。なら、後は自分で考えなさい」

それだけ言うと彼女も部屋を出ていく。

俺は一人残された部屋で装備を外しながら考えていた。

（俺は彼女たちの気持ちに応えられるんだろうか……）

そう思ってはみるものの、答えが見つかるわけではない。俺は小さく頭を振り、深く考えないことにした。

（今は考えても仕方がないな。少なくとも今は……）

七　蒸留技術の価値

俺は屋敷にあった服に着替えた。久しぶりに普通の服、黒一色ではない服に袖を通すと、僅かに違和感を覚える。

「いかんな。リディたちに毒されているな」と思わず独り言を口にする。そんな些細《ささい》なことで俺の気分も変わった。

まだ正午には少し早かったが昼食を摂り、夏の太陽の下、舘ヶ丘を下っていく。横にはリディとメル、後ろにはシャロンとベアトリス、ダンの三人がいる。

東ヶ丘にあるベルトラムの工房に向かうが、昨日は懐かしさで気づかなかったことが徐々に目に入ってくる。一年前より畑が広がっており家も増えていた。それにも増して以前より村人の表情が明るい感じがする。

ベルトラムの工房に着いたが、珍しいことに当の本人は工房内にいなかった。

何度か声を掛けたが、一向に出てくる気配がなく、鎚《つち》の音もせず作業をしている様子がない。

俺は埒《らち》が明かないと工房の奥に入っていく。工房の中には手入れ中の武具の他に、作りかけの蒸留器があった。スコットは更に蒸留器を増設するつもりらしい。

リディたちは俺のあとについてくるが、唯一人、ベアトリスだけはベルトラムがドワーフと聞き、やや引き攣った顔をしている。

「いいのかい。ドワーフの鍛冶師は気難しいのが多いっていうよ」

「大丈夫だ。ここには小さい頃から入り浸っているからな。半分我が家のようなものだ」と軽口を叩きながら片手を上げる。

奥に行くと、裏庭から人の話し声が聞こえてきた。一人は野太い男の声で懐かしいベルトラムの声だ。もう一人の声は女性、それも若い女性のようだ。少しだけ違和感を抱きながら工房を抜け、裏庭に出る。

そこにはベルトラムと小柄な女性がいた。女性の方は俺たちに背を向けているため、顔は分からないが、小柄な割には骨太な感じで、ウェーブが掛かった豊かなブラウンの髪をしており、ベルトラムと同じドワーフのように見える。

ベルトラムはその女性に何やら説明していたようだが、俺に気づくとすぐに髭面に満面の笑みが浮かび、いつもの銅鑼声《どらごえ》で声を掛けてきた。

「ようやく来たか！　昨日帰ってきたそうじゃねぇか！」

「済まないな。昨日の昼に着いたんだが……」

「分かっている。お前も領主の息子だ。付き合いってもんがあるんだろ」と言って、俺の肩をポンと叩く。

俺は彼に頷きながら、ベアトリスを紹介する。

「ベアトリスだ。俺の後見人をやってくれている」

ベアトリスが軽く頭を下げると、ベルトラムは五十センチメートル以上背が高い彼女を仰ぎ見ながら、「ベルトラムだ」と言って右手を差し出した。

ベアトリスは、ややしゃがむような姿勢で彼の右手を取る。

「ほう、槍使いか……ザックの後見人か。うむ……なるほどな」と言って、にやりと笑った。

どうやら、握手をしただけでベアトリスが一流の戦士であることが分かったようだ。

俺は彼の後ろにいる女性が気になっていた。

彼女は強いウェーブの掛かった豊かなブラウンの髪、丸顔に大きめの瞳で、鼻はやや低いものの、愛嬌のある可愛らしいドワーフの女性だった。

俺がその女性を紹介するようにベルトラムに言うと、彼はぶっきら棒な感じで、「ああ……」と言ってから話し始めた。

「こいつは、アルスの連中がうちの工房に押し付けてきたヴィルヘルミーナだ。ミーナ、こいつがいつも言っているザックだ」

彼女は笑顔のまま、「初めまして。ヴィルヘルミーナです。よければミーナと呼んでくださいね」とぺこりと頭を下げる。

俺が挨拶を返すと、

「師匠からお噂《うわさ》は伺っていますよ。あの〝スコッチ〟の本当の発案者だって……」

俺が驚いていると、ベルトラムが事情を説明してくれた。

「お前が村を出るとき、剣を打ってやっただろう。その時の鋼はアルスの連中が贈ってくれた物だ。

そのことをこいつは知っていたんだ。俺がお前に剣を打ってやったと言ったら、〝スコッチ〟の発案者だと気づきやがったんだ」

そう言ったあと、小さく「すまん」と謝ってきた。

俺は話題を変えるため、「そう言えば、師匠って言っていたようだが」とミーナに話を振る。彼女は大きく頷き、

「はい、ベルトラムさんは私の師匠なんですよ。師匠は認めてくれないんですけど」と少し口を尖らせる。

ミーナは弟子と言っているが、何となくアルスの職人たちの意図が読めた。ベルトラムは六十歳を超えている。ドワーフは人間より長命で二百年以上生きるそうだが、それでもこの歳で独身なのは婚期を逃していると言ってもいい。

そして重要なことは、この村には彼の相手となるドワーフの女性がいないことだ。相手がいなければ結婚も何もない。だから、良さそうな女性を送り込んだのだろう。

何となく話題を変えたがっているベルトラムのために蒸留器のことを聞いてみた。

「新しい蒸留器を作ったそうだが？」

「ああ、スコットが依頼してきたものだ。今年だけでも三基作っているぞ」

ペリクリトルで聞いた話とも整合が取れる。スコッチの需要が増え対応しているのだろう。しかし、それでも合点がいかないことがある。

当たり前の話だが、蒸留酒を造るには元になる醸造酒が必要だ。

当初はラスモア村で造っているビールかワインを蒸留していただけだったが、需要が伸びるにつれ、キルナレック近郊の村から仕入れた酒も蒸留していた。仕入れていると言っても、急に供給が増えるわけではない。酒は嗜好品であり、必需品である食料、主に麦の余剰分で造られていたに過ぎない。ニコラスが近隣の村にも農業指導のようなことを行っているが、俺がいない一年で飛躍的に供給が伸びるとは考えにくい。

キルナレック以外の遠方から輸送することも可能だが、以前の試算では輸送コストが大き過ぎて割に合わないという結論だった。

そう考えると、蒸留器を三台も増設する理由が思いつかない。俺が不思議そうな顔をしていると、ミーナがからくりを教えてくれた。

「アルスからいろんなお酒を運んでいるんですよ。ほら、スコッチを買いに来る時って、空の荷馬車じゃないですか。だから、来る時に葡萄酒《ぶどうしゅ》や麦酒なんかを運んでくるんです……」

どうやらスコッチの増産には原料が不可欠だと、アルスのドワーフたちが気づいたらしい。空の荷馬車で村に来るより、原料を運んだ方が確かに効率はいい。しかし、荷馬車一台分では焼け石に水だ。

「もしかして、荷馬車の数が増えているのか？」

俺の問いにベルトラムが大きく頷く。

「アルスからは五輌くらいの荷馬車がくるな。それも酒の樽を満載にしてな」

アルスから酒を買いながら、アルス街道を北上してくるそうだ。それも金に糸目を付けずに買い付けているらしい。

村に入る道に轍ができていた理由がようやく分かった。俺がそんなことを考えていると、ベルトラムがポンと手を打った。

「そう言えば、昔、りんご酒で蒸留すると美味い酒ができるといっていたな。よし！　ちょっと来い！」

最後は叫ぶようにそう言うと、俺の手を掴んで引き摺っていく。

「どこに行くんだ？」と聞くものの、行き先は分かっていた。当然スコットの蒸留所だ。

引き摺られるように歩きながら話を聞くと、アルスからりんご酒が何樽か持ち込まれたが、スコットが蒸留を躊躇《ためら》っているらしい。

「ニコラスに頼んだんだが、お前の意見を聞かんと蒸留は許可できんと断られた。だから、ニコラスに説明してくれ」

俺は苦笑しながら、「分かった、分かった」と言って、ベルトラムを宥《なだ》める。

「あとでニコラスには頼んでやるから……酒のことになると、相変わらずだな」

後ろで見ていたリディたちは呆れていたが、ミーナは面白い物が見られたという感じで、

「師匠はザックさんといると本当に楽しそうですね。うらやましいわ」

そう言って笑っているが、すぐに真顔になる。

「でも、りんご酒の話は頑張ってくださいね。私も楽しみにしていますから」

ドワーフは女性でも酒に目が無いようだ。

村の中心を抜けると、フィン川沿いにあるスコットの蒸留所が見えてきた。

久しぶりに蒸留所に入ると、独特な甘い麦芽の香りが鼻をつき、昔はよくここに通ったものだと懐かしく思えてくる。ベルトラムが叫ぶとスコットの助手がすぐに俺に気づいた。そして一礼した後、スコットを呼びにいくため走り出す。ベアトリス以外は何度も来たことがあり、特に何も感じていないようだが、彼女はいつになく興奮していた。

「ここであの酒を造っているのかい。しかし、村の大きさには不釣合いな醸造所だね」

普段はどっしりと構えている彼女が、落ち着きもなくキョロキョロと辺りを見回している姿に、思わず笑いが零れる。確かにこれだけ大掛かりな醸造所は大きな街にしかないし、更に蒸留器があるところはここだけだ。ベアトリスの様子を見て、自分が初めて蒸留所を見学した時のことを思い出していた。

（何年前だろう……あの時はマッシュタタン――粉砕した麦芽を糖化させるタンク――を覗き込んだり、蒸し暑いウォッシュバック――発酵用の桶――の近くで独特な臭いを嗅いだり……最後は蒸留したての酒ニューポットが出てくるのを飽きずに眺めていたな。そういえば、案内の人が呆れていたような気がするが、今ならあの人の気持ちが分かるな……）

そんなことを考えていると、責任者のスコットが小走りでやってきた。

俺はスポンサーである領主の息子であると共に、〝スコッチ〟の名付け親でもあるから、彼はいつも下にも置かない対応をしてくれる。

それにこの蒸留所の一番の〝買い手〟ということもあるだろう。

名義上、この蒸留所で造ったものはすべてロックハート家のものだが、短期で売りに出すもの以外はすべて俺名義で保管されている。

本来ならオーナーであるロックハート家の財産であり、俺名義というのはおかしいのだが、以前、長期熟成用に保管するという話になった時に、冗談で俺の名を取った〝ザックコレクション〟というシリーズとして売りたいと言ったことが原因だ。その時、父は何も言わなかったが、ニコラスにそのことを伝え、いつの間にか帳簿上は俺名義となっていたのだ。

それだけではなく、長期熟成用の樽には他の樽にはない〝ＺＬ〟の焼印が押されている。そう、俺のイニシャルが記されているのだ。

俺たちの前にやってきたスコットが、「ようこそお越しくださいました」と笑顔で迎えてくれる。

俺がベアトリスを紹介し、見学させたいというと、自ら案内役を買って出てくれた。既に彼女が俺の後見人であると知っており、うちの従士たちに話し掛けるような丁寧な口調で対応していた。

ベアトリスのための即席の見学ツアーに俺たちもついていく。施設の中を進んでいくと、以前は五人くらいしかいなかった従業員が十人以上になっていた。村の農家の次男、三男が中心に働いているそうだが、それでも人手不足なのか皆せわしなく動き回っている。

見学ツアーは製麦《フロアモルティング》、仕込み《マッシング》、発酵《ファーメンテーション》と続き、蒸留《ディスティレーション》を見ていく。

当然、自動化《オートメーション》など一切ない手作業であり、麦の運搬、マッシュタンやウォッシュバックのかき混ぜなど、想像以上に重労働だ。しかし、汗だくになって働いている人たちには笑顔が絶えない。特に蒸留作業では職人たちがいろいろな意見を出し合い、真剣な表情ながらも非常に活気があった。

（自分たちの造ったものが飛ぶように売れていくというのは嬉しいのだろうな。やり甲斐《モチベーション》としては、最高にいい職場だからな）

俺は彼らを見ながら、こういう仕事もいいと思い始めていた。

（本当に楽しそうだな。世界を見てまわるのもいいが、こういう仕事もいいな。将来、自分用の小さな蒸留器で本当のザックコレクションを造りたいな……）

ベアトリスはというと、スコットの説明を聞きながら何度も頷き、更には蒸留器から出てきたニューポットを試飲させてもらい、満足そうに笑っている。太い虎の尾も揺れているから、本当に楽しいのだろう。

スコットにりんご酒の話を聞いてみた。彼は少し困ったような表情で、

「りんご酒が甘かったので、そのまま蒸留しても大丈夫なのか不安がありました……今のところ、蒸留器はフル稼働ですから、無理に造らなくてもと考えたのです」

どうやら、この辺りのりんご酒は甘口《ドウ》タイプのシードルのようで、甘い酒という初めての試みに慎重になったようだ。

「甘口でも問題ないな。量が確保できるなら蒸留してもいい」

話を聞くと、カウム王国辺りではりんごの生産量が多く、割と安く手に入る。ただし、今のところ、アルスからのスコッチ買い付け時に届く分しかないため、大した量は確保できない。俺としてもカルヴァドスというか、アップルブランデーを何とか再現したい。

（カルヴァドスか……それほど詳しいわけじゃないが、三十五年物くらいになるとコニャックに引

けを取らなかったな。花のような香りが一気に広がる感じは独特だし……長期熟成用に何樽か蒸留しておくのもいいな……）

スコットにりんご酒の蒸留を依頼し、館ヶ丘に戻ってニコラスにも、りんご酒の蒸留の許可を出す。

ニコラスは俺が太鼓判を押したことで、りんご酒の調達を約束してくれた。そのついでに俺は気になったことを彼に聞いてみた。さっきまで会っていた蒸留所の責任者スコットのことだ。

彼はこの世界で唯一の蒸留酒の造り手だ。そして、その蒸留酒は飛ぶように売れている。それも金に糸目はつけないドワーフを相手に。少しでも目端の利く商人なら、自社でスコッチが造れないものかと考えるだろう。

蒸留器自体も今のところベルトラムにしか作れないが、構造は簡単だし、再現することはそれほど難しくない。つまり、現在スコッチを造るために必須なのはその職人、すなわちスコット本人ということになる。

「スコットのことなんだが、引き抜きとか大丈夫なのか？」

俺がそう言うとニコラスは笑いながら、

「何度もそういう話が来ていますよ。一番の大物はカウム王国の国王陛下でした。御館様のところにスコットを譲ってほしいという使者が訪れまして、私も同席いたしました」

大国であるカウム王国の国王自らが使者を送ったという事実に、驚きを隠せなかった。確かに王都アルスでのスコッチの人気は凄い。だから、国営の蒸留所を作って安定的な収益を上げる、更には国内の主要産業にして税収を増やすというのは分からないでもない。

ただ、一介の職人の引き抜きに対し、国王自らが使者を送るということは次元の違う話だ。

俺が驚いていると、ニコラスが楽しそうにその時の様子を話してくれた。

「子爵家の当主が使者として訪れたのです。これには御館様、先代様も驚かれまして、すぐにスコットを呼びにいかせました。その間に先方の条件を聞いて、更に驚きました」

思わず、「条件?」と呟いていた。

「はい。スコットを譲ってくれればカウム王国の男爵位を授けると。更にそれに見合った領地も付けると」

友好国とはいえ、他国の騎士に爵位を贈った上、領地まで授けるということに開いた口が塞がらなかった。他国の貴族に儀礼的に爵位を与えることはそれほど珍しい話ではないが、領地まで付くとなると完全な引き抜きになる。場合によっては外交問題に発展する事案だ。

「それで、父上は何と答えたんだ?」と搾り出すように尋ねた。

ニコラスは真面目な表情に変え、居ずまいを正す。

「御館様はこうおっしゃられました。〝過分な申し出なれど、あの蒸留所は我が息子が領民たちのことを思い作らせたもの。領主といえども、その思いは無下《むげ》にできぬ〟とおっしゃられたのです」

「父上がそんなことを……」と、それ以上言葉が出てこなかった。

「その後、スコットにも騎士への叙任と領地を与えるとの申し出があったのですが、スコットはきっぱりと断ったのです」

俺は驚く以上に呆れていた。ただの職人に対して騎士の地位を出すカウムと、それを断ったスコットに対してだ。

「騎士の爵位を断ったのか？」

「はい、それはもうきっぱりと」と笑顔で答える。

「その時のスコットの言葉ですが、彼はこう言っていました。〝私は地位も学もないただの職人でございます。しかしながら、苦労してあの酒を造り上げた時、幼かったザカライアス様が私の苦労を思い、ただの職人である私の名を酒に付けてくださいました。それを御館様もお認めになったのです。本来なら、ご家名を付けるべきところを、私のような者の名を……私は既に過分な名誉を頂いております。後世まで名を残すという名誉を。そのご恩に対し、仇で返すようなことは私にはできません〟そう言ったのです」

確かにスコットの名は後世まで伝わるだろう。だが、それだけなら、騎士の位を蹴る理由にはならないはずだ。

「しかし、それだけのことで騎士の位を蹴ったのか？」

俺の問いに彼は真面目な表情に戻して、「はい」と頷く。

「ですが、私でも同じことを言ったと思います。大恩あるロックハート家に仇なすことを嫌ったのかと。しかし、カウムの使者は更に食い下がってきました。その時のスコットの言葉はこういうものでした。〝私の名はスコッチという名と共に後世に伝わることでしょう。その私が騎士の地位に目が眩《くら》み、大恩あるロックハート家を裏切ったとなれば、破廉恥《はれんち》な男という話が永遠に語り継がれるのです。私はただの職人ですが、そのような屈辱には耐えられません〟そう言ったのです」

確かに〝スコッチ〟という酒と共にスコットの名は語り継がれるだろう。その時、地位に目が眩んで主君を裏切ったとなれば、悪評も一緒に語り継がれる。あり得ることだが、俺は彼の言葉に居た堪《たま》れない気持ちになっていた。

確かにスコットが引抜かれないよう、あえて〝スコッチ〟という名を付けた。それは軽い気持ちと、打算的な考えによるものだった。

更にニコラスから、商業都市アウレラの大商人がスコッチの製造法を買いたいと申し出たことも聞かされる。

「最初は五万クローナと言っていたのですが、徐々に値を上げてきまして、最後には百万クローナと言ってきました。御館様もさすがに驚いていましたが、それだけの価値があるのでしょう。その後も同じような申し出が絶えません」

百万クローナといえば日本円で十億円に相当する。経済規模が日本に比べると遥かに小さいこの世界で、それだけの金を出してもいいと言ってきたことに俺は危機感を抱く。これから酒造りの規模を大きくしていけば、更に市場規模は大きくなる。そうなれば、強引な手段を取る奴が出てこないとも限らない。

特に蒸留責任者のスコットの身は危うい。拉致《らち》すら考えられる。

（さて、どうするかだ。顧客にとってはうちの村で造った物にこだわる必要はない。どこで造られようが品質が同じなら、すぐに買い手は見つかるだろう。いや、今の品薄状態を考えれば多少味が落ちても売れるはずだ……買い手か……そうか！　この手がある！）

俺はニコラスの家を飛び出し、舘ヶ丘を駆け下りていった。

スコットが拉致されるかもしれないと思い、すぐに対策を実行すべくベルトラムの工房に駆け込んだ。

「ベルトラム！　話がある！　酒の話だ！」

俺が工房の入口でそう叫ぶと、すぐに目の色を変えたベルトラムがやってきた。

「酒の話だと！　どんな話だ！」

俺はニコラスから聞いた話をベルトラムに話し、更に俺の考えを付け加えた。

「……要するにスコットの身が危ない。この村もだ。今は酒造りが軌道に乗り始めた大事な時なんだ。ここでスコットが抜ければ、俺の目指す最高の酒造りは十年、いや、二十年は遅れてしまう。そこで頼みがある」

ベルトラムは俺の言葉を聞き、難しい顔をしていた。

「頼みだと。鍛冶師の俺にできることなんか高がしれているだろう」

「いや、これはベルトラムじゃなけりゃできないことなんだ……」

俺は自分の考えを話し始めた。

「アルスのドワーフたちに頼んでほしいんだ。もし、スコットが自分の意思とは関係なくこの村を去った時、うちとは別のところの蒸留酒が売られ始めても買わないと宣言してほしいと」

ベルトラムは怪訝《けげん》な顔をする。

「それはどういう意味だ？　確かにこの村で酒が造れなくなるだろうが、他で造れるようになるかもしれんだろう。そいつを買うなと言いたいのか？」

「いや、スコットが無理やり他で酒を造らされることを防ぐだけだ。スコットがうちにいる限り、他で蒸留酒ができても俺は気にしない」

「それは分かるが……アルスの連中には関係ないことだろう。言っちゃ悪いが、誰が造ろうが酒に変わりはねぇからな」

　俺はその言葉に頷くが、すぐに反論した。

「確かにそうだろう。ここでスコットが抜けても、すぐに影響は出ない。特にアルスの連中は、今寝かせてある酒がなくなる三年後まではほとんど影響が無いはずだ。だが、その先はどうだ？　スコットが他の場所ですぐに同じように酒が造れると思うか？　そうなったら何年かの空白期間ができる」

　ベルトラムは小さく頷く。俺は止めを刺すべく表情を固くする。

「それより、もっと大事なことがある」

「大事なことだと？」と俺を見つめる。

「ああ、あんたなら分かっているだろうが、初めて蒸留酒を造ったときの物と比べて、今の酒はどうだ？　俺は香りを確認している程度だが、それでも分かる。確実に美味くなっていると」

「ああ、確かにな」と頷く。

「このまま行けば、十年と掛からずにもっと美味い酒ができる。いや、造ってみせる。あと五年もすれば俺も酒を飲めるようになる。そうなれば……」

ベルトラムはポンと手を打つ。

「ああ、分かったぜ。本物の味を知っているのはお前だけだ。なら、ここで造るのが一番だな……アルスの連中にはうまく言っておいてやる。ラスモア村の酒造りの責任者が危険だとな。それを防ぐために、スコットが攫《さら》われたり望まず村を去ったら、どこの酒だろうと買わないと宣言しろと」

「ああ、それでいい」と言って頷く。

「そうすりゃ、数年後には美味い酒が呑める。そう言っていいんだな？」

「ああ、少なくとも五、六年すれば十二年物が少しだけ出せる。それほどの自信はないが、今の物よりは確実に美味いはずだ」

「ならいい。アルスの連中は口は悪いが義理堅い奴ばかりだ。特にここの酒のためなら、大抵のことはやってくれるはずだ」

彼の言葉に何とかなりそうだと安堵した。

俺はその時初めて気づいた。ベルトラムの後ろにミーナがいたことに。

彼女は不思議そうな顔で俺を見ていた。ベルトラムも俺が何を考えているのか分かったのか、小さく頷いた。

「ミーナのことは気にせんでいいぞ。遅かれ早かれ、こいつには気づかれただろう。お前はここに来ると脇が甘くなるからな」

そう言って笑うが、俺は一緒に笑う気になれない。俺の顔を見てベルトラムは更に付け加えてきた。

「こいつは一応俺の弟子だからな。それにこいつも大の酒好きだ。お前の秘密を軽々しく話すことはないだろうよ。そうだろう、ミーナ？」

ミーナは小さく頷き、

「はい。ザックさんが普通の子供じゃないのは何となく分かっていましたよ。師匠と話す時の顔が子供の顔じゃなかったですから。それにおいしいお酒の話なら、私も混ぜてほしいです。フフフ」

俺は頭を掻きながら、笑って誤魔化すことにした。

その時、俺はベルトラムに依頼したことがどのような結果になるか、深く考えていなかった。


ラスモア村に里帰りしてから一ヶ月。

ドクトゥスでの学院と森を交互に訪れていた時と比べ、村ではゆっくりとした時間が流れていた。

この村に馴染みのなかったベアトリスだが、日に日に馴染んでいった。彼女自身、この村を気に入ったようで、

「ドクトゥスからここに移り住んでもいいいね。何といっても大きな風呂に美味い酒。この二つがあれば……」としみじみと言っていた。

それだけ聞くと生活破綻者のような言葉だが、彼女も毎日自警団の訓練に参加しており、規則正しい生活を送っている。

そしてメルとダンのドクトゥス行きだが、思ったよりあっさりと許可が下りた。

俺たちが冒険者として稼いでいることで、金銭的な問題はないと判断されたこと、ベアトリスというしっかりとした大人の保護者がいるということが決め手となった。保護者といえばリディが最初からいるのだが、信用度の点では、付き合いが短いはずのベアトリスの方が圧倒的に評価されている。理由について俺から言うべきことはない。

一番の理由はメルの精神状態だった。

俺が学院に入学するために村を発ってから、メルの感情の起伏が激しくなった。ちょっとしたことで怒りを見せたり、笑ったり、泣いたり……思春期の体の変化と俺の不在という心の負担が重なり、不安定になっていたらしい。

特に心配したのは無茶な剣の修行のことだった。シェハリオン山に入っての修業も当初は断固として反対したが、許可しなければ心が壊れそうだと仕方なく許可したそうだ。表面上はダンとメルの二人だけで山に篭ったことになっているが、実際にはヘクターとガイが常に気に掛けていたそうだ。

そして、俺が帰って来てからの彼女の変わりようを見て、ドクトゥス行きを反対するよりは、俺に預けた方が彼女にとって良い方向に向かうと考えた。

「ザック様にはご迷惑をお掛けし、誠に申し訳ないと思っているのですが、娘のことを思うと……」

いつもは陽気な笑顔のヘクターが憂《うれ》いを帯びた顔でそう言い、夫婦で頭を下げた。

「年頃の娘というのは難しいものです」と苦笑交じりに付け加えた。

（年頃の娘ね……思春期か。そんな時代もあったような気がするが……さて、どうしたらいいんだ……）

途方に暮れるが、とりあえず彼女ときちんと向き合うしかないと思い直す。

そんなことがあったが、気心の知れた仲間が増えるのはやはり楽しいものだ。

俺はドクトゥスに行ってからのことを考え、俺たちザックカルテットにリディ、ベアトリスを加えた六人で森に入り、連携などを確認していった。

みんなで森に入って感じたことは、やはりここは平和だということだ。

ドクトゥスなら北の森に入った瞬間、殺気のようなものを感じる。だが、村の近くの森ではそんなものはほとんど感じない。ピクニックでもできそうな日本の長閑《のどか》な森と言っても差し支えないほどだ。

危険を感じない理由に、ダンが優秀な斥候《スカウト》になっていたということがある。

俺自身も村にいる頃から猟師たちと森に入っていたし、ドクトゥスに行ってからもベアトリスの指導を受け、気配察知や隠蔽などのスキルには自信があった。しかし、ダンは僅か一年で俺より遥かに優秀なスカウトになっており、彼が事前に魔物を察知するため危険を感じなかったのだ。

ダンは何も言わないが、シェハリオン山という危険な場所で自分の愛する少女メルを守るため、常にギリギリの状態でいたのだろう。その結果が、一般の冒険者の数倍の効率でスキルレベルを上げることに繋がった。

これにはベテランのベアトリスも驚いており、「この子たちは本当に天才ばかりだわ」と呆れながらもダンの力量を認め、彼に斥候を任せても問題ないとのお墨付きを与えた。

そんな平和な夏の日が過ぎていく。

そして今日、八月十五日に俺たちはドクトゥスに向けて出発する。

メルやダンにとっては初めての旅だが、親元から離れる不安より、その先の期待の方が勝っているのか、ここ数日は遠足前の子供のようにソワソワとしていた。

早朝の鍛錬と朝食を終え家族と別れの挨拶をする。さすがに大人たちは笑顔でいるが、幼い子供の弟や妹たちは、俺たちがいなくなると聞いて泣き出してしまった。小さな子供たちをなだめすかしてから馬に乗り、舘ヶ丘を下っていく。

村人たちも俺たちの出発を知っており、丘の間を通る道に並んで手を振って送り出してくれる。

俺は再び故郷を後にした。

ドクトゥスへの旅は往路と比べ平和そのものだった。危険なカルシュ峠でも魔物や野盗の襲撃はなかった。

ただ一つ、俺の心の平安をかき乱したのは、冒険者の街ペリクリトルで聞いた鍛冶師ギルドの緊急声明の話だけだった。

ペリクリトルで定宿としている〝荒鷲の巣〟亭に入り、主人のヨアンから「凄ぇことになっているみたいだな」と笑われた。最初は何の話か分からず首を傾げていたら、鍛冶師ギルドが声明を出したと教えてくれた。ギルドの声明は次のようなものだった。

『鍛冶師ギルドに所属するすべてのドワーフはここに宣言する。ラスモア村の酒造技術が不正な手段をもって破綻させられた場合、関与の有無にかかわらず、その後に製造された蒸留酒は一切購入しない。更に不正な手段を行った者が判明した場合、その者が所属する国家、都市、匠合《しょうごう》等の組織と、鍛冶師ギルド及びギルド所属のドワーフは取引に一切応じない。これは単なる警告ではない。いかなる組織が相手であろうとも、我がギルドは必ず実行する……我々は酒に関して一切妥協しないのだ……鍛冶師ギルド匠合長ウルリッヒ・ドレクスラー』

俺はその声明文を読んで唖然《あぜん》とした。驚きのあまり、手に持っていた剣を取り落としてしまったほどだ。

ここまで大事《おおごと》になるとは思っていなかった。

（ドワーフの酒に対する執念を甘く見ていた。まさか匠合長名で声明が出されるとは……）

鍛冶師ギルドの匠合長といえば、その権力は一国の王に匹敵する。

鍛冶師たちが担うのは鍋や釜などの生活必需品の製造だけでなく、国防の根幹である武器や防具の供給だ。武器に命を預ける傭兵や冒険者たちは、鍛冶師のサポートが受けられなければ、その国を去るだろう。騎士団や自警団で対処するとしても武具の手入れがままならなければ、魔物が跋扈《ばっこ》する危険な土地に成り果てることは容易に想像できる。つまり、鍛冶師ギルドが優秀なドワーフの鍛冶師を引き揚げさせれば、時をおかずしてその国の力は低下するのだ。

（村は大丈夫だろうか……俺の打った手で本当に守りきれるんだろうか……）

俺が考えた村と蒸留所を守る方法は父やニコラスに伝えている。

その方法とは蒸留技術の普及だ。但し、石鹸《せっけん》の時のように技術自体を売りつけるのではなく、職人を育てて各地で蒸留所を立ち上げてもらうという気の長い計画だ。

なぜ石鹸と同じことをしないと決めたのか？　それは石鹸に思い入れはないが、酒には思い入れがある。ただそれだけの違いだ。

俺はこの蒸留技術、つまり〝酒を造る〟ということを、金のことしか考えない連中に売りたくなかった。少なくとも、美味い酒を造ろうという気概のない大手の商人や貴族に売るつもりはない。

この世界で蒸留酒の何たるかを理解している者は俺だけだ。長期熟成の重要性を理解しない大手の商人や貴族が蒸留酒を造り始めれば、効率だけを優先して新酒であるニューポット、つまり〝麦焼酎〟状態で出荷するはずだ。それはそれで飲めないことはない。つまり、味の向上を目指さなくとも売れるということだ。

それが主流となればどうなるか。

短期間で収益が上がるのに長期間在庫を抱えておきたいとは誰も思わない。これは商売をする者ならごく初歩の常識だ。長期熟成の〝本物〟のウィスキーが世に出るには最低十年掛かる。飲んだこともなく、味も理解できない者にはそんな時間を掛ける必要はないと考えるだろう。

その結果、俺が目指す本物は世に出る前に葬り去られてしまうのだ。だから、少なくとも長期熟成のスコッチが流通し、味が認知されるまでは無闇に蒸留技術を拡散させたくない。

前置きが長くなったが、俺が考えたのは、やる気のある職人がスコットの蒸留所を訪れたなら、必ず受け入れ、酒造りの技術を教えるということだ。但し、それには三つの条件を付けた。

一つ目は少なくとも三年間、下積みの仕事を行うこと。二つ目はベルトラムと酒の話ができるようになること。三つ目はスコットの酒を超えるものを造る夢を持っていること。これが俺の付けた条件だ。

一つ目は樽や原料の管理を覚えさせることで品質を維持することが目的だ。三年目なら自分が一から関わった酒が飲めるようになっている。この時間がいかに重要かを理解できれば、下手な酒は造らないだろう。もちろん、蒸留技術だけを盗みに来た者や下積みを軽視する者を排除する目的もある。

二つ目の理由は簡単だ。酒好きかどうかを見るだけだ。酒に対する情熱がなければベルトラムが見限ってくれるし、情熱がある者なら顧客であり、ドワーフの中で最も蒸留酒を飲んでいるベルトラムの意見を直接聞くことは今後の参考になる。

三つ目も酒に対する情熱があるのかを見るだけだ。未だ発展途上であるスコットの技術の縮小再生産をしても意味がない。改善の努力をしない技術者が一流《プロフェッショナル》になれるわけがないのだ。

うちの村の蒸留技術を覚えてから、大商人にヘッドハンティングされようが独立しようが、とやかく言うつもりはない。

俺の付けた条件をクリアできる職人が蒸留技術を広めてくれるなら、俺にとっても歓迎できる話だ。まあ、今から始めたとしても、その職人たちが造る蒸留酒が俺を満足させるのは二十年以上先になるから気の長い話ではあるが。

ここまでが俺の考えた計画だが、鍛冶師ギルドの宣言で話は一気に変わった。鍛冶師ギルドが全世界に向けて声明を発信したということは、全世界がラスモア村の蒸留技術に注目するということだ。当然、その中にはカエルム帝国も含まれる。

ロックハート家は一応、帝国に忠誠を誓う騎士だ。実際にはロックハート家は小さいながらも独立国家のような存在であり、帝国の庇護《ひご》の下にはない。それでも帝国政府が何か言ってきた場合、他の国より断りにくい。

これについては、以前から祖父や父は「騎士の爵位など返上すればいい」と、こともなげに言っている。特に父は元々拘りが無いのか、実に合理的な考えを持っていた。

「騎士といっても義務もなければ恩恵もない。それに父上が良いというなら、私の功績でもない騎士の爵位など無くても構わんよ」

それでも帝国が興味を持つことはあまりいい状況とは思えない。更に鍛冶師ギルドと誼《よしみ》を結びたい、又は従わせたいと思っている商業都市アウレラなどは、財力に物を言わせて何をしてくるか分からない。

（しかし、ドワーフたちの執念を考えたら、このくらい予想しておくべきだったな。鍛冶師ギルドの庇護という思ってもみない強力な後ろ盾を手に入れたが、話が大きくなり過ぎた……一度村に戻った方がいいかもしれないな……）

そう考えたが、結論から言えば、俺は村に戻らなかった。

理由は俺が村に戻ったとしても、できることは大してないからだ。父やニコラスは大変だろうが、基本方針として蒸留技術を売らないと公言しておけば、鍛冶師ギルドを敵に回したくない連中が強引な手に出ることはないだろう。

後は絡《から》め手を使ってくる連中をどうするかだが、何があっても売らないと宣言しておけば、自給自足が可能なラスモア村に経済的な締め付けは効かないし、権力にも屈しないから大きな問題にはならない。

俺がいるより、剛毅《ごうき》な父と実直なニコラスが断る方が下手な手は打ちにくいだろう。

(ニコラスが苦労する姿が目に浮かぶんだが……すまん……)

俺はラスモア村の方に頭を下げ、心の中でニコラスに手を合わせて謝罪した。

後に聞いた話では、カウム王国の王家がスコットを引き抜きに掛かったのは、国内のドワーフたちを懐柔《かいじゅう》するためだった。ドワーフが愛して止まない蒸留酒を一手に握ることで、扱いにくいドワーフの鍛冶師たちに対する切り札にしようと考えたということだ。

(確かに有効な手ではあるが……ただの酒だぞ。それがほとんど戦略物資になっている……俺の打った手が良かったのか悪かったのか。これ以上、大事にならなければいいが……)

鍛冶師ギルドの声明発表後、スコットに対する過剰な引き抜きの話はほとんど無くなった。俺の思惑通り、下手な手を打って鍛冶師ギルドと取引ができなくなれば、国や組織の根幹に関わる大問題になると考えてくれたようだ。

その代わり正当な手段ならいいのだろうと、ロックハート家に対して蒸留技術を譲ってほしいと言う申し出は、より激しくなった。

閑話　ベアトリス・ラバル

あたしが、あの日のあの時間にギルドに行ったのは全くの偶然だ。あの日は槍の整備が終わったから、ギルドの訓練場で軽く汗を流そうと思っただけだったんだ。

ギルドの前に着いたら、いきなりテリーの奴が転がってくるじゃないか。また酔っ払って喧嘩《けんか》でもしたんだろうと思ったが、誰も助けに来ない。おかしいなと思いながらギルドに入っていったんだ。

そうしたら、テリーの仲間があんぐりと口を開けているじゃないか。何を見ているんだろうと思って視線の先を見てみると、そこには十歳くらいの少年がいた。

本当にきれいな子だった。金持ちの中年女や男色の親父が見たら涎《よだれ》を垂らしそうなほど整った顔立ちだ。でも、その目は強い力を秘めていた。好色なだけの奴らが裸足で逃げ出すような、そんな目だった。

最初は生意気な貴族の子供がいるのかと思ったね。身綺麗にしているし、何より自信に溢れた仕草が普通の子供じゃない。

話を戻すと、何があったんだろうと思ったことだが、何となく空気で分かったよ。テリーも普段は悪い奴じゃないが酒癖が良くない。子供が入ってきたからといって難癖をつけた。そして、逆にやられちまった。そんなところだろう。

ちょっとからかうつもりでその子に声を掛けてみた。すると警戒するように身構えたんだ。まあ、あたしはでかいし、見た目が恐ろしいみたいだからいつものことさ。

話をすると、あたしの予想通り上流階級の子供のようで、丁寧な言葉遣いだったね。でも、不思議なことにあたしみたいな女冒険者にも丁寧な言葉を使ってきたんだ。このくらいの歳の上流階級の子にしては珍しい。

少し話をして正体が分かったよ。ティリア魔術学院の首席、ザカライアス・ロックハートだってね。

滅多に旧市街に行くことはないが、あたしでも噂を聞いたことがあるほどの有名人だ。入学時点で既に宮廷魔術師並の魔法が使えて、変わり者の教授に助手としてスカウトされたっていう話は、この街じゃ知らない者はいない。それにちょっと前にイアンって若いのが、恐ろしく腕の立つ子供に助けられて、その子が学院の首席と同一人物だって知って驚いたことがある。

その有名人ザカライアス・ロックハートにちょっと興味が湧いた。

最初はほんの気まぐれだったのさ。イアンが言っていた腕前を見てみたくなったんだ。学院の首席っていえば、もやしみたいなひょろひょろってイメージしかない。それが駆け出しとはいえ冒険者が驚くような剣の腕を持っているって言うんだ。興味が湧かない方がおかしい。

でも、あたしの興味本位の誘いに簡単には乗ってこなかった。

あたしのような凶暴そうな大女にも物怖じせずに、メリットが無いと断ってきたんだ。調子に乗って添い寝してやるとか言ったのに、その言葉は軽くスルーされた上に、何やら値踏みするような目であたしのことを見ていた。

何を考えているんだろうと思って、ちょっと殺気をぶつけてみた。テリーたちならビビッてしまうくらいの殺気だ。それでも、この子はあたしの目を平然と見返していた。見かけ以上に肝が据わっていると感心していると、向こうから条件を出してきた。

それが後見人になってほしいって話だった。最初は驚いちまったね。

だってそうだろう。

ティリア魔術学院の首席っていえば、エリート中のエリートなんだ。趣味で剣術を齧《かじ》っているだけでも驚きなのに、冒険者になりたいって言うんだ。驚くなっていう方がおかしい。

それでもこの子、ザックの実力が見たいという気持ちの方が強かったね。

それであたしが認めるほどの腕なら後見人になってやると言ったんだ。その時は魔法の腕だけでも充分だろうと思っていたよ。けど、それはあたしの間違いだった。

訓練場に行って最初に魔法を撃たせたんだが、ザックはまさしく天才だった。

魔術師ギルドのお膝元、ここドクトゥスで十五年も冒険者をやっているが、動きを自在に操る魔法なんて見たことがないし聞いたこともない。それだけでも驚きだったが、二つの魔法を同時に放ってきた時には思わず声を上げたほどさ。あたしの常識って奴はその時完全に崩れたね。

それだけでも驚きに値するんだが、彼は剣術士としても非凡だった。獣人族に匹敵する瞬発力を見せただけじゃなく、自分が放った魔法と見事にタイミングを合わせていたんだ。

血が熱くなるのを感じたね。これだけのことを簡単にやってのける天才が何を見せてくれるのか、それが楽しみで仕方なかった。

でも、熱くなった血は一気に冷めた。

調子に乗ったあたしが悪いんだが、防具を着けていない彼に本気で突きを入れ、血反吐を吐かせてしまったから。

相手は僅か十歳の子供。訓練用の槍とはいえ、本気で突くことはなかったと反省したが、更にあたしを驚かせてくれたね。血反吐を吐きながら剣を杖にして立ち上がろうとしていたんだ。

防具なしであたしの突きを食らえばベテランでもすぐには立ち上がれない。テリーたちのような若い連中なら三十分は訓練場の端でぶっ倒れているだろう。

それなのに、彼はよろめきながらも立ち上がろうとしたんだ。あたしは呆然として見ていたから、彼の放った魔法をもろに食らっちまった。その時、痛みを覚悟したんだが、当たった衝撃だけで痛みが襲ってこない。不思議に思って魔法が当たった場所を見ると傷一つ付いていなかった。

彼はあたしのことを考え、魔法に細工を加えていたんだ。こんな芸当も初めて見たね。

立ち上がった彼はもう一戦やるかと聞いてきた。でも、すぐに答えられなかった。よろよろと立ちあがった彼に僅かに恐れを感じていたんだ。

十歳の子供が魔術師として一流であり、不屈の戦士の魂を持っているんだ。恐ろしいというより不気味さを感じても、おかしな話じゃないと思う。

でもすぐに考えが変わった。

不気味さは彼の目を見た瞬間消えたから。その目に邪《よこしま》なところはなく、もう少しこの模擬戦を続けたいと言ってきた。あたしも同じ気持ちだった。

もう一戦やったが久しぶりに楽しかった。ザックはいろんな手を使ってくる。槍に蹴りを入れて軌道を逸らすなんて初めて見たね。今回は懐に入られなかったが、もし入り込まれたら、あたしでもやばかったかもしれない。

模擬戦をやりながら、この子がどこに向かっているのか見てみたいと思った。そして、あたしは後見人になることを了承した。但し条件を付けて。

その条件はあたしとパーティを組むこと。あたしと組みたい若い連中は多いから、この条件で断られるとは思っていなかった。でも、困った顔をされた上に断られちまった。

ちょっとだけ傷ついたね。そのせいでおどけた態度を取っちまったよ。それが分かったのかもしれないが、ザックは時々組むだけならいいと認めてくれた。

彼の後見人になった翌日、彼の幼馴染のシャロンという娘の後見人になった。最初は人形のようにかわいくて、どこの貴族のお嬢様だって思ったほどさ。虫も殺せない感じで戦力にならないと思ったんだが、大間違いだった。

一緒に狩りをするようになって思ったことは、シャロンも間違いなく天才だってことだね。それもザックとは違う意味で。

ザックは自分でいろいろと工夫をするが、シャロンは彼のためにどうすべきかを考える子だ。

彼が考えた魔法を忠実に再現する。その能力はザックを超えていた。よく二人で同時に同じ魔法を使うんだが、彼女は彼の魔法に完璧に合わせている。

あたしは魔術師じゃないから何とも言えないんだが、リディアーヌに聞いた話だと、レベル五十を超えている彼女ですら他人の魔法に完全に同期させることは難しいそうだ。レベル五十といえば冒険者の魔術師としてはトップクラスだ。この街でも数人しかいないだろう。そんな彼女よりシャロンの方が上手くできるんだ。

二人の後見人になった日、三人が住む家に招かれた。大きくはないが、住みやすい感じの家で近所の人たちともうまくやっているようだ。あたしとは住む世界が違うと思ったね。

話は変わるが、今まであたしは家庭ってものに縁がなかった。

あたしはカエルム帝国の北部にある小さな村の生まれだ。傭兵の国フォルティスとの国境に近いポルタ山地の麓で、年に何回か行商人が来るだけの辺鄙《へんぴ》なところだ。危険な魔物が多くて、あたしたち王虎族だから住めるような危険な場所さ。

親父とお袋はあたしが八歳の時に魔物と戦って死んだ。残されたあたしたち兄弟は、七歳上の兄貴を筆頭に五人。両親が死んでからはいつも腹を空かせていたね。

あたしが十二、三歳になると、兄貴がやたらと結婚を勧めてきた。あたしの下にも兄弟がいるから兄貴としちゃ、一人でも食い扶持が減ってくれる方が助かるんだろう。まだ小娘に過ぎなかったあたしは好きな男もいないし、歳が離れた兄貴にいつも反抗ばかりしていた。それで十四の時に家出同然で村を出たんだ。

フォルティスやペリクリトルを経て、ここドクトゥスに落ち着いたんだが、結局仲間はできず、ずっと宿暮らしさ。この家みたいな家庭的なところに全く縁がなかったんだ。

そんなことが分かっているのか、ザックはあたしにいろいろと構ってくれた。料理を作れないあたしが手持ち無沙汰にしていると、

「暇なら岩猪《ロックボア》を捌《さば》いてくれないか」

あたしも冒険者生活が長いから、魔物くらいは捌ける。特に売り物になる岩猪《ロックボア》や槍鹿《スピアディア》は何十回と捌いているからできないわけじゃない。それでも一応そのことは伝えておいた。

「あたしは肉屋じゃないんだ。冒険者流の雑なやり方だが、それでいいのか？」

「それで構わないよ。バラ肉と肩とモモは今日使うつもりだが、他は適当な大きさに切り分けておいてくれたらいい」

「ああ、それならお安い御用だ」

そして、二人で肉を捌き始めた。手際がいいとか、どこが好きかとか、しきりに話し掛けてくれた。他にも近所にあたしのことを紹介してくれた。

「この人はベアトリス・ラバルさんです。三級の冒険者で今度私とシャロンの後見人になってくれた人です。時々顔を合わせると思いますので、よろしくお願いします」

あたしはこういう時、どういう風に挨拶していいのか分からず、彼と一緒に頭を下げるしかなかった。隣のノヴェロという家には三人の幼い娘がおり、あたしの姿を見て母親の後ろに隠れてしまった。

「大丈夫だよ。優しいお姉さんだから」と彼がフォローしてくれた。十歳の子に気を使わせる三十

女というのも情けないが、その時は年甲斐もなく楽しかった。

そんな些細《ささい》なことがきっかけだと思う。気づいた時には彼に魅かれ始めていたんだ。

その時は不思議な感じがしていた。あたしの息子と言ってもおかしくない男の子に父親に感じるような温かさを感じていた。今じゃ、その理由を知っているが、その時は自分がおかしくなったと思ったほどさ。

そんな彼が、あたしに魅力を感じてくれているんじゃないかと思わせることがあった。あたしが風呂から出た時、バスローブって奴を着たんだが、それが小さ過ぎていろんなところがはみ出そうだった。そんなあたしの姿を見て、彼が赤くなったんだ。

ここには女のあたしでも見惚れるほどの美女リディアーヌと、彼と同世代の愛らしい少女シャロンがいる。あたしみたいなガサツな大女が見向きされなくてもおかしくは無いと思っていた。それがあたしを見て赤くなったんだ。その瞬間、ちょっとだけ優越感を感じたね。

初心《うぶ》な子供が赤くなっただけなのに優越感に浸るっていうのもおかしいんだが、その時はそんなことを考えもしなかった。多分その時、初めて彼に魅かれ始めているって気づいたんだと思う。

それから一ヶ月くらい一緒に魔物を狩った。学院での勉強があるから、二日に一回くらいしか森に入っていないが、それでも楽しかった。

彼は綿が水を吸うようにいろんなことをすぐに吸収する。初めて会った時も優秀な斥候だと思ったが、あたしがちょっと助言するだけでメキメキと実力を付けていったんだ。

その頃、あたしは無意識のうちに彼に嫌われないようにしようと思っていたらしい。十一月に入ってすぐに彼が大怪我を負った。それもあたしが油断していたせいで。

その日はいつものように荒地でグールを狩っていたんだ。あたしはその前から彼が防具を着けていないことが気になっていた。それでも強く言えなかった。他の若い奴にならば間違いなく言っていたのに。

彼がグールに押し倒された時、心臓が止まるかと思った。彼との距離は十m《メルト》。大した距離じゃない。でも、その時は絶望的な距離に思えた。

彼の悲鳴が荒地に響いた。その時はよく見えなかったが、肩に噛み付かれていたんだ。致命傷を負うことはなかったが、自分に対する情けなさと怒りで一杯だった。

その後、彼がグールの麻痺毒にやられて意識を失った。リディアーヌが治癒魔法を掛けたが、意識が戻らない。

「このままここにいるより、街の治癒師に見せた方がよくないか？　あたしの知り合いに腕のいいのがいるんだ」

「この人が言っていたのよ。頭を強く打った時はできるだけ安静にしておいた方がいいって。この人が目を覚ませば自分で頭の治療ができるわ。だから……」

リディアーヌは狼狽《ろうばい》していたが、どうしても動かせないと言い張ったからその場に留まった。

しつこく現れるグールに自分の苛立ちをぶつけていたが、一時間ほどしたところで、もう一度街に戻ることを提案した。

「ここはグールしか出ないが、帰り道は何が出るか分からないんだ。あたしらが捌けないほどの魔物が出るとは思わないが、それでもどれくらい時間が掛かるか分からない。暗くなる前に確実に街に入る方がいいんじゃないか」

「そうね。あなたの言う通りかも……分かったわ。街に戻りましょう」

彼に目覚める気配がなく、彼女も街の戻ることを了承するしかなかった。

その帰り道、彼女とシャロンに周囲の警戒を任せたんだが、二人の攻撃は凄まじかった。リディアーヌは鬼気迫る表情だったが、魔力を温存すると言って弓を使った。彼女に見つけられた魔物は正確に目を射抜かれ一撃で倒されていた。シャロンは表情こそ変えていないものの、いつも以上に魔法に切れがあった。あたしが彼を降ろして槍を構える必要がないほどだったね。

無事に家に着いたが、それでも目を覚まさない。知り合いの治癒師を呼んだが、効果はなかった。リディアーヌは革鎧を外すことなく、彼の手を握り続けていた。この時、あたしは敵わないと思ったよ。どんな絆があるのか詳しくは聞いていないが、この二人の間に入るのは無理なんじゃないかって思い始めていた。

あたしは装備を外し、下で待つことにした。シャロンもリディアーヌに任せるつもりなのか、夕食の準備を始めた。あたしはザックがあんな状況でよく料理なんかできるなと思い、そのことを口にした。

「よく料理なんかできるな」

言ってからしまった、と思った。まだ一ヶ月くらいの付き合いだが、シャロンが平然と料理を作れるはずがないことは分かっている。

「すまん。今のは忘れてくれ。お前が心配していることは分かっている」

シャロンは気にした様子もなく、ニコリと笑った。

「大丈夫です。心配はしていますけど、ザック様は大丈夫です」

それは自分に言い聞かせるようなしゃべり方だった。

「お目覚めになったらすぐにお腹が空いたっておっしゃると思いますから。私ができることはこれくらいですし……」

料理を作る手が少し震えていたが、そのことを指摘するほど野暮じゃない。

夕方になってようやく彼が目を覚ました。リディアーヌは泣きじゃくり、シャロンは立っていられないほど震えていた。あたしも安堵した途端、泣きたくなるほど嬉しかったが、そこまで素直に感情を出すことができなかった。

二人がなかなか落ち着かないので、あたしが事情を説明したが、素直に感情を出せるリディアーヌをうらやましく思っていた。

その後、リディアーヌと二人で彼の寝顔を見ながら酒を飲んだ。一言もしゃべらなかったが、何となく彼女と心が通じた気がした。

それから二ヶ月くらいは大きな事件が起きることもなく、平和な年末を迎えた。

年末といっても今までは特に何をするということもなかったが、今年は彼らの家で過ごすことになっていた。

のんびりと風呂に浸かり、気の合う者たちと美味い食事と酒を楽しむ。そして、その中心には彼がいた。大して特別なことはしていない。でも、あたしには特別な日だった。

出会ってから三ヶ月。彼には何も言っていないが、この関係を壊したくないと思いながらも、リディアーヌやシャロンと同じように一緒に暮らしたいと思っていた。でも、それは叶わぬことだと諦めようとも思っていた。

そんなことを考えていたら、リディアーヌがあたしにここで住むように勧めてきた。あたしは「ああ」とだけしか答えられなかった。

もちろん一緒に住みたい。彼の傍にいつもいられるのなら、他には何もいらない。しかし、あたしがこの三人の中に入っていいのか不安だった。

この三人は六年以上の付き合いだ。それに引き換え、あたしはまだ三ヶ月も経っていない。そのことを告げたら、ザックが時間は関係ないと言ってくれた。本当に嬉しかった。

翌日、幸せな気分で目を覚ました。これから一緒に暮らせることに舞い上がっていたんだ。彼が裏庭に出たのが分かった。真面目なことに新年早々から素振りをするようだ。あたしは彼の近くにいたくて槍を持って外に出ていった。

しかし、あたしが見たのは雑念だらけの素振りだった。何を悩んでいるのかすぐに分かったさ。あたしのことだ。

舞い上がっていた気分は一気に落ち込んだ。

彼がリディアーヌたちと一緒の時に話がしたいと言ってきた。どんな話になるかと気になるが、どうしても悪い方に考えてしまう。落ち込んだ表情を見せないように努力し、彼の話を聞いた。

それからは驚きの連続だった。落ち込んでいたことなんて忘れるほどで、あたしの頭じゃ付いていけない。

だってそうだろう。神々から頼まれたとか、神の使いを教え導くとか言われたんだ。極めつけは彼の魂が別の世界から来たっていうじゃないか。御伽噺《おとぎばなし》でもここまで荒唐無稽《こうとうむけい》じゃない。三人であたしを騙したといってくれた方がよっぽどマシだ。

父親くらいの魂がこんな少年の身体に入っているなんて、と思って見つめてしまった。それが気味悪がっていると思われたようだ。一緒に住む話はなかったことにしていいと言われてしまった。あたしはすぐに否定した。信じられないというより、やっぱりという感じなんだ。ようやく納得できたことを伝えると、リディアーヌがあたしの考えに賛同してくれた。

それでも、あたしはどうしていいのか分からなかった。彼の使命は世界を救うことなんだ。そんな英雄と一緒にいて、あたしにできることがあるのかって思っちまう。

あたしは槍を振り回すことしかできないガサツな女だ。リディアーヌやシャロンのように魔法で彼を助けることはできないし、頭も良くない。そんなことを考えていたら、リディアーヌがとんでもないことを言った。自分にとって彼の使命など、どうでもいいことだと。

神様から与えられた使命を、どうでもいいって簡単に言い切れることに驚いた。あたしも神様を真剣に信じちゃいない。ルークスの狂信者なら別だが、普通は神様なんてあまり気にしない。それでも神様のことをどうでもいいって言うのは違うと思った。

でも、話を聞いて納得した。

リディアーヌにとって大事なことはザックといること。そのためにどうしたらいいのかを考えれば、自《おの》ずと彼の使命を助けることになる。だから、彼のために命を捨てることすら厭《いと》わない。

すとんと腑に落ちた。確かにそうだ。

自分にできることをする。それでいいと彼女は言っているのだ。あたしが納得すると、更に驚くべきことを口にした。

ザックにあたしの想いに応える気があるのかと言ったんだ。顔から火が出るかと思うほど恥ずかしい。こんなことを言われるなんて思っていなかったから。

それでもあたしは彼に魅かれていると正直に言った。言葉にすることがこんなに難しいとは思わなかったが、それでも彼に伝わったと思う。

彼を想っているのは、ここにいるリディアーヌとシャロンだけじゃなく、故郷にいるメリッサという娘もいる。彼もそのことを分かっており、どう答えようか困っていた。

リディアーヌは結論を出さないまま、この話を終わらせた。正直ホッとした。ここで結論を出されたら、あたしはいらないと言われたら、彼の下を去るしかなかったから。

それから楽しい時間が過ぎた。

こんなに楽しい時間を過ごしたのは生まれて初めてだ。今までは食っていくために魔物を狩っていたが、今はそんな狩りですら楽しい。いや、楽しいのは彼と一緒にいられるからだ。

彼の故郷ラスモア村に行った時は正直気が重かった。本物の英雄や領主様と会うんだ。それが彼の家族だと思うと余計に気が重かった。

でも、それはあたしの考えすぎだった。彼の家族も村の連中も皆いい人ばかりだった。あたしはここに来てよかったと心から思った。ザックにそのことを言うと、

「確かに料理も酒も美味いし、大きな風呂もあるからな」と惚《とぼ》けたことを言っていた。

否定はしないが、それだけじゃないんだ。あんたの故郷に受け入れられたからよかったと思っているんだと言いたかったが、それは言わなかった。

この村に来て一番驚いたのはメルとダンのことだね。

メルは十二歳の娘とは思えないほど強い子だった。剣の腕がどうこうってことじゃない。ザックのためならどんなことでもやれるっていう覚悟が、あたしには眩《まぶ》しかった。

ダンにも驚いた。ザックも斥候として一流だと思ったが、ダンはそれ以上だった。ザックカルテットの中じゃ一番目立たないが、この子も天才だと思ったよ。

楽しんでいるあたしにも漠然とした不安があった。あたしは今年で三十一だ。彼が卒業する時、あたしは三十五。衰えるって歳でもないが、その先は？

彼が二十歳になれば、あたしは四十だ。そんな当たり前のことが何度も頭を過ぎる。

リディアーヌのようにいつまでも若い姿が保たれるなら、一緒にいてもいいさ。彼の横にいつまでもいてもいいのかって、つい思っちまう。

でもまだ先の話さ。それまでにあたしが死んでしまうことだってあるんだから。まあ、死ぬなら彼のために死にたいけどね。

この夢のような生活がいつまでも続くとは思っちゃいないが、できるだけ長く続いてほしい。贅

沢な望みかもしれないけど……。

八　ザックセクステット

八月十五日にラスモア村を出発し、八月二十八日に無事ドクトゥスに到着した。大きなトラブルもなかったので、その翌日にメルとダンの冒険者登録を行った。三級冒険者のベアトリスが後見人ということで問題なく登録を終え、その足でギルドの裏にある訓練場に向かった。

ギルドの訓練場に初めて入ったメルとダンは、訓練に励む冒険者や傭兵たちの姿に目を輝かせた。しかし、その表情はすぐに失望に変わる。

理由を聞くと、「村の方が強い人が多いなぁと思って」とメルが正直な感想を口にした。確かにレベル五十を超える猛者たちがひしめくロックハート家の方が、見応えのある訓練をやっている。

「まあ、今はいないが、ここにも凄腕の人はいるんだ。ベアトリスがいたようにな」

ベアトリスたちと一時間ほど模擬戦を行った後に休憩していると、二級冒険者のジェラルドが声を掛けてきた。

「二人ばかり増えているが、そいつらもお前のハーレム要員か？」とニヤリと笑う。ジェラルドは俺に稽古をつけてくれる凄腕の剣術士だが、口が悪いというか、からかう癖がある。

「さすがは〝全方位のハーレム王子様《オールレンジプリンス》〟だぜ。男まで射程内とはな……くくく」と、ダンを見ながら俺の肩をパーンと叩く。

俺はいつもの軽口だと思い、軽く流そうとしたが、メルが「ザック様を馬鹿にしないで！」と叫んでいた。

メルは赤毛の髪に二重瞼《ふたえまぶた》の大きな瞳の美少女で、普段は笑顔を絶やすことはない。しかし、その時は目を吊り上げて怒りを露《あらわ》にしていた。村にいる限り俺を馬鹿にする奴はいないから、こういうことに免疫が無く、本気で怒っている。

ジェラルドがその迫力に一瞬驚くが、すぐに人の悪そうな笑みを浮かべ「ザック」と言って、俺の肩に手を置く。

「虎の次は山猫か？　お前さん、こういうタイプもいけるんだな」

いつもの調子で更に俺をからかってくる。俺はそれには反応せず、淡々とメルとダンを紹介する。

「メリッサ・マーロン。そっちはダン・ジェークス。俺の幼馴染です。よろしく頼みます」

ジェラルドは「ほう、幼馴染ねぇ……」と呟き、目を細める。

メルはまだ怒りが収まらないのか、ジェラルドを睨み付けている。ダンの方は友好的とは言い難いが、目礼のような感じで小さく頭を下げる。

ジェラルドの遠慮のない視線を受け、メルが「もう許さない！　勝負しなさい！」と言って、彼に木剣を突き付けた。

ベアトリスの時もそうだったが、メルは言葉を使うより、剣で語り合う傾向にあるようだ。しかし、ジェラルドはひらひらと手を振り、「嬢ちゃんじゃ勝負にならねぇよ」と取り合おうとしない。

（もっともだな。俺でも全く歯が立たないんだから。見た目は軽いが、ジェラルドさんは一流の剣

術士だ。うちの従士だとニコラスに匹敵する腕だからな）

俺はメルを諦めさせるため、彼女に声を掛けようとした。しかし、一瞬早くダンがジェラルドに声を掛ける。

「僕も一緒に稽古をつけてください。二対一なら少しは勝負になると思います」

「二対一ね……」とジェラルドは呟《つぶや》くが応じる気配がない。ベアトリスが笑みを浮かべながら割り込んできた。

「いっその事、ザックとシャロンを入れて、〝ザックカルテット〟と勝負したらどうだい？　そっちの方が面白そうだろ？」

ジェラルドは大きく首を横に振る。

「馬鹿言え！　ザックとシャロン嬢ちゃん相手に前衛の俺が勝負になるかよ。エアハンマーで吹き飛ばされて終わりだぜ」

ベアトリスが更に何か言おうとするが、それより先にジェラルドが肩を竦《すく》め、

「分かった、分かった。そっちの嬢ちゃんと坊主の相手をすりゃいいんだろ」と了承した。退屈していたのか、その様子を見ていた冒険者たちが、面白そうだと集まり囃《はや》し立てる。

「ザックのダチ相手に間違っても負けるなよ！」

そんな声が飛び交う中、メルとダンは模擬戦の準備を始めていた。メルはいつもの通り、バスタード型の木剣を、ダンは短めの片手剣型の木剣を腰に差し、短弓《ショートボウ》を構える。

そして、阿吽《あうん》の呼吸でメルとダンが前衛と後衛に分かれていく。

ジェラルドはその様子を見て、「ほう」と小さく言いながら木剣を握る。彼は構えるでもなく、剣を杖のように地面に差したまま、「いつでもいいぜ」と声を掛けた。

メルは油断なく構えたまま、じりじりと近寄っていく。目は怒りに燃えている感じだが、動きは冷静そのもので、ゆっくりと間合いを計る。同じようにダンも矢を番えた短弓を構えたまま、ゆっくりと横に動いていく。

ダンの位置がジェラルドの左真横になった瞬間、ビュンという弓弦の音が訓練場に響いた。

俺たち以外の誰もが、ダンが矢を放ったと思ったことだろう。しかし、矢は放たれていなかった。周りで見ていた者たちはダンが矢を撃ち損ねたと思い、笑い声を上げようとした。しかし、その笑いは喉の奥で固まり、声となって出てくることはなかった。

ジェラルドは弓弦の音で矢が放たれたと反射的にダンに注意を向けた。その僅かな視線の移動を感じ、メルが飛び出す。ほんの僅かだが隙を見せてしまったジェラルドが後手に回る。それでもメルとジェラルドの技量差は大きく、余裕を持って彼女の攻撃に対処する。彼を含め、誰もがそう思った。

ジェラルドがメルに向かって剣を振り上げようとした瞬間、メルは突撃を止め、逆にバックステップで距離を取った。ジェラルドはその行動に不審の目を向ける。

その直後、二度目の弓弦の音が響く。今度は音だけでなく、ジェラルドの左脇腹に向けて矢が放たれていた。

ジェラルドは〝ちっ〟と舌打ちした後、身体を僅かにずらして矢を避ける。彼の意識が矢に向かった僅かな隙を突いて、再びメルが猛然と突っ込んでいく。元々身長差はあったが、メルは地を這うような低い姿勢をとりジェラルドの軸足を斬り付けた。ジェラルドはメルの鋭い斬撃を易々と弾き、その勢いを利用して彼女の頭部を狙って剣を振り下ろす。

メルは左に転がるようにして避けると、片膝をつき左手を地面につけた状態でジェラルドの様子を窺っていた。

ジェラルドの言葉ではないが、まるで威嚇する山猫だった。しかし、それも作戦のうちだ。その攻防の間に、ダンがジェラルドの背後に音も無く接近していたのだ。

気配を絶ったダンがジェラルドの背後に走り寄り、いつの間にか持ち替えていた剣を横薙ぎに払う。

「おいおい、油断も隙もねぇな」とジェラルドは苦笑しながらも、鋭い剣筋でダンの攻撃を払い除けた。

その後はメルとダンの息の合った攻撃が続くが、奇襲が通じなかった以上、レベル六十を超えているジェラルドが余裕を持って二人の攻撃を捌いていく。数合渡り合ったところで、技量の劣るダンが肩を打ち据えられて脱落した。そして、一対一ではメルも太刀打ちできず、二度打ち合っただけで剣を弾き飛ばされ、模擬戦は終了した。

模擬戦を見ていた冒険者たちは、ドクトゥスで一番の実力者が十歳そこそこの子供に梃子摺《てこず》ったことに我が目を疑った。彼らはいつものように冗談を言うこともなく、ただ言葉を失っている。

若い冒険者の中にはジェラルドと模擬戦をやったことがある者もいる。しかし、十代の冒険者では二対一でも相手をしてもらえず、ベテランと組んで初めて相手をしてもらえるほどだ。

そんな中、ジェラルドが「さすがはザックの幼馴染だな……」と二人に声を掛けた。そして、笑みを浮かべて、「ジェラルドだ。さっきのは軽い冗談だ」と右手を差し出した。

ダンはその手を取るが、メルはまだ納得していないのか、彼の手を取ろうとしない。俺が間に入ると、彼女は頷いてからジェラルドの右手を取った。

この模擬戦で、メルとダンはドクトゥスの冒険者たちに認知された。

そして、俺たち四人の〝ザック四重奏《カルテット》〟という呼び名は一気に広まった。

それがきっかけとなったのか、リディとベアトリスを加えた俺たち六人は、いつしか〝ザック六重奏《セクステット》〟と呼ばれるほど、連携の取れたパーティとして知れ渡るようになる。

そんなこともあり、メルとダンはすぐに街に馴染むことができた。

特にこの二人は俺やシャロンと違い学院にいく必要がないため、リディやベアトリスと共にギルドの訓練場に入り浸った。その訓練場でロックハート流の激しい訓練を行うため、すぐに誰もが知る有名人になる。最初はわだかまりがあったジェラルドとも懇意《こんい》になり、彼から指導を受けられるようになったことで、剣術スキルもメキメキ上がっていた。

「こりゃ、十年どころか五年もしたらメルに追い抜かれるわ」と僅か十二歳の少女に、レベル六十を超えるジェラルドが言うほどだ。

訓練場にはリディやベアトリスと一緒に行っているが、それ以外では二人だけで新市街で都会の空気を堪能しているらしい。二人とも大きな街どころか村以外で生活したことがなく、最初は面食らったものの、雑貨屋や洋服屋を覗いたり、八百屋や肉屋で夕食の材料を買ったりと、村ではできなかったことを楽しんでいるらしい。

十二歳の子供が結構な量の買い物をするため、最初のうちは何度もゴロツキに襲われた。しかし、優秀なスカウトのダンが待ち伏せを事前に察知し、既に一人前の傭兵と肩を並べるメルが容赦なく叩きのめすことで事なきを得ている。殺すことなく十人以上のゴロツキを警備隊の詰め所に突き出しており、そのことで近隣の住民から感謝されていた。二人は新市街ではちょっとした英雄《ヒーロー》だった。

そのことを聞くとダンが苦笑いを浮かべ、

「あんなに殺気を駄々漏れにしていたら待ち伏せも何もないですよ。それに僕より弱いんですから、メルに敵うわけありません」

「でも、なんであんなに弱いのに強盗なんてしようと思うんですか？　絶対に勝てないのに……」

メルは実力差があるのになぜ何度も襲われたのかが疑問だったようだ。実際、ゴロツキたちの実力は村の自警団の新人並で、武術関係のスキルも精々レベル十程度しかない。

それでも五回以上襲われているのは二人の見た目のせいだろう。訓練に行く時は装備を身に着けているから、幼く見えても警戒するだろう。

しかし、買い物に行く時は普段着のまま出かけることが多い。一応、ダンは剣を腰に差しているが、毎日風呂に入っているから汚れた感じはなく、服もそれなりにいい物を着ているから剣を持っていても金持ちの家の子供が背伸びをしているようにしか見えない。

メルはダン以上に危険だと思われないだろう。彼女も街に出る時には護身のため剣を持つようにしている。しかし、年頃の彼女はワンピースなどのかわいい服に無骨なバスタードソードは合わないと思い、布袋に入れて持ち歩いている。見た目だけなら少し活発な美少女が楽器か何かを持っているようにしか見えないのだ。

そんな二人が俺用の高級な食材を買い、リディやベアトリス用の高い酒を買っていれば嫌でも目立つ。

元々、新市街は城壁がなく、街への出入りは自由だから他の街より犯罪者が多い。そんなところに小金を持った子供が歩いていれば、襲ってくれと言っているようなものだ。

二人が調子に乗って追い剥ぎ狩りをするなら別だが、メルもダンも弱過ぎるゴロツキを相手にする気がない。ましてダンが危険だと感じたらすぐに逃げると言っており、俺もリディも特に強く注意することはなかった。そのため、何度も襲われたのだ。

ドクトゥスに長く住むベアトリスだけは注意を与えていた。

「ゴロツキだけならいいんだが、この街にはやばい連中がいるからね。注意を怠るんじゃないよ」

この街にもマフィアのような犯罪組織があるらしく、美しい少女が誘拐されることがあるらしい。

もっともベアトリスが保護者であることが知れ渡っており、そんな連中も本気で誘拐しようとは思わないだろう。下手に彼女を怒らせれば、ドクトゥスの冒険者が黙っておらず、合理的な考えの犯罪組織がそのようなリスクを犯すことはない。

三ヶ月もすると二人の噂は新市街に広がり、それ以降は彼らを襲おうという愚か者はいなくなった。

メルとダンがこの街に慣れた頃、俺たちは森で危険な状況に陥ったことがある。

この辺りの森はラスモア村の東の森に比べても危険なところだ。サエウム山脈の魔物が絶えず降りてくるため、街のすぐ近くでも五級相当の巨大ムカデ《ジャイアントセンチピード》や黒彪《ブラックパンサー》が出ることがある。そんな場所では僅かな油断が死に繋がる。

秋が深まった十一月の下旬、寒さが厳しくなり始めた頃、二人もドクトゥスの森に慣れ、そろそろ本格的に山に入ろうかと相談し始めていた。

その日はいつも通り屍食鬼《グール》を狩りに行くことになっていた。ただ、ギルドには三級相当のオーガが市街地に近い場所に出没しているという情報が入っていた。

ダンが先頭に立ち、周囲を警戒しながら森の中を進んでいく。

その時、若い男の悲鳴が聞こえてきた。

「どうしますか？」とダンが尋ねてくる。村なら救援に行くのは当たり前だが、俺は「作戦の一部かもしれない。様子を見る」と答えた。リディとベアトリスは俺の判断に満足したのか、微笑みながら頷いていた。

そのまま森の中を進んでいくが、悲鳴を上げている男がこっちに近づいてくる。作戦にしては明らかにおかしい。街の方向に誘い込むような作戦は危険を誘発するということで禁止されている。

また、自分が逃げる場合も同様に街に向かうことはご法度だ。

「作戦じゃなさそうだな。ここで俺たちが迎え撃つか？」

俺がそう言うとベアトリスも渋々頷く。

「仕方がないね。このままじゃ、魔物が街に入っちまうよ。ギルドで言っていたオーガなんだろうが、あたしらで始末するしかないね」

その時は俺も同じことを考えていた。

若い冒険者が二人、武器も背嚢《バックパック》も捨てて走ってくる。その後ろには特に何も見えないが、ゴゴゴ、という不気味な地響きだけが聞こえていた。

「くそっ！　これは岩巨虫《ロックワーム》だよ！」という焦りを含んだベアトリスの声が聞こえてきた。

ロックワームは直径一・五メートルほどの胴体で、皮膚はその名の通り岩のように硬い。胴体の先端がすべて口になっており、口の周りには短い髭のような物が生え、その奥にギザギザの歯が隠されている。硬い体表面を持つがムカデのように体に節があり、自由に動くことができる。そのため、攻撃範囲は意外に広い。

三級相当とされているが、硬い胴体と地中からの奇襲が得意であるため、三級でも上位に当たる危険な魔物だ。

目の前で、男が突然地面から現れた巨大なミミズに下半身を丸呑みにされた。

「ワァァァ！　助けてくれ！」という悲鳴が響くが、すぐに巨大な口に呑み込まれて消えた。

決して油断していたわけではないが、俺たちの魔法ならオーガはもちろん、更に強力な四手熊でも倒すことは難しくない。そのため、危険は少ないと楽観していたのだ。もし、オーガを狙いにいったベテランの悲鳴だったら、別の魔物だと考えたかもしれないが、聞こえていた悲鳴が若い男の声であったため、オーガだと思い込んでしまった。そのため、対応が後手に回る。

「みんな！　木の上に逃げるんだ！　ダンはシャロンを手伝ってやりな！」

ベアトリスは叫びながら槍を構え、シャロンたちが逃げる時間を作ってくれるつもりのようだ。

俺はすぐに木の上に飛び上がり、呪文を唱える。タイミングは難しいが、炎の弾丸《ファイアキャノン》を口の中にぶち込めば、ロックワームといえどもダメージを与えられる。

その間にダンはシャロンを抱えるようにして近くの木に走り、手頃な太い枝に押し上げていた。

「もっと上に行け！　上から魔法でベアトリスさんを援護するんだ！」

ダンの指示にシャロンは「うん！」と返事をすると、更に五メートルほど上に登っていく。ダンも同じ木に登り弓を構えるが、ロックワーム相手に弓は牽制にもならないと周囲の警戒を始めた。

別の木にはリディとメルが登っていた。リディも弓ではなく魔法を使うつもりで呪文を唱えている。

その時、生き残りの男が「助けてくれ！」とメルたちの木によじ登ろうとした。

不味いことになると思ったが、俺にできることはない。

案の定、その男は木の幹に掴まったところで、地面から現れたロックワームに右脚を咥《くわ》え込まれた。そして、もがく男を呑み込もうとロックワームが頭を振る。ロックワームと被害者の男が木の幹に激しく激突した。その衝撃で木が大きく揺れる。

リディは何とか枝から落ちなかったものの、メルの乗っていた枝が折れ、彼女は落下してしまった。幸い低木が生い茂っており、直接地面に叩きつけられることはなかったが、すぐに立ち上がることができない。

「メル！」とダンが叫び、飛び降りようとした。しかし、「降りるな！　あたしとザックに任せな！」というベアトリスの大きな声が聞こえた。

その時、既に俺は木から飛び降りてメルの下に向かっていた。

ロックワームは被害者を呑み込んだ後、地面に潜り込んでおり姿が見えない。ベアトリスはロックワームの注意を引き付けるため、道の真ん中に仁王立ちになっている。

「ザック！　どのくらい掛かりそうだい！」

「怪我はないからいつでも大丈夫だ！」と答え、メルと一緒にゆっくりと立ち上がる。

ロックワームは地面に伝わる足音に反応すると言われている。ただ、それもそう言われているだけで、本当かどうか分からない。野営で寝ていた冒険者が突然呑み込まれたという話もある。

その懸念が当たってしまった。

ベアトリスが「そっちに行ったよ！」と鋭く警告を発し、ゴゴゴという音が俺たちの方に近づいてくる。

ロックワームは倒しにくい魔物だ。岩のように硬い皮膚は剣を通さず、すぐに地中に逃げ込むため、魔法で攻撃することも難しい。唯一の弱点は口の中だが、そこを攻撃するには誰かが囮《おとり》になって地中から引きずり出す必要がある。しかし、タイミングを間違えると囮がそのまま食われてしまう。

「俺が囮になる。ここを動かずに奴が出てきたところで口の中に剣を突き立ててくれ」

メルは小さく頷くが、俺が囮になることを心配しているという表情をしていた。

「いざとなればジャンプで木の上に逃れられる。だから奴を倒すことに集中してくれ」

地面の中を伝わってくる音が大きくなる。俺はあえて足音を立てて移動する。

音が更に大きくなり、地面から振動が直接伝わってきた。

「来る！」

そう叫んだ直後、足元の地面が割れて灰色の岩が飛び出してくる。

その直前に魔闘術で強化された脚力を使い、五メートルほど跳び上がる。真下では俺を呑み込もうとする大きな口が開いていた。

ロックワームが口を閉じようとした瞬間、シャロンの放った炎の太矢《フレイムボルト》とリディの放った光の矢《シャイニングアロー》が口に飛び込み、更にメルとベアトリスが岩と岩の間に当たる関節部分に刃を突き込んでいた。

俺もクナイ型の投擲剣を口の中に向けて放っており、ロックワームは俺たちの同時攻撃で痛みを感じたのか、激しくのた打ち回る。

横にいたベアトリスとメルは、すぐにバックステップで回避する。

ロックワームは痛みのためか、地中に潜ることなく地面に這い出てくる。その大きさは十メートルを超え、何本もの木がなぎ倒されていく。

シャロンに向けて「炎の嵐《ファイアストーム》だ！」と叫び、俺も呪文を唱えていく。

のた打ち回るロックワームを中心に、大きな炎の渦が二重に形成される。

なぎ倒された木や周囲の草を燃やしながら、炎の渦はロックワームを焼いていく。ロックワームも熱に恐怖を感じたのか、地面に潜ろうとするが、全身を隠すほどの穴をすぐに作り出すことができず、次第に動きを止めていった。

周囲には生木を焼いた煙が立ち込め、涙が止まらないが、森林火災を防ぐため、リディと共に造水の魔法で消火していく。幸い乾燥した枯れ枝などが少なく、火はすぐに消し止められた。

「それにしても大物だね」とベアトリスが呆れ気味に呟いていた。

そのままロックワームの解体を始める。呑み込まれた冒険者は既に死亡しているだろうが、消化されていないので魔晶石とオーブは取り出せる。更にロックワームは何でも丸呑みにするため、極稀に排泄されなかった金属製の装備や貨幣類が出てくることがある。

呑み込まれた冒険者の遺体が出てきた。数は三体で、いずれも服や防具はズタズタの状態だ。

「三人も呑み込まれていたのか」と俺が呟くと、

「三人で済んで良かったのよ。あのまま街に連れていかれたら、十や二十じゃきかなかったんだから」

リディはボロボロの遺体を前に辛辣にそう言った。

「リディアーヌの言う通りさ。だから覚えておくんだよ。あたしら冒険者が魔物を狩るのは町や村の連中を守るためなんだ。だから、自分の命と引き換えても里の方に向かわせちゃいけない。こいつらはそのことを分かっていなかった……」

二人のベテランが言いたいことはよく分かる。冒険者は優遇されているが、それには義務が伴うのだ。そのことを、この若者たちは理解していなかった。

若干後味は悪いが、無事に生き延びられたことと街を守れたことに満足していた。

ちなみに遺体の他に大した物は出てこなかった。ギルドに戻り、今回のことを報告する。

「さすがは噂の〝ザックセクステット〟だな。ロックワームを無傷で倒すとは」

報告を受けた支部長は、最初そう言って俺たちを称賛してくれたが、街に向かっていたという話で渋い顔になる。

「うちの連中の規律は緩んできているようだな。一度締め直すべきか」と呟く。そして、俺たちに感謝の言葉を掛けた。

「君たちがいなければ大きな損害が出るところだった。ありがとう」

特別報酬をもらい、更に三級の依頼達成ということでベアトリス以外の級が上がった。

それから一年ほどは平和な日々が続いた。

九　蒸留酒《スコッチ》・狂想曲《カプリチオ》

俺がその話を最初に聞いたのは、三年になってすぐの十月のことだった。教えてくれたのは情報屋のサイ・ファーマンで、定期的に収集している情報を聞いていた時だった。

「何か大変なことになっているみたいだな」

サイはにやけた顔で俺にそう言ってきた。何のことか分からず、「何のことですか？」と聞き返す。

「知らなかったのか？」と言って笑いを消した。そして、真剣な表情を作る。

「お前さんの故郷、ラスモア村のことなんだが、本当に聞いていないのか？」

一瞬、既視感《デジャブ》の如く二年前の出来事を思い出すが、俺が頷くと驚きの表情を浮かべ説明を始めた。

「どうやら厄介な連中に目を付けられたらしい」

「厄介な連中ですか？」

「ああ、光神教だ。何でも若いエリート司教が村に居座って、スコッチの造り方を譲れと脅しているらしい……」

「光神教が？　酒になんか興味を持ちそうにないんですが……ドワーフ絡みですか？」

「そうだ。知っていると思うが、ルークスの連中とドワーフは相性が悪い……」

ルークス聖王国では光神教という光の神《ルキドゥス》を絶対神とする宗教が信じられており、その教義に人間至上主義がある。つまり、エルフもドワーフも人間に使役する種族という考え方だ。もちろん、これは光神教の狂信的な信者だけが信じているだけで、獣人は別だがエルフやドワーフの職人たちに露骨な差別は行われていない。

そうは言っても狂信的な宗教家は亜人排斥を叫んでおり、必ずしも居心地がいいわけではない。

「それに加えて、ルークスは酒が不味いことで有名だ。ドワーフたちがいる理由がないんだよ」

ルークスは人口三百万人、人の数だけなら世界第二位の大国だ。しかし、農業の他に大した産業はなく、その農業も人口を支えるだけで精一杯。更に農民たちも恒常的に戦争に駆り出されており、嗜好品である酒を造る余裕はない。もっとも聖職者用の葡萄酒は別で、専用の畑と醸造所がある。

しかし、そこで造られる酒が一般に出回ることはない。

「そのルークスがスコッチに手を出してきたと……ドワーフを懐柔する手段にするつもりなんですね」

「その通りだ。これは裏が取れているんだが、最初は聖王府の役人連中が動いていたが、例の声明で役人連中はやばいと気づいて手を引いたんだ」

当然だと思い大きく頷く。少しでも常識がある者なら、鍛冶師ギルドの声明を知れば迂闊《うかつ》に動けないことは容易に想像できる。

「もしかしたら、その司教の独断ですか？」

「当たりだ。その司教は聖王府が手を引いたのをいいことに、自分の手柄にしようと独断で動いたらしい」

宗教国家であるルークス聖王国には、光神教団と行政府である聖王府の二つの組織がある。つまり二重支配の状態なのだ。その二つの組織は常に主導権を握るため、相手を出し抜こうと画策している。

「つまり、エリート司教が自分の出世のためにスコッチの製造法を寄越せと言っているということですか？」

「ああ。グレゴリオ・ルティーニって司教なんだが、目立ちたがり屋なんだろうな。ルークスは自分のおかげでスコッチの製造技術を手に入れたと言いふらしているそうだ。まだ、そんな目途《めど》も立っていないのにだ」

その情報に頭が痛くなった。そのルティーニという司教は、宗教家にありがちな自己顕示欲の強い人間なのだろう。そういう奴は得てして独善的で人の迷惑を考えない。

「すみませんが、村に関する情報を最優先で集めてください。それから光神教と鍛冶師ギルドの動きの情報もお願いします。追加報酬はお支払いしますので」

「おう。できるだけ調べてやるよ」と彼は大きく頷いた。

その後、サイからの情報が定期的に入ってくるが、気が滅入る情報ばかりだった。

十一月に入ると、サイが深刻な表情で訪ねてきた。

「ますますやばいことになっているぞ」という第一声の後、

「例の司教が信者たちを使って村を封鎖しちまったらしい……」

彼の情報ではルティーニ司教が近隣の光神教信者を集め、村から街道に出る道を封鎖したとのことだった。その信者たちはルティーニに脅されたらしく、嫌々やらされているそうだ。

「お前の親父さんも手が出し辛いんだろうな。力ずくで排除はしていないみたいだ」

確かに父なら無抵抗の信者、それも近隣の住民たちを力ずくでどうこうすることはないだろう。

「それだけならいいんだが、やばい事態になっている。ドワーフたちの酒が村から出せないらしいんだ」

「確かにそれはやばい……」と思わず独り言を零す。

鍛冶師ギルドの蒸留酒専属輸送業者、通称〝蒸留酒定期便《スコッチライナー》〟が足止めを食らったとなると、ドワーフたちが何をするか分からない。

「アルス街道じゃ、いつドワーフたちが暴走するか賭けになっているって話だ」

賭けにしている人たちにとっては笑い話なのだろうが、俺もサイも何が起きるのか想像できるだけに全く笑えない。

「恐らくロックハート卿が手を打つと思うんだが、お前さんも何かした方がいいんじゃないか」

村に戻ろうかと考えたが、父から何の指示もないのに戻ることはできない。更に情報を収集するよう依頼したが、俺の心に暗雲が立ち込めていた。

その後入ってくる情報は、輪を掛けて気が滅入るものばかりだった。

十二月に入ったが、封鎖解除の情報は入ってこなかった。幸いなことにドワーフたちの暴走の情報もなかった。

年末に入った情報では、うちの従士がアルスに行って事情を説明し、十一月の末に封鎖が解除されたそうだ。それに伴い、スコッチライナーが無事出発することができた。スコッチライナーが遅れたことはドワーフにとって一大事だが、それ以外に実害がなかったのだから、これでこの事件は終わったと安堵した。

しかし、その平穏は長く続かなかった。数日後、サイが新たな情報を持ってやってきたのだ。

「ルティーニがロックハート家を告発したぞ。何でも魔族と共謀して侵略を企んでいるとか何とか言っている」

「魔族と共謀？　何を根拠に言っているんですか？」

サイは呆れ顔で説明してくれた。

「最初に言っておくが、馬鹿馬鹿しい話だぞ。ルティーニって奴が言うには、ラスモア村が防壁もなく傭兵も雇っていないのに安全に暮らしていられるのは、魔族に協力しているからだそうだ」

「それだけの理由で……」

開いた口が塞がらなかった。

「ああ、誰も信じちゃいないが、奴は真面目に世間にそう訴えている」

そう言って告発文が書かれたチラシを見せてくれた。あまりに稚拙で荒唐無稽な論理に三度も読み直したほどだ。滑稽だったのは光神教の信徒でもないロックハート家に異端認定を行ったことだ。

「異端認定って……うちは帝国の騎士なんですよ。異端も何にもないじゃないですか？」

関係ない彼に思わずそう言ってしまうほど呆れていた。

「確かにそうだな。そいつの頭の中ではロックハート家どころか、世界の人々は全部光神教の信者らしいぜ。スコッチの技術を寄越せと言った時に、世俗の騎士を栄えある聖騎士にしてやると言ったって話だからな」

言っていることは冗談めかしているが、さすがのサイもこの状況に乾いた笑いすら上げない。

俺は頭が痛くなり、こめかみを押さえる。しかし、話はそれで終わっていなかった。彼の次の言葉で事態は更に悪化するだろうと感じた。

「その告発に一番怒り狂ったのが鍛冶師ギルド総本部だ。緊急総会を開いて、ルークスにいるギルド所属の鍛冶師を全員引き上げさせる決定をしたんだ」

「それは公式の決定なんですか！」

「ああ、匠合長名で公式に発表されている。証拠もなくロックハートを告発した罰だそうだ。アルス街道じゃスコッチの恨みじゃないかって話になっているがな」

ドワーフたちならあり得ると思わず頷く。

「さすがにこうなったら、光神教の上の方も考え直すだろうよ」

鍛冶師ギルド所属の鍛冶師が引き上げるということは、国防の要である武具の供給に支障が出るということだ。ルークスにも国に属する鍛冶師はいるし愛国的な鍛冶師もいるが、基本的にドワーフの鍛冶師は国家に属していない。つまり、一流の鍛冶師が一斉に引き上げるので、二流以下しか残らないのだ。短期的には何とかなるかもしれないが、年単位で不在が続けば国力の低下は免れない。特にカエルム帝国という強敵と戦争をしているルークスにとっては致命的ともいえる事態だ。

しかし、光神教のような狂信者は何をするか分からない。逆切れして暴走する可能性は否定できない。

その懸念は現実のものになった。

三〇一六年の年が明けると衝撃的な情報が入ってきた。アルスで光神教信者が鍛冶師ギルド総本部を取り囲み、鍛冶師ギルドを支持する居酒屋の経営者や素材の納入業者たちと衝突した。幸いなことにドワーフたちは手を出さなかったが、信者たちが武器を持ち出したため、多くの市民が死傷した。公式の発表はないが、二十人以上が死亡したという噂も流れている。

「ルティーニ派の若い司祭が信者を煽《あお》ったらしい。何でも鍛冶師たちを脅して引き上げ命令を取り下げさせるつもりだったそうだが、つくづく頭の悪い連中だと思うわ」

サイは呆れ気味に報告してくれたが、数十人もの人が死傷したという事実は重い。

「王国は、カウム王国はどうしたんですか？　そんな大規模な暴動が起きたのなら、何らかの手を打つはずですが」

「あんまり情報は入っていないな。一応、遺憾の意って奴は表明したらしいが、具体的に何かしたっていう話はまだ聞いていないな」

「そうですか」と答えるが、予想通りだった。

（何か手を考えておかないと、うちの村が光神教と鍛冶師ギルドの争いに巻き込まれてしまう）

そう考えるものの、手の打ちようがない。しかしその数日後、父からの使者としてガイ・ジェークスが訪ねてきたため、事態は一変した。

ガイは相当急いできたらしく、装備は埃に塗《まみ》れていた。話を聞くと年末に出発し、三百七十キロもの距離を僅か八日間で駆け抜けたそうだ。

挨拶もそこそこに父からの指示が伝えられる。

「御館様はアルスでの暴動に心を痛めておられます。この先、同じようなことが起きることを憂慮《ゆうりょ》され、ザック様によい知恵がないか確認してくるよう私に命じられました。事情は既にお分かりでしょうか」

「一応調べてあるが、抜け落ちがあるかもしれない」と言って情報の突き合わせを行っていく。ガイはニコラスと共にアルスに行ったらしく、ドワーフたちの状況を詳しく語ってくれた。

「私とニコラス殿がアルスに入ったのは昨年の十一月六日のことです。光神教のカウム本部に抗議と封鎖の解除を早急にするよう談判にいったのですが、我々が従士だということでなかなか相手にしてくれませんでした……」

その時に悔しい思いをしたのか、表情が硬い。

「それでもニコラス殿が粘り強く交渉し、何とか大司教との面会の約束を取り付けたのですが、結局反故《ほご》にされてしまい、半月ほど時間を空費してしまいました」

俺なら時間を空費せず、鍛冶師ギルドを動かすと思い、そのことを確認した。

「私もそのことを進言したのですが、ニコラス殿は、鍛冶師ギルドに迷惑を掛けることは御館様のご意向に沿わないとおっしゃられて……」

真面目なニコラスは鍛冶師ギルドを利用することを由《よし》としなかったらしい。

「ニコラスらしいが、失敗だったな」

「はい、おっしゃる通りです」と苦笑いを浮かべる。

「まあ、仕方がないか。ニコラスなら父上の言葉を違えるはずがないからな」

酒に飢えたドワーフを放置したのは失敗だが、今はそれを言うべき時ではない。

「ええ、私たちも必死でしたので、鍛冶師方のことは気にする余裕はありませんでした。ですが、さすがにドワーフたちが不穏になっているという噂が流れてきましたから、ニコラス殿もギルドに説明すべきだと思われたようです」

半月以上もスコッチが到着しない。その状況を想像して背筋に冷たい物が流れた。しかし、出てきた言葉は月並みなものだった。

「大変だっただろう……」

あまりに凄惨な場面しか思い浮かばず、それ以上の言葉が出てこなかったのだ。

ガイは苦笑いを浮かべ、「ええ、それはもう」と言い、詳細を教えてくれた。

「ラスモア村から来たと言ったら、あっという間に百人以上のドワーフに囲まれました。襲ってくるとか、そんな感じではないのですが、ギラギラした目が異様で……」

不機嫌の塊のようなドワーフたちの前に、ラスモア村から来た者がいるという情報が入ったため、鍛冶師ギルドは騒然となったそうだ。ガイたちは苛立つドワーフに取り囲まれたが、歴戦のニコラスは怯まなかった。彼はいつものような温和な雰囲気で、ドワーフたちに経緯を説明した。

「……ニコラス殿が説明されると、鍛冶師たちは怒り狂いました。その時、私は死を感じましたね。

先代様に仕えるようになってから初めて……」

ドワーフたちに溜まっていたフラストレーションが爆発したらしく、激怒という言葉では生易しいと感じるほどの怒りだったそうだ。理性的なニコラスですら彼らの殺気に身の危険を感じ、本能的に剣に手を置いていたらしい。

「私たちが止めるのを聞かず、そのまま光神教の建物に向かいました。私には何もできませんでした……」

「誰にも止められないさ」と月並みな慰めの言葉しか出てこない。

怒り狂ったドワーフたちは光神教のカウム本部に向かい、その最奥にある大司教室に突入した。豪奢《ごうしゃ》な執務室は怒り狂うドワーフたちで溢れ返った。その時点で少なくとも百人のドワーフが建物の中におり、更に外には数百人が取り囲んでいたそうだ。

「テスカリ大司教は一旦椅子から転げ落ちましたが、勇気を振り絞ったのでしょう。ドワーフたちに不法侵入であると抗議したのです。その時だけは大司教を見直しましたね。私なら命の危険を感じてそんな無茶はできません」

ガイはその時のことを思い出したのか、ブルッと震える。

「ドレクスラー匠合長が低い声で真実を語りました。決して声を荒げたわけではないのですが、地獄の底から湧き上がるような恐怖を感じさせる声でした」

ウルリッヒ・ドレクスラー匠合長は凄みを利かせて事実を語り、テスカリ大司教はそこで初めて聞かされた事実と、ウルリッヒらドワーフの迫力に顔面が蒼白になった。

「ニコラス殿がその場を引き取り、大司教も善処すると約束してくれたのですが……」

大司教は直ちにラスモア村に居座るルティーニ司教を召還すると約束したが、ルティーニが教団の最高権力者であるイグナツィオ・サンティーニ総大司教の縁者であったことから、事態が拗《こじ》れた。

「ルティーニはロックハート家を魔族の手先と弾劾したのです！」

ガイが怒りをにじませながら、その後のことを説明する。その辺りはサイの情報と同じだった。

俺はこの事態を収拾するため、ある策を考えていた。それは魔術師ギルドを動かし、世界に情報を発信することだ。

元々、魔術師ギルドは学問の自由を認めない光神教に対して非好意的だ。そして、光神教が勢力を伸ばしていることに危機感を抱いているとも考えていた。

そこで今回の件を利用することにより、光神教の勢力を削ぐことができると、魔術師ギルド評議会議長、ピアーズ・ワーグマンに提案することにした。そのことをガイに説明する。

「魔術師ギルドを動かす。これで駄目なら帝国を動かすが、恐らくこの手で大丈夫だろう」

ワーグマン議長に提案する内容は以下のようなものだ。

魔術師ギルドは鍛冶師ギルドの主張に全面的に賛同する。そして、ルークス聖王国がロックハート家への告発が正当であることを自ら証明しない限り、魔術師ギルドは各国に光神教関係者の退去を呼びかける。更にルティーニ司教の行動について〝聖王国の責任〟で調査し、それを公にすることを求める。

この内容を魔術師ギルド名で表明するよう要請するのだ。

その上で各国の宮廷魔術師を通じて、〝ルークス聖王国〟を非難する国際的な機運を高めるよう依頼する。

非難の矛先を聖王国としたのは、世俗の行政府である聖王府と、光神教教団という権力の二重構造に付け込むためだ。

聖王府の役人たちが教団に対してどのような感情を抱いているかは分からないが、教団の暴走により国益を損なうことに対して良い感情を持っていないだろう。教団と聖王府の力関係はサイから得た情報だけでは把握し切れなかったが、宗教国家の宿命として対立していることは容易に想像できる。つまり、聖王府を各国と教団との板ばさみにすることにより、対立をより先鋭化することが狙いだ。

今回の件は明らかに教団側の不手際であり、聖王府はこの機会に力関係を有利にしようと画策する。つまり、教団の力を削ごうと動くだろう。そうなればロックハート家に対する圧力はなくなり、今後も教団からの干渉を防ぐことができると考えたのだ。

翌日、俺はワーグマン議長を訪ねた。

俺の提案に対し、ワーグマン議長は無表情な顔で見返りを要求してきた。

「それを行う我々への見返りは何かね？」

「鍛冶師ギルドとの友好関係の構築、学問に対し不当な介入を行う光神教への圧力、各国を悩ませつつある光神教の拡大を防ぐことにより恩を売る。メリットは充分にあります」

そして、最後にワーグマンの目を見ながら、

「それでもこれ以上の見返りが必要ですか？」と感情を抑えた声音で確認した。

「それでは弱いと思わないかね？　我々は慈善団体ではないのだよ。〝組織〟としてのメリットがない案件に介入するのだ。明確な、そう、誰が見ても明らかなメリットがなければ、組織としての意思決定は難しいのだよ」

　ワーグマンはそう言って肩をすくめる。

「なるほど」と頷いた後、ニヤリと笑ってみせた。

「魔術師ギルドは、いえ、魔術師ギルド評議会議長〝ピアーズ・ワーグマン氏〟は利益を求めて光神教の暴走を容認した。自己の利益を求めるだけの、そう、光神教の狂信者と同じ、〝酒〟を政治の道具にする者であると宣言するわけですね。そのように鍛冶師ギルドに、ドワーフたちに伝えてもよいと。これでもロックハートの名を持つものです。鍛冶師ギルドに伝手《つて》などいくらでも……」

　最後まで言う前に、ワーグマンは手を上げて俺の言葉を遮る。

「降参だよ。やはり君には敵わないな」

　そう言って苦笑し、

「この機に君を取り込もうと思ったのだが、この私を相手にしても平然と脅してくる。それも私個人の名を出してだ。それがどのような効果を持つのか知った上でね。それにしても光神教も愚かなことだ。君のいるロックハート家に喧嘩を売ったのだから」

　魔術師ギルドが協力しないはずはないと考えていた。しかし、ワーグマンが個人的に何か言ってくるだろうとも思っていた。もちろん本気ではないだろうが、念のため、その対策を考えておいたのだ。

俺としては魔術師ギルドが協力さえしてくれれば、ワーグマン個人が協力しなくてもいい。そのことを露骨に示唆してやれば、切れ者の彼がその危険性に気づかないはずはない。今回、〝鍛冶師ギルドにワーグマン議長は酒呑みの敵だと伝える〟とストレートに脅したが、言った本人である俺に本気で脅すつもりはなかった。もちろん、彼もそのことを理解しているが、俺の家族や故郷の危機だ。どこまで本気か計りかねたのだろう。だから、見返りを要求する話を即座に取り下げた。

俺は内心の思いを隠し、「閣下なら〝必ず〟分かっていただけると思っていましたよ」と言って笑顔を作る。

そして表情を真剣なものに変え、

「確かに光神教は愚かです。ですが、愚か者が必ずしも痛い目を見るとは限りません。私としては万全を期したいのです」

ワーグマンは俺の言葉に頷く。そして更に話を続けていく。

「私の名・ザカライアス・ロックハートの名で、光神教に与する国には今後売り出されるであろう長期熟成酒、〝ザックコレクション〟の販売を一切行わないと付け加えてください」

ワーグマンはその意味が分からず、「それはどういう効果があるのかね」と僅かに首を傾げた。

俺は微笑むだけで明確な理由は語らず、「ドワーフに聞いて頂ければ分かりますよ」とはぐらかす。

翌日、魔術師ギルドは直ちに俺の要請に従ってくれた。ガイにはこれで問題は解決すると父に伝えるよう依頼し、彼はすぐに出発した。

その後のことだが、魔術師ギルドから連絡が届いた各国も同様の声明を次々と発表した。

サイの集めた情報では〝ザックコレクション〟という言葉の意味が分からず、どの国も最初は困惑したようだ。念のため、ドワーフの鍛冶師に確認したところ、物凄い剣幕でこうまくし立てられたそうだ。

「すぐに魔術師ギルドと同じようにしろ！　拒むようなら俺たちはアルスに帰る！」

別のドワーフの鍛冶師にも確認したが、皆同じことを言い、各国政府は非常に慌てたそうだ。ドワーフの鍛冶師たちが引き揚げるということは、自国がルークス聖王国と同じ状況に陥るということ、すなわち、国防の要である武器の供給が滞《とどこお》ることになるからだ。

カウム王国はもとより、ラクス王国、サルトゥース王国を始め、主だった国が光神教を非難する声明を出した。帝国は声明を出すだけでなく出兵まで決めている。

そのことに危機感を持ったルークス聖王国と光神教教団総本部は、問題の発端となったルティーニを召還した。更に事態の収拾を図るべく様々な手を打った。

まず、直接的な原因を作ったルティーニについては厳正なる裁判を行うと宣言し、実際に公開での裁判が行われた。ルティーニは自らの信念でロックハート家が魔族に通じている神敵であるという主張を展開した。しかし証拠の類いは一切なく、挙句には光の神《ルキドゥス》から神託を賜《たまわ》ったと言い始める。

これには彼を擁護していたサンティーニ総大司教派ですら呆れ、彼を擁護する声は次第に消えていった。そして、アルスのテスカリ大司教の命に従わず教団の秩序を乱したこと、証拠もなく自らの主観のみで神敵認定を行ったこと、教団の名を無断で使用したことなどの罪により、背教者として一切の地位を剥奪され、教団から放逐された。

彼の縁戚であった総大司教は一族の者が神の名を汚したとして、自ら引退を表明した。これには反総大司教派である枢機卿ベルナルディーノ・ロルフォの暗躍があったとされる。

ロルフォは総大司教を脅し、自らその後釜に座った。

光神教については、それだけでは終わらなかった。

カウム王国は今回の処分を不服とし、国内での光神教の活動を禁じた上、関係者の国外追放を行った。こうして、カウム王国から光神教は完全に排除された。

ちなみに鍛冶師ギルドは光神教の排除に全く興味を示さなかった。

彼らは政治的には完全に中立であった。良い意味でも悪い意味でも〝職人集団〟であり、自分たちが満足できる仕事と、それに対する正当な評価さえ得られれば問題なかったのだ。もちろん、満足できる酒が飲めるという条件は付くが。

今回、そのことを各国の政府は思い知った。

ドワーフたちには〝酒を与え続け〟なければならない。間違っても〝酒を奪って〟はならないと。

そして、ロックハート家についてだが、今回の事件のおかげで各国からの引き抜きの話は穏やかなものになった。

条件は以前より上がり、カウム王国などは伯爵位を提示してきたそうだが、強引に話を進めるような人物が派遣されることはなくなった。こうして、祖父が嫌う地位や権力を笠に着るような人物が来ることはなく、ラスモア村に平和な日々が戻った。

俺の得た情報によると、ロックハート家に対する各国の認識は、鍛冶師ギルドの庇護下《ひごか》にある一種の〝独立国〟であり、その独立を脅かすことはドワーフの鍛冶師たちを敵に回すことになるというものだった。

今回の件で思い知らされたことがある。

蒸留酒は重要な〝戦略物資〟であるということだ。

現状では蒸留酒を造れるのはロックハート家だけだ。そのロックハート家だけがドワーフたちを制御する術《すべ》を持っている。大げさな言い方だが、ロックハート家が野心を抱けば世界の勢力地図が変わる可能性がある。

蒸留酒の禁輸措置を仄めかすだけで、大国といえども田舎の成り上がり騎士に膝を屈しなければならないかもしれないのだ。

俺はその認識に危惧を抱いた。

早急に蒸留技術を広めなければ、ロックハート家は危うい。大きな戦争が起きれば鍛冶師たちの価値は一気に上がる。

今のところ明確な戦争状態と言えるのは、ルークス聖王国とカエルム帝国の間だけで、国境紛争が起きていたラクス王国とカエルム帝国では、ここ数年間戦闘は発生していない。

しかし戦争が勃発すれば、ドワーフたちを動かすことができるロックハート家は非常に大きな力を持つことになる。引き込むだけで敵の継戦能力を一気に引き下げることができるのだ。強引な手段をもって引き抜きに掛かるか、逆にロックハート家を攻撃し、敵国の仕業と見せ掛けるなどの謀略の標的となる可能性すらある。

（今のうちに蒸留技術を広めたほうがいいだろうな。これにも手を打つべきか……）

四年生の終わりの夏休みに、俺はドワーフの鍛冶師・ベルトラムにある頼みをした。それは鍛冶師ギルドを通じて、蒸留技術の技術者を募集するというものだ。

狙いは二つ。

一つはロックハート家が蒸留技術を独占しないと宣言し、それを広く世に知らしめること。もう一つは鍛冶師ギルドが自ら蒸留技術を管理しようとしていると、世間に認識させることだ。

今でもスコットの蒸留所には数人の見習いがいるが、国や商会から送り込まれた者らしく、醸造職人だった者が多い。しかし、元職人である彼らは俺の出した条件、〝下積みを三年間続ける〟ことが我慢できないらしい。

蒸留の元になる酒の醸造は、普通のワインやビールとそれほど変わらない。学びに来ている者にはベテランの職人が多く、当然知識も経験もある。分かりきった仕事であり、素直に三年間の下積みができないのだ。

長くても一年くらいで蒸留所を去っていく。そのため、ロックハート家は蒸留技術を教える気がないという噂が立ち始めていた。

下積みの期間を短くしてはどうかという提案が、スコットや父から出されたことがあるが、俺はがんとして首を縦に振らなかった。

蒸留酒にとって、長期間に渡る樽の管理や蒸留に適した酒を醸造することの方が、蒸留技術そのものより重要だと思っている。それ以前に三年程度の下積みが我慢できないような職人はいらない。酒に対する情熱がない職人には美味い酒は絶対に造れないからだ

だから鍛冶師ギルドを通じて募集しようと考えた。

ドワーフたちなら、生半可な覚悟の者を〝愛する酒〟の製造に関わらせるはずはない。彼らの眼鏡に適う者なら、必ず俺の出した条件をクリアできる。

そして、鍛冶師ギルドのすべての支部で蒸留酒職人の募集が公表された。来年の夏休みには、何人かのやる気がある職人と出会えるだろう。

ロックハート家に関してはこれで問題ないと思うが、もう一つ懸念があった。

ザックコレクションのことだ。

今回、俺は自らの名で動くことを決めた。

今回の騒動の原因は直接的には光神教にある。しかし、遠因と言うか、間接的な原因は俺にあると考えていた。俺の考えた蒸留責任者スコットを守る方法、すなわち、ドワーフたちを動かすという方法が今回の騒動の発端になったことは間違いない。

理由はともかく、〝ザックコレクション〟という謎の固有名詞が全世界に広まった。長期熟成酒と銘打っているが、その本当の意味を知る者はこの世界に俺しかいない。ベルトラムが俺の話からある程度想像はしているだろうが、彼もまだそれを飲んだことはなく、本当のところは分かっていない。

つまり、ザックコレクションなる物がどのような物か、憶測を呼ぶということだ。少なくとも話を聞いただけでドワーフたちが目の色を変えるほどの銘酒であり、その価値は計り知れないということだけは認識されたはずだ。

今のところ、ザックコレクションの初出荷は来年の秋頃、俺が卒業して村に帰ってからの予定で、十年物を少量出すつもりでいる。

その時にドワーフ《酒呑み》たちがどう反応するのか。

今からそれが恐ろしい。

十　遺跡調査

トリア歴三〇一六年十月、最上級生である五年生に無事進級した。そして、メルとダンも含め、森での修業が功を奏し、レベルは順調に上がっている。

俺たち〝ザックカルテット〟は揃って四級冒険者になり、リディも三級に上がった。ベアトリスだけは、俺たちに付き合っている関係で三級のままだが、彼女に言わせるとソロでやっていても二級に上がることはなかっただろうと、気にしていない様子だ。

俺の今のレベルだが、剣術士レベルが四十一、剣術スキルが四十二と、卒業までの目標はクリアしている。得意の回避スキルは五十二となり、回避だけなら一流の傭兵である四級傭兵と互角に渡り合えるほどだ。

魔法は得意な属性がレベル四十六で冒険者の魔術師としては、ここドクトゥスでもトップクラスだ。

そして、一番嬉しかったことは身長が伸びたことだ。命に関わるスキルや魔法に比べ、たかが身長と言われそうだが、俺にとっては重要だ。今の身長は百八十センチメートル、つまりリディを見上げることがなくなったのだ。これでようやく対等になれた気がしている。

他のメンバーも順調だ。

まずシャロンだが、風属性のレベルが四十四になり、遠距離攻撃の貴重な戦力になっている。彼女の容姿だが、身長は百五十センチメートルを超えたくらいで、俺たちの中では一番小さいが、薄い色のきれいな金髪に澄んだスカイブルーの大きな瞳、長い睫毛《まつげ》が印象的な美少女に成長している。以前とは違い革鎧を身に着け、細身にショートソードを腰に吊るしているが、愛らしい感じは変わっていない。

戦いでは〝刃の竜巻《トルネードスラッシュ》〟をよく使うことから、〝竜巻の小魔女《トルネード・リトルウィッチ》〟と呼ばれている。

次にメルだが、剣術士レベルが四十四、スキルが四十五で、彼女も順調にレベルアップしている。十五歳になったメルは鳶色の大きな瞳に赤毛の健康的な美少女だったが、今では女性らしい体つきとなり、少女から大人の女性に脱皮しようとしている。無骨な革鎧にバスタードソードを振り回す姿ですら、戦乙女を彷彿《ほうふつ》とさせる色気のようなものを感じるほどだ。

剣を持つと激しい戦い方をすることから、〝赤髪の剣鬼《レッド・フィアレスレディ》〟と呼ばれている。

ダンは俺たち三人に隠れて目立たないが、彼が一番成長しているのではないかと思っている。剣術士レベルが三十二、弓術士レベルが三十五で、十五歳にしてこれだけの能力を持っていることは充分に凄いことだが、気配察知と隠密のスキルについては、俺はもちろんベアトリスすら凌駕し、超一流のスカウトに成長した。

母親であるクレア譲りの整った顔立ちをしており、少し色あせた麦藁のような色の金髪と、すらりとした体形で野性的な二枚目になった。このため、彼に言い寄る女性は数知れず、新市街にいる同世代の平民の少女から、ベアトリスと同世代の三十代半ばの女冒険者まで様々だ。

しかし、未だにメルへの思いが断ち切れないのか、彼はそのすべてをきっぱりと断っている。そのせいかは知らないが、俺の男色疑惑は消えては現れと、何時まで経っても無くならない。

残念ながら、俺たちの中では比較的目立たない彼には二つ名は付いていない。

リディだが、彼女も風属性魔法がレベル五十五に達し、弓術も五十を超えた。レベル五十を超える魔道弓術士として冒険者たちから一目置かれている。

この街にも慣れ、フードを被ったままということは無くなった。やや薄い緑色を含んだ黄金色の髪に、濃いエメラルド色の瞳、すっと通った鼻梁《びりょう》、白磁のようなくすみのない肌、そして、すらりとした体形だが女らしい曲線を持つスタイル。そのどれもが完璧と思える美で、ドクトゥスの男たちは彼女を見るたびにため息をついている。

それでも男性から声を掛けられるのが嫌なのか、俺たち以外に笑顔を見せることは滅多にない。

雪嵐《ブリザード》の魔法を使うことから、一部では〝氷雪の姫君《ブリザード・プリンセス》〟と呼ばれているそうだ。

ベアトリスは出会った頃から槍術士レベル五十一の凄腕だったが、今年レベル六十になった。三十四歳にしてレベル六十というのは、祖父であるゴーヴァン・ロックハートと比べても遥かに速いペースだ。これにはベアトリス本人も驚いていた。

「あたしのレベルは頭打ちだと思っていたんだがね。ここに来て上がるなんて思っていなかったよ」

最初、俺には彼女の言っている意味が良く分からなかった。俺たちのレベルの上がり方からすればおかしくはないし、第一、祖父や従士たちは未だにレベルを上げている。

「まだ若いんだから、レベルアップしてもおかしくないだろう。それより、俺たちの御守のせいでレベルの上がり方が遅くなったんじゃないかと心配していたんだが」

俺がそう言うと、ベアトリスは大きく首を横に振る。

「あんたに会う前はレベル五十から五十一に上がるのに一年半も掛かったんだよ。あたしはあんたと一緒だから、上がりがよくなったと見ているんだ」

ベアトリスはそう言って、俺に仲間の能力を上げる力があり、それは神から与えられたものだと力説した。リディもメルたちも彼女の考えを支持するが、俺はそれを否定した。

ベアトリスはまだ何か言いたそうだったが、俺の言いたいことを理解したのか、それ以上何も言わなかった。

俺とシャロンの学院の生活だが、一年生の時とほとんど変わっていない。ラスペード教授の指導を受けるか図書館に行くかで、ほとんど教室に足を向けていなかった。唯一、四年生に進級した時からリディの旧友、キトリー・エルバイン教授の講義が始まり、それに出席している程度だ。そんな感じで楽しい生活を送っている。


十月の半ばにある依頼を受けることとした。今回は指名依頼で、依頼者はキトリー・エルバイン教授だ。

彼女は有史以前の遺跡に関する情報を入手した。遺跡があるらしい場所は五十キロメートルほど西にあるハロックウッドという村だ。村の近くに金属製のゴーレムが現れたという情報をキトリーさんが手に入れ、遺跡があるのではないかと考えた。そして、気心の知れた俺たちを護衛兼案内役として雇うことにした。

今回の依頼は往復の移動を含め五日間の予定で、二日目の朝にハロックウッド村に入った。

彼女は学院にいる時のようなスカートとチュニックという姿ではなく、革鎧を身に着け短めの片手剣を腰に吊るしている。図書館か研究室で本に埋もれているというイメージが強いが、意外なことに昔は遺跡探しで森によく入っていたそうだ。

「さて、目撃者から情報を聞きに行くわよ」

村に着いた早々、キトリーさんは目撃者探しを始めた。小さな村であるため、すぐに目撃者は見つかった。

「一ヶ月くらい前に初めて見たんだ。銀色の鉄の塊みたいな奴で、西の谷の向こう岸を歩いていたよ」

その後数回、南から北に向かって歩く姿が見られたこと、更に村に興味を示すような動きはなかったことなどの情報が集まった。

村の長老に銀色のゴーレムのことを聞いてみたが、

「この村は百年以上前からあるが、そんな話は聞いたことがないの」

他の年寄りにも聞いたが、それ以前にゴーレムを見たという情報は全くなかった。キトリーさんはそれらの情報を基に仮説を立てた。

「多分だけど、村の西側に古代遺跡があるのよ。そこの守護者《ガーディアン》が何かの拍子で出てきたんじゃないかしら。もしかしたら、何らかの命令を受けているのかもしれないけど。まだ時間は早いし一度現場を見ておきましょう」

そして、早速現場に向かうことになった。

谷を渡るとゴーレムの痕跡を探し始めた。ここ数日は見かけていないとのことだったが、すぐに足跡は見つかった。それは長さ五十センチメートル、幅は三十センチメートルくらいの長方形で、重量があるのか地面が数センチメートルほど凹んでいる。

「これならすぐに跡を追えるよ。あとはどの程度魔物が出てくるかだね」

ベアトリスはそう言うと、周囲を警戒するように目を細める。彼女の経験では古代遺跡の近くには思わぬ大物の魔物がいることがあり、いつも以上に警戒しないといけないらしい。

「今日は遺跡の場所を見つけるまでだ。それでいいね、教授」

ベアトリスの言葉に、キトリーさんはニコリと笑って「了解よ」と頷く。

先頭を歩くダンは、周囲を警戒しながらゴーレムの足跡を追跡《トレース》する。俺たちも周囲を警戒するのだが、歩き始めてすぐ異常に気づいた。

豊かな森に見えるのに生き物の気配が異常に少ない。だからと言って、殺気を感じているわけではなく、アンデッドが出てくるような陰鬱《いんうつ》な雰囲気でもない。

「様子がおかしくないか？」と声に出すと、皆同じように感じていたのか、ベアトリスが頷き、リディも「そうね。森が静か過ぎるわ」と答える。

「魔物どころかウサギや野鳥の気配もありません。足跡すらないんですが……」とダンが呟いている。

　ベアトリスに「どうする？」と確認すると、彼女は「教授の意見は」と言ってキトリーさんを見る。

「そうね……危険な感じが無いなら、もう少し進んでもらいたいわ」と言って、俺たちを順に見ていった。俺を含め誰も危険な気配は感じていないため、全員が小さく頷く。

　二時間ほど森の中を北に進むが状況に変化はなかった。昼食を摂るため休憩に入ったが、なぜか重苦しい空気が支配していた。俺には感じないのだが、俺以外は何となく不吉な感じを受けているらしい。

（何と言ったらいいんだろうな。少し違うが、雰囲気は夜の工場だな。普段は人の気配があるのにそれが全く感じられない。時々、機械の音が聞こえてくる。そんな感じに似ている気がするな……）

　休憩を終え再び歩き出すが、その雰囲気は変わらなかった。それどころか、より強くなっているらしい。一時間ほどするとベアトリスが停止を命じる。

「やばい感じが消えないんだ。一旦、戻るべきだ」

　俺を含め全員が頷く。そして、来た道を戻ろうとした時、リディが「ゴーレムよ」と小声で鋭く警告を発した。

　彼女の視線の先に目をやると、銀色に輝く体高三メートルほどのゴーレムがいた。

（ゴーレムというよりロボットだな。それも大昔のアニメに出てくるような角ばった形の……それにしても器用に歩くものだ。二足歩行のロボットだと考えれば驚くほどの性能だな。まあ、スケルトンのことを思えば、不思議でもなんでもないんだろうが……）

そのゴーレムは重々しい足音を響かせながら、俺たちの前を横切っていく。

俺たちに気づいていないのか興味がないのかは分からないが、俺たちを完全に無視している。十分ほど跡を付けると森が開け、その先には高さ十メートルほどの切り立った崖があった。

ゴーレムは崖の前で立ち止まった。俺たちが息を呑んでその様子を見ていると、腕から微量の魔力を放出する。

「あれは魔力だな」と呟くと、リディも頷き「何をするつもりなのかしら」と首を傾げる。

ゴーレムが魔力を放出し始めて一分ほどすると、ゴゴゴという地響きに似た低い音が崖から聞こえてきた。その音に反射的に周囲を警戒するが、特に異常は見られない。

すぐに何が起こっているのか全員が理解した。ただの岩の崖だと思っていたが、その一部がゆっくりとせり出して通路が現れたのだ。その奥はステンレスのような銀色で、淡い照明の光が漏れている。それはまるでＳＦ映画に出てくる宇宙船の中のようで、明らかにこの世界の文明とは異なっている。

ゴーレムは通路の中にゆっくりと入っていく。

その様子を三十メートルほど離れた森の中から眺めていたが、キトリーさんが「あの中に入るのは無理かしら」と言い出した。ゴーレムは中に入ったが、未だにその扉は開いたままだったからだ。

ベアトリスは小さく首を横に振り、

「どのくらい開いているのか分からないんだ。閉じ込められる可能性がある」

そう言って、許可しなかった。

「俺もベアトリスに賛成だな」と頷く。

「とりあえず場所は分かったんです。ゴーレムの行動をもう少し観察したほうがいいでしょう」とキトリーさんが提案した。

彼女は少し残念そうな顔をするが、最終的には俺の提案を受け入れた。

正直なところ、俺も中には興味があった。ラスペード教授やキトリーさんの話では、金属製の通路は古代遺跡の典型的な特徴だそうで、ここは有史以前の遺跡で間違いない。

それ以上に重要なことは、この遺跡が〝生きている〟ということだ。ゴーレムがどのような役割を果たしているのかは分からないが、少なくとも扉の開放機構と照明は生きていた。ならば、中には完全な形の古代文明が残っている可能性がある。

入っていったゴーレムは出てくることはなく、扉は三十分ほどでゆっくりと閉じた。その後、一時間ほど様子を見たが、特に動きはなかった。

「扉だけでも確認したいんだけど」と遠慮がちにキトリーさんが提案してきた。

「罠があるかもしれないが……それなら明日でも同じことだね」とベアトリスが頷く。

「魔道具に詳しい俺が行くべきだな。何かあればすぐに戻る」と俺が言うと、キトリーさんが「私も行くわ。遺跡に一番詳しいのは私だから」と言ってついてきた。

俺が先行する形で扉のあった場所に慎重に進む。崖から十メートルほどの位置で森が途切れ、後ろにいるキトリーさんに「先に行きます」と宣言して崖に近づいていく。

崖は黄色みがかった白い岩でできており、異常は見当たらない。精霊の力を感じられるよう集中してみるが特に流れは感じない。一通り確認した後、キトリーさんを手招きで呼んだ。

「罠は無さそうですね。それにしても、ここまで近づいても繋ぎ目がほとんど分かりません」

俺の言葉にキトリーさんも頷き、

「そうね。ここまでしっかりとした遺跡は初めて見たわ」と興奮気味に語る。

彼女は岩をコツコツと叩いたり、ゴーレムが魔力を放出した箇所をルーペで調べたりと、調査に没頭している。

俺は周囲を警戒していたが、ふと視線のようなものを感じ、顔を上げた。俺の視線の先は岩で小さなひさしができているところで、何か光る物がはめ込まれている気がした。

「あの上に何かあります」とキトリーさんに注意を促す。彼女は俺の指差した場所を見つめ、「魔道具ね……」と呟いた。

「見てきましょうか」と言うと、少し考えた後、小さく頷いた。

崖の上に登ると、そこには直径二センチメートルほどの黒い魔晶石が埋め込まれていた。その魔晶石はつやつやかで、俺は既視感を抱く。

（この位置とレンズ状の作り。監視カメラのような気がするな……だとすれば、この中にいる〝何か〟が俺たちを見ているのかもしれない……）

証拠はないものの、俺はこの魔晶石が監視カメラであると確信していた。しかし、この世界に監視カメラやそれに準じる物はなく、どう説明していいものか迷う。

「危険はなさそうです。ですが、何か視線のようなものを感じました。あれで俺たちを見張ってい
る、そんな気がします……」

キトリーさんが「そう……」と頷き、「見張っている感じね……あっ！」と言って、言葉に詰ま
る。

彼女の視線の先、ゴーレムが魔力を当てていたところが淡い光を放っていたからだ。

「魔力を流すように促しているわ」

確かにそう見えた。

（〝認証〟を求めている感じだな。俺たちを、いや、俺を招き入れようという意志を感じる……罠
の可能性も考えられないことはないが、危険な感じはないな……）

その光を見て、森の中に潜んでいたリディたちも慌てて近寄ってくる。

リディはその光を見て、「大丈夫なの？」と顔を顰《しか》める。

「嫌な予感がするわ。一度、村に戻りましょう」

リディの提案にベアトリスたちも同意するように頷いている。

興奮気味だったキトリーさんもその言葉で冷静さを取り戻す。

「そうね……私たちを拒絶している感じがするわ。一度、戻りましょうか」

「俺には拒絶しているようには感じられませんが」

その何気ない言葉にキトリーさんが驚く。

「あなたにはどう感じられるの！」

「俺には、〝ここに入って来て欲しい〟と言う意志だけが感じられます。もちろん、敵意などは感じません」

彼女は俺の言葉に少し考え、

「あなただけが招待されているということね」と呟いた。

「あなたが良ければ、調査してもらえないかしら、もちろん、危険があれば……」

そこまで口にしたところで、リディとベアトリスが「「駄目よ（だ）！」」と、同時に言葉を遮った。リディはベアトリスに頷くと、彼女にしては珍しく真剣な表情で俺を引き留めようとした。

「私も拒絶されているだけで危険な感じはしないわ。けど、あなた一人を行かせるわけにはいかない」

彼女たちが俺のことを考えてくれているのは分かるが、俺には危険な感じが全くしない。

「罠なら俺以外が不安に思うようなことはしないはずだ。確実さを求めるなら全員が問題ないと感じさせた方がいいからな。もしかしたら、俺だけを引き込もうとする罠かもしれないが……いや、リディも危険な感じはしないんだろう？　なら、試してみる価値はあるはずだ」

俺の言葉にリディが「でも……」と口籠る。

俺はキトリーさんに向かって、

「とりあえず、そこの光っているところに魔力を通してみます。もし開くようなら、俺が偵察してきます」

キトリーさんは「無理はしないでね」というものの、俺の提案に笑顔で頷く。

まだ納得していないリディたちを安心させるように、俺は笑顔を作り、右手をかざしながらゆっくりと魔力を流していく。

魔力を流し始めると、すぐに反応が現れた。

カチリという小さな音が聞こえたと思うと、すぐにゴゴゴという重い音と共に岩の扉がゆっくりと開き始めたのだ。

五秒ほどで扉が開き切る。鈍い銀色の通路の奥にはスライド式の扉があった。

俺が入ろうとすると、ダンが「僕が先に入ります」と前に出る。

何か言う前に、彼は警戒を強めるように視線を低くし、ゆっくりとした歩調で通路に入ろうとした。しかし、足を踏み入れようとすると、拒絶するかのように弾き出されてしまう。何度か試してみたが結果は同じだった。その後、キトリーさんを含め俺以外の全員が試してみるが、同じように押し出されてしまう。

「どうやら、俺だけが招待されているみたいだな。一度そこの扉まで行ってみる」

リディたちはまだ何か言いたそうだが、

「危険が無くても、すぐに戻ってくるつもりだ」と言うと渋々同意してくれた。

俺は剣を引き抜き、いつでも戦える態勢で通路に足を踏み入れた。ダンが言っていた押し戻される感覚はなく、全く抵抗を感じずに通路に右足を踏み入れることができた。

「どうやら大丈夫そうだ。すぐに戻る」と笑顔を作って、そう言うと再び中に視線を戻した。

中は昔のSF映画のセットのようで、金属製の通路全体が間接照明で照らされ淡く光っている。そして、自分の暗黒卿染みた装備をふと思い出す。

（まるで白い装甲服に身を包んだ兵士たちが出てきそうな感じだ。もし出てきたら、俺は敬礼されるんだろうか？）

そんなどうでもいいことを考える余裕すらあった。しかし、俺の身体が通路に入り切ると、状況が急変した。

十メートルほど先まで通路が見えていたはずが、通路に入り切ったところで突然視界が揺らぎ、周りの風景が一変したのだ。

目眩のような一瞬の揺らぎの後、状況の変化に僅かに動揺した。しかし、すぐに我に返り、周囲を見回していく。一瞬にして通路は十メートル四方ほどの部屋に変わっていた。通路と同じように間接照明で淡く照らされた無機質な部屋で、どうやら転送されたらしい。

僅かに焦りを感じ強く剣を握り締める。しかし、すぐに思い直した。

（俺だけを呼んだということは、何らかの意図があるはずだ。ならば、必ず向こうからアクションを起こしてくる……）

俺を招き入れた相手が何らかのアクションを起こすまで待つことにした。

飛ばされた先は研究室なのか、ガラス製のビーカーや試験管のような物が載った検査台が並んでいる。そして僅かに消毒液のような塩素系の匂いも感じた。

（あの入口はダミーだったのか？　テレポートか何かで飛ばされた感じか……しかし、ここは一体何なんだ？　見た感じじゃ、薬品会社の研究室みたいだが……）

相手の出方を待つだけでは芸がないと思い、少しでも情報を仕入れようと、この研究室のような部屋を慎重に探る。

部屋の奥にはガラス張りの区画があり、その横には奥に続くと思われる扉があった。手近にある机や棚などに、手掛かりになるような物がないか漁《あさ》ったが、書類らしきものはメモを含めて一つも見つからない。仕方なく機器類を見ていくが、ガラス製の実験道具や撹拌機《かくはんき》のような機器類があるだけで、特に手掛かりになる物はなかった。それらはきれいに整理され、クリーンルームなのか埃は全く見られない。

（なぜここに飛ばしたんだ？　床や扉を見る限り、ここは防疫《バイオハザード》対策がなされている。こんなセーフティレベルが高そうな部屋に、外から来た俺を入れたのはなぜなんだろう？）

俺は疑問を抱えながら、ガラス張りの区画に近づいていく。その区画は研究室より僅かに暗く、青白い光に包まれていた。そして、低温なのか金属製の壁に僅かだが霜が付いている。

その区画の中央には、長さ二メートル、幅七十センチメートルほどの金属製の半円筒形の容器があった。その容器の上半分はガラス張りになっている。

俺はガラスに張り付くように容器の中を覗き込んだ。そして、思わず息を止める。

その容器の中に入っていたものは、全裸の美女だった。その女性の外見は二十代半ばくらいに見え、黒髪に通った鼻筋、彫の深い顔つきは、地球でいえばインドから中東辺りの人に近い感じだ。

俺はそのオリエンタルな美しさに息を呑む。

（キトリーさんの話だと、この遺跡は有史以前のもののはずだ。だとすれば、この女性は古代人なのか？　だとすれば大発見だが……それにしても、なぜ俺をここに呼び入れたんだ？　そろそろ動きがあってもおかしくはないはずだが……）

俺がそんなことを考えていると、唐突に男の声が響いた。

『どうだね、美しいだろう？』

俺はその声にビクッと反応し、思わず剣を強く握り締める。

その声はやや低音のバリトンに聞こえたが、実際には耳からではなく、脳に直接響いていた。

『それは私の妻の〝姿〟なのだ』

俺は誰何するのを忘れ、「姿？」と呟く。

『そう、それは我が妻を模した〝物〟。人造生命体《ホムンクルス》なのだよ』

俺はその完全な人体が人工物と言われ、一瞬、この異常な状況を忘れ言葉を失った。

（ホムンクルス……クローンじゃないのか？……）

俺が黙っていると、やや不本意そうな声が頭に響く。

『君はあまり驚いていないようだが……この〝世界〟では既に実用化されているのかな？』

「……いえ、驚き過ぎて声を失っているだけですよ……私はザカライアス・ロックハート。この遺跡、失礼、この施設の調査の補助を頼まれた冒険者です。そろそろ、私をここに招き入れた理由を教えてもらえませんか？」

『ハハハ！』と愉快そうな大きな笑い声を上げた。その笑いに思わず剣を握り締める。

『いや、失礼。君があまりに落ち着いているからね。つい愉快な気分になってしまったよ』

笑い声を上げたことで、その男は落ち着きを取り戻したのか、話を続けた。

『まずは自己紹介と言いたいところだが、既に名も体も捨てた身。適当に呼んでくれても構わぬよ』

俺が沈黙していると、その声は勝手に話を続けていく。

『君を招待した理由だが、私の研究所《ラボ》の寿命が尽きようとしていてね。ラボの寿命が尽きれば私の意識も消える。その前に少し話がしたくなった。まあ、そんなつまらぬ理由だよ』

その情報を冷静に分析していく。

(ラボの寿命が尽きれば意識が消える？　精神生命体か何かなのか？　それとも意識だけを何らかの道具に封じ込めた、そんな感じなんだろうか？)

その時、自分が焦りを感じていないことに気づいた。今は脱出する術もなく、相手の思惑も分からない状況だ。本来なら焦りを感じるか、必死にここから出ようと考えるはずだが、なぜかそういう気にならない。

「私だけを招き入れた理由になっていませんね。それに私の仲間たちが心配しています。用件があるなら、早めに済ませて外に戻りたいのですが」

俺は単刀直入にそう告げる。

『理由についてはともかく、君の仲間のことは心配はいらないよ。左手の壁を見てみたまえ』

俺が左を向くと、さっきまでは何もなかった場所に外の風景が鮮明に映っていた。プロジェクターか何かで映し出されている感じだ。その映像にはリディが右手を伸ばし、何か叫んでいる姿があり、それは一時停止ボタンを押した動画のように静止している。

映されている角度はやや上方からのもので、俺が登って調べた崖の上にある魔晶石から映されているようだ。

「外の風景のようですが止まっています。写し絵のようなものを見せられても、不安は解消しません」

『君はその〝写し絵〟を見ても驚かないのだね。このような技術が既にあるということなのかな？』

写真や映像を見慣れているから驚かないが、この世界の人ならこれほど精巧な絵を見せられれば驚くはずだ。しくじったと思いながらも咄嗟《とっさ》に言い訳を思い付く。

「充分に驚いていますよ。でも、私の精神に何かしているのでは？　何となくですが、精神を安定させる術が使われている気がします」

『なるほど。確かに君が動揺しないよう特殊な処置をしている。分からぬでもないな……』

やはり精神に作用する魔法のようなものを掛けられているらしい。俺がそんなことを考えていると、彼は話を戻した。

『それは止まってはいないのだよ。良く見なければ分からないだろうが、外とこのラボでは時間の流れが異なるのだ。こちらの方が時間の進みが早い。およそ六十倍といったところだね』

そう言われても見直しても、動いているように見えない。六十倍ならこちらが一分としても向こうは一秒。十秒くらい見たとしても、動いているように見えなくてもおかしくはない。それよりも時間の流れを変えられるということに驚きを隠せない。

「時間の流れが違うという意味が分かりません」

『うむ。どういっていいのか難しいが……このラボは外の世界と切り離されている、一種の異空間なのだ……』

この説明を信じるなら、ここに一時間いても外は一分しか時間は進まない。そうであるなら、この声の相手をしてもいいかなと思い始めていた。もっとも向こうが出してくれる気にならなければ、出て行くことができないということもある。

俺は腹をくくり、〝声〟と対話することにした。

「そういうことでしたら、あなたが納得するまでお付き合いします」

『そうかね！　それはよかった。では思いつくまま話させてもらうよ』

そう言って話を始めた。

『まず、なぜ私がこのラボにこのような形でいるのか。それから話そう。我々の文明は〝大災厄〟と言われた未曽有《みぞう》の災害に見舞われてしまった……』

彼の話は衝撃的だった。大災厄と呼ばれる事象が発生し、彼らの文明が滅びたという話だったのだ。当時の文明は魔道工学と呼ばれる技術が支えており、人々は全ての属性の魔法が使えた。しかし、大災厄と呼ばれる現象が起き、彼らの文明は僅かな年月で滅び去った。

『……その原因だが、何者かによる情報の改変だ。あらゆる情報が無意味に改変され、遺伝情報すら書き換えられたのだ……そして、それが爆発的に広がったのは〝マナ〟のせいだった……』

その当時、我々が魔法に使う〝精霊の力〟、彼らのいう〝マナ〟を使って、ネットワークを形成しており、情報の改変はごく短時間で全世界に広がった。

情報改変がマナを媒介して行われているという事実までは解明されたが、既に文明を維持することができないほど事態は進んでしまった。

『……私は生命科学の研究者だった。そのため、基本的には閉鎖された空間で研究を行っていたのだ。そして、ここのようなラボを複数持っていたことが命を長らえさせたのだ……しかし、妻は情報改変が原因とされる病に冒されてしまった。私は彼女を救うために研究を始めた……』

彼は妻を救うため研究に没頭したが、力及ばず最愛の女性を失った。

『……しかし、妻を救うことができなかった。その時、私も命を断とうと考えたが、妻を奪った大災厄とは何かということが気になった……』

そして失意の中、その原因となった大災厄について調べ始めた。

彼は自分のラボの時間の流れを五十分の一にし、外の世界の様子を探りながら、自分たちを滅ぼした原因を探っていった。

『……長い年月を掛けたが、結局何も分からなかった……』

そしてついに彼の寿命が尽きる時が来た。

死を前にして、誰かに自らの存在とこの世界に起きたことを伝えようと彼は考えた。そのため、俺たちが追い掛けたゴーレム、歩行型探査装置をあえて目立つように歩かせ、知的レベルの高い研究者が来るように仕向けたそうだ。

『……最初は君と一緒にいた研究者を招くつもりだった。しかし、君がいた。我々の末裔と言ってもいい君が』

「あなたたちの末裔？　私がですか？　それはなぜ？」

『君はすべての属性の魔法が使えるのではないかね。我々もそうなのだが、私が調べた範囲の人々はほとんど魔法の素養がなく、あっても一つか二つの属性しか使えない。それがなぜなのかは分からないがね……』

つまり〝全属性持ち〟という点が俺を招き入れた理由だった。

俺の視線が偶然ホムンクルスに向いた。そのことに気づいたのか、彼は話題を変えた。

『……君が見ているホムンクルスは、我が妻を蘇《よみがえ》らせるために作ったものだ。しかし、それも徒労に終わった。妻を救うことができなかったのだ……』

彼は妻の精神を取り出しホムンクルスに移すつもりだったが、その処置に彼の妻の魂は耐えられなかったと説明する。

『……私は疲れたのだよ。妻を救えず、その原因すら究明できなかった。それでも私と妻が存在したことを誰かに伝えたかった。君に話を聞いてもらえて、私は満足している。その礼でもないが、私の知識で答えられることなら、何でも答えてあげよう』

「ありがとうございます。聞きたいことはたくさんあります……」

その後、俺は様々なことを尋ねた。

彼は俺の質問に丁寧に答えてくれた。魔道工学とは何か。彼らの文明はいつから始まったのか。

どのようなものを食べ、何を考えていたのか……気づけば脈絡の無い、様々なことを尋ねていた。

そして、ここに来てから数時間が経った頃、彼は徐《おもむろ》に切り出した。

『楽しい時間だったが、そろそろ時間切れのようだよ』

「そうですか。残念です」

『一つだけ、君に面白い技術を教えてあげよう。君なら機器《システム》の助けなしに次元操作ができるはずだ。我々が使っていた理論なのだが……』

彼はそう言って、この研究室のような異次元空間を作り、操作する技術を教えてくれた。そう、アイテムボックスとかインベントリーなどと言われる便利な魔法のことだ。

『……理屈はそれほど難しくはない。時空間の流れに変調を加えて、異空間を繋ぎ込めばいいだけだ。その辺りの理屈は君なら理解できているんだろう？』

「理解はできませんが、イメージはできます。ここでやってもいいですか？」

『もちろん大丈夫だ。我々は普通に使っていたのだから』

俺は小さく頷き、イメージを作っていく。

ＳＦなどで使われる時空連続体という概念で異空間に干渉する。最初は空間の流れを変調させるのが難しかったが、彼のアドバイスを聞きながら、少しずつうまくなっていった。

そして、遂に異空間を完成させた。

『素晴らしい！　君は我々より才能があるかもしれんな！』

彼は俺の成功を自分のことのように喜んでくれた。しかし、すぐに憂いを帯びた思念を送ってきた。

『もう少し早く君に会えていたら良かった。そう十年ほど前なら……』

彼の言う十年前は俺にとっては五百年前だ。当然、不可能な話だが、それを否定する言葉は言わなかった。

「そうですね。もう少し話をしたかったと思います。では、私はこれで仲間のところに帰ります」

そして、入ってきた時に立っていた場所に向かった。その途中、彼は遠慮がちに提案してきた。

『そのホムンクルスを連れていかないかね？　記憶は消してあるが、能力的には十分だ。君に引き取ってもらえると嬉しいのだが……』

「しかし……」

俺が口籠ると、更にホムンクルスを勧めてくる。

『あれは所有者に絶対的な忠誠を示す。君がこれからやろうとすることに必ず役立つはずだ。能力的には全く問題ない。技能の修得も短期間で済む……』

ホムンクルスの肉体的能力は標準的な人間の五倍程度。そして、魔法についても全属性が使える。

それでも俺は連れていくことを断った。

「しかし、この姿は奥様に似せて作られたものでは？　あなたと一緒にいるのが一番いいのではないでしょうか」

『そうか……そうだな。確かに私と共に消滅する方がいいだろう。気遣いに感謝するよ』

俺は大きく頭を下げた。

「あなたと出会えたことは一生忘れません。では、奥様の魂と再び逢えることを祈っております」

『ああ、ありがとう。では、時間のようだ。君と出会えて良かったよ。それでは……』

次の瞬間、俺は外の世界に戻されていた。

外では閉まった扉の前で、リディたちが扉を開けようと、無理に魔力を流したり、拳で叩いたりしていた。俺は彼女たちの後ろに戻されたようで誰も俺に気づいていない。

「もう大丈夫だ。帰って来たよ」

俺がそう言うと、全員が一斉に振り返る。そして、リディがもの凄い勢いで俺の胸に飛び込んできた。

「心配したのよ！　本当に心配したのよ！」

俺は彼女を強く抱きしめながら、

「済まなかった。でも、すぐに戻ってきただろう？」

外の世界は俺が消えてから五分も経っていない。キトリーさんに遺跡が消滅したことを告げた。

「この遺跡の扉は二度と開きません。ここを掘っても、中には何もないでしょう」

彼女はいろいろ聞きたそうだったが、俺の様子を見て、小さく頷くだけだった。

「じゃあ、戻ろうか」と明るく声を掛けた。全員が頷き、森の中に入っていく。

俺は一度だけ崖の方を振り返った。そして小さく頭を下げ、再び歩き始めた。

遺跡を後にし、ドクトゥスの街に戻った。その夜、俺は全員にあの研究室で見たことを話した。

キトリーさんは最初興奮気味に話を聞いていたが、徐々に冷静さを取り戻し、最後には考え込むような感じで黙ってしまった。

そんな空気を読んだのか、リディがなぜホムンクルスを連れ出さなかったのか？　と尋ねてきた。

「一番の理由は〝汚染〟の懸念だな。あの人は人工物であるホムンクルスは変質しないと言っていたが、人工とはいえ〝生命体〟なんだ。そんな賭けには出れないよ」

リディは納得するように頷くが、ニヤリとした笑みを浮かべ、

「でも、美人だったんでしょ？　それにあなたの言うことなら何でも聞くって。男の人の夢なんじゃないの、そう言うのって？」

痛いところを突いてきた。正直なところリディに出会っていなければ、リスクを承知で連れ出したかもしれない。あの美しい女性が自分の思い通りになるのなら、男なら絶対に迷うはずだ。

でも、俺は迷わなかった。俺を心から愛してくれるリディたちがいるから。

それでも、素直にその気持ちを言葉にすることに抵抗があった。

「そうだな。もったいないことをしたよ。リディと違って、我儘《わがまま》を言うこともないだろうし」

その一言に、彼女は口を尖らせ拗《す》ねたような表情を作る。

「そんな意地悪を言うのね。いいわ。もっと我儘を言って困らせてあげるわ」

そこで俺たちは同時に噴き出した。

（こんな他愛のない会話ができる。俺にはこれが一番の幸せだ。ならば、これ以上何を求める必要があるのか……）

十一　卒業

トリア暦三〇一七年六月二十九日。

今日はティリア魔術学院の二百八十一回目の卒業式がある。つまり、俺たち二百八十一期の卒業式だ。

入学式と違い、父マサイアス、母ターニャ、そして弟たちが来ている。これは俺の卒業式に出席するというより、ここより西の街ウェルバーンにいる兄ロドリックの結婚式に出席するおまけのようなものだ。

その卒業までの日々、俺は忙しい時間を過ごしていた。ラスペード教授の研究室に缶詰になりながらも新たな魔道具を開発したのだ。

その魔道具だが、それは防音の魔道具だ。なぜ防音の魔道具を開発しなければならなかったのか？

その理由は俺とリディが結ばれたからだ。

古代人の遺跡からドクトゥスに帰ってきた日の夜、彼女が俺の部屋にやってきた。リビングで話をした時には、おどけた様子まで見せた彼女だったが、その時はいつになく真剣な表情だった。

「帰ってくる途中、ずっと考えていたわ。あなたがいなくなったら、私はどうするんだろうって」

「俺はいつまでもリディと一緒だ。だから、そんな心配はいらないさ」

彼女は大きくかぶりを振り、「私はエルフ。そして、あなたは人間なの！」と叫ぶ。

「あなたはいつか私の前からいなくなる。古代人の研究者の話を聞いた時、私は考えたわ。あなたがいなくなったら、私も同じように自棄《やけ》になるかもしれない。多分、あなたの後を追うと思う……」

俺はその言葉を強い口調で遮る。

「やめてくれ！　そのことは昔にも話をしたじゃないか！」

そして、心を落ち着かせ、

「それに俺の体はまだ十四歳だ。まだ、寿命が来るまで五十年以上ある。魔力の高い人間は長生きするそうだから、七十年近くあるはずだ。今はそのことを考える時じゃない」

リディはもう一度かぶりを振り、

「いいえ、あの遺跡に入った時、私は思ったの。このまま出てこないんじゃないかって。あの時、あなたの存在を感じなくなったの。本当に恐ろしかった……」

どうやら俺が五歳の時に贈られたデュプレ家の指輪、対になった相手の安否を感じられる魔道具で、俺の存在を感じなくなったことが彼女を不安にさせたらしい。

「私は確かな繋がりがほしいの……」

そこで顔を真っ赤にし、「……できるようになったんでしょ？」と小さな声で呟く。

「何ができるように……」と言ったところで、リディが何を言いたいのか気づき、言葉を続けられなくなった。

彼女は、俺が女を抱けるようになったのだろうと聞いてきたのだ。

「確かにできないことはないが……ここでは無理だろう。メルやシャロンがすぐ近くにいるんだぞ。それにベアトリスだって」

リディは大きくかぶりを振り、「そんなことを言っていたら、ずっと無理じゃない！」と強く否定する。そして、そのまま俺の胸に飛び込んできた。

「不安なのよ。あなたがいなくなるかもしれないって……だから……」

彼女を突き放すことはできなかった。それ以上に俺自身も望んでいることでもあったから。

そして彼女を抱いた。

彼女は初めてだった。そして、俺もこの身体では初めてだった。

その時の俺たちは愛し合うというより、互いを確かめ合うという方が近かったかもしれない。俺も心のどこかで確かなものが欲しかったのだろう。

俺は一度思い出した快楽にブレーキを掛けることができなかった。彼女も最初こそ戸惑いがあったが、二度目からは歯止めが利かなくなった。

それほどまでに貪欲に相手を求めたのだ。

リディと過ごす時間は本当に二人だけの時間だった。多分、周りで何が起きようと俺たちは気づかなかっただろう。心の底から互いを求めていたから。

しかし、問題があった。そう、深刻で切実な問題が発生したのだ。

この家の壁はただの木の板だ。当然、防音処置などはしていない。つまり、二階にいるベアトリスたちどころか、一階にいるダンにまで聞こえているかもしれなかったのだ。

この状況は非常に不味い。思春期の子供が三人もいるのだ。実際、愛し合った次の日の朝、メルとシャロンは恥ずかしそうに目を伏せるし、ベアトリスは不機嫌そうな表情をしていた。リディにそのことを伝えると、

「無理ね。だってそんな余裕なんてないし……それにいいんじゃないの。私たちが愛し合っているのは知っているんだから」

「いや、そういう問題じゃなくてだな……」

「じゃあ、どういう問題なの？」と不思議そうに聞いてくる。

言葉に詰まった。思春期の子供なんて持ったことはないし、どうしていいのかなんて俺にも全く分からない。

困った俺は音を消すこと、防音の魔道具を作ることで解決を図ろうとした。本来なら皆にきちんと説明するなり、リディを説得するのが正しい対応なのだろう。根本的な解決ではないが、魔道具に頼らざるを得ない。俺自身、現実逃避に近い思考だと自覚している。

そして、風属性を利用した防音の魔道具は苦労の末、完成した。

その魔道具の〝効果〟だが、音自体はしっかりと防いでいる。しかし、当初の目的という意味ではあまり役に立っていない。魔道具の性質上、リディが部屋に入ってくるまで音は消せないから、彼女が入ってきた時点で何をするか丸わかりだ。単に慣れただけかもしれないが、以前ほどメルた

ちが気にしていないから、役に立っているのかもしれない。

そして、ベアトリスについてだが、彼女も気にしなくなった。メルたちとは違う理由で気にしなくなったのだ。

トリア暦三〇一七年の年が明けた一月の初旬頃、ベアトリスから二人だけで話をしたいと告げられた。いつになく沈んだ感じの彼女に違和感を覚えながら、部屋に招き入れる。部屋に入っても中々口を開かなかった。

沈黙が支配し、気まずい空気が流れ始めた頃、意を決したのか、彼女はゆっくりとした口調で話し始めた。

「今年であんたは卒業だ。卒業したらここで暮らすわけじゃないんだろ？　どうするつもりなんだい？」

「一度村に戻ることは決定だ。ただ、その先はまだ決めていないな。そうだな、世界を旅して回ってもいい。少なくともアルスには早めに行くだろうがな」

学院を卒業した後、村に戻って少しゆっくりするつもりでいた。

鍛冶師ギルドに迷惑を掛けた後始末をするため、カウム王国の王都アルスにいくことだけは決めていたが、それ以外の予定は白紙だった。

その理由だが、そろそろ俺がこの世界に来た目的、神が遣わす者を導くという仕事が待っていると考えているからだ。神の言葉を信じるなら、俺の生まれた五年後にその相手は生まれている。つまり、神が遣わす者は今十歳ということになる。〝導く〟ということが使命なら、あと十年とは掛からずに、その者と出会うだろう。だから、今は明確な方針は決めていない。決めても流れに押し流され、あまり意味がないからだ。

ベアトリスは小さくため息を吐き、俺と目を合わさず話し始めた。

「あたしはどうしたらいいんだろう？　あんたと一緒にいてもいいのかね？」

その時、俺はあまり深刻に考えていなかった。

「何を言っているんだ。一緒に来てくれるんだろ？」

俺は軽い調子でそう答えた。普段のベアトリスならそれでも良かった。しかし、彼女の気持ちを俺は理解していなかった。

ベアトリスは下を向き、絞り出すような感じでゆっくりと話し始める。

「あたしは不安なんだ。あんたたちはみんな強くなっていく。それに引き換え、あたしはこれから力が落ちていくはずさ。そんなあたしが付いていってもいいのかってね……」

確かに俺たちザックカルテットは物凄い勢いで強くなっている。更に俺たちはまだ十代半ば。今からまだまだ強くなる。リディについても同様だ。彼女は長命なエルフ。衰えることはなく、ゆっくりだが確実に能力は上がっていく。

それに引き換え、ベアトリスは今年三十五歳。今はまだ衰えるという歳でもないが、五年後、十年後を思えば、不安になってもおかしくはない。

「一緒にいてほしい。その言葉だけじゃ不安か？」

しかし、何も答えない。俺にはひどく弱々しく見えていた。

「あんたは天才だ。それに例の神様の頼みって奴もある。あの子たちも天才だよ。それに引き換え……」

俺は何も言わずに彼女を抱き締めた。

（確かに不安になるかもしれない。俺もあのくらいの歳の時には先が見え初めて不安になったものだ。これから先の未来と今まで生きてきた過去。それを見比べてしまうんだ。もっと早く気づいてやればよかった。ベアトリスなら大丈夫だという気持ちがあったんだろうな。俺の甘えだ……）

ベアトリスはびくりと体を震わせるが、僅かに俺に体を預けてきた。

「すまない。俺が甘えていたようだ。俺がもっと……」

彼女は俺の言葉を遮り、

「あたしだって、こんな気持ちになるなんて思ってなかったさ。自分ひとりで生きていけるって、ずっと思っていたんだよ……」

俺はもう一度強く抱き締め、そのままベッドに倒れこむ。

そして、彼女の唇を奪った。

翌朝、目が覚めると、恥ずかしそうに顔を赤くするベアトリスの顔が目に入ってきた。いつものように声を掛けるが、俺に背を向けたまま、シーツを体に巻きつけている。

「どうしたんだ？　後悔しているのか？」

彼女は俺の問いに答えない。

「俺は後悔していない。リディのことも含めて、俺は自分の心に素直に従っただけだ。昨日の言葉をもう一度言うぞ。俺と一緒にいてくれ」

以前の俺なら、ベアトリスを抱くことはなかった。リディという心から愛せる相手を見つけたのだから。ベアトリスを抱けば、リディが去っていくかもしれない、そう考えて優柔不断のまま、ズルズルと今の関係を続けていただろう。

しかし、この人生で俺は後悔したくなかった。

自分の気持ちに妥協し、安全・確実な生き方をするくらいなら、二人の愛する女性、リディとベアトリスが去ったとしても、後で自分が間違った選択をしたと分かったとしても、後悔しないつもりだ。

恐らく、俺以外の誰にもこの考え方は理解されないだろう。実際、俺が今も日本にいて、以前のような暮らしをしていたら何て奴だと非難する。それでも、俺はベアトリスを手放したくなかった。我儘な行動なのだろう。男の身勝手な考えなのだろう。しかし、少なくとも今の俺はこの選択がどのような結果を生んでも後悔だけはしない。

もう一度、「俺と一緒にいてくれ」と言うと、彼女はゆっくりと俺の方に顔を向ける。

その顔には涙の流れた跡があった。

「本当にいいんだね。あたしが一緒でも……」

俺が頷くとベアトリスは、少しはにかんだような笑みを浮かべる。

「これであたしもあんたの女なんだね。今は口に出すと恥ずかしいが、いつか胸を張って言えるようになりたいものだね」

結局、今年に入ってから、家にいるときに一人で寝ることはなくなった。

二人の女性は対照的だった。

リディは常に激しく情熱的で狂おしいまでに愛情を確かめてくる。それは今生の別れを覚悟したような、これで最後になっても悔いはないと考えているかのような、そんな激しさを感じさせるのだ。

一方、ベアトリスは全く逆で、普段の力強く凛々しい彼女からは想像できないほど、ベッドの上では甘えてくる。その甘え方が子猫のようで、俺しか知らないこの事実に、密かに優越感を覚えるほどだ。

そして、どちらも俺にとっては愛おしい存在だ。


六月二十九日。

初夏の抜けるような青空には、ところどころに白い綿雲が浮かんでいる。

今日はティリア魔術学院の卒業式だ。俺にとって感慨のあるイベントではないと思っていたが、やはり五年間過ごした学院を去ると思うと、少しだけ寂しさを感じる。

卒業後の俺の予定だが、兄の結婚式に出席するため、両親たちと共にカエルム帝国北部のラズウエル辺境伯領に向かうことになっている。

今回の父たちの護衛はガイ・ジェークス、バイロン・シードルフ、イーノス・ヴァッセルの三人の従士に加え、村の自警団の若者五名が同行している。父に聞くと新たな従士候補のようで、見聞を広めさせる目的らしい。

ガイが選ばれたのは、娘シャロンの卒業式に出席させるという父の配慮だろう。

バイロンは旅慣れていることと、以前カウム王国に部隊長として仕えていた経験から、うちの従士の中では最も礼儀作法にも通じている。これが選定の理由だと思っている。

イーノスは母たちが乗る馬車の御者として同行したようだ。

従士たちはいつものように防具で身を固めているが、新調したのか真新しい装備になっていた。自警団の若者たちも訓練で傷だらけになっている防具ではなく、磨き上げられた胴鎧《キュイラス》と兜《ヘルメット》を着け、更にはロックハート家の紋章・〝剣を持つ立ち上がった獅子〟が入った儀礼用のマントを纏っている。傍目には田舎騎士の家来には全く見えない。

更に母たちが乗る馬車もどこで手に入れたのか、田舎の騎士には不釣合いなほど立派なものだった。黒塗りのボディにはロックハート家の紋章が描かれ、御者を務めるイーノスは執事と見紛うほど、きびきびとした動きで対応している。

俺たちはその立派な馬車に乗り、新市街から旧市街に入っていく。さすがに伯爵家などの上級貴族が出席するため、目立つことはなかったが、父も新調した白を基調とした礼装に身を固め、辺境の田舎騎士とは思えない。母もシンプルな黒いドレスを身に纏っており、鍛え上げられた体躯の父と並ぶと本当に絵になる。

午前十時。卒業式が始まった。

学院長の挨拶を皮切りに来賓の祝辞が続いていく。この辺りは日本の学校と何ら変わるところがない。

在校生の送辞を受け、卒業生代表である俺が答辞を行う。

今回も入学式と同様に、歴代の答辞の文案から適当に繋ぎ合わせて文章を作成したが、最後の部分だけは自分で考えていた。

「……私たちは今日、五年間学んだティリア魔術学院を去ります。しかし、私たちはまだまだ未熟です。今後、諸先輩方の教えを受け、更なる研鑽《けんさん》に励む所存《しょぞん》です。これから先、さまざまな苦難が私たちを待ち受けているでしょう。時には暗い闇の中で死を覚悟するようなことが、また、大きな組織の論理に押し潰されそうになることがあるかもしれません。ですが、私たちはここで学んだことを礎《いしずえ》にそれを克服する努力を惜しまないつもりです。私たちはそのことをこの学院で学びました。最後に指導してくださった先生方、陰になり日向になり支えてくださった学院関係者の皆様、そして、私たちを育て、見守ってくれた家族に感謝の意を捧げたいと思います。ティリア魔術学院第二百八十一期代表、ザカライアス・ロックハート」

俺が壇上で頭を下げると、一瞬会場が静けさに支配される。

そして、親族席でワーグマン議長が立ち上がって拍手を始めると、その拍手は一気に広がり、会場は割れんばかりの音に支配される。拍手が続く中、俺はゆっくりと壇上を降りていった。

卒業式は無事に終わった。

俺は世話になったリオネル・ラスペード教授とキトリー・エルバイン教授に挨拶に行った。ラス

ペード教授はいつも通りの口調で、

「やはりここには残らんのかね」

俺が頷くと、教授は笑顔を見せ、

「それは残念だ。だが、気が向いたらいつでも来なさい」と右手を差し出してきた。

「五年間、本当にありがとうございました」と言って、大きく頭を下げてから、教授の手をとった。

教授は満足そうに小さく頷くと、シャロンにも声を掛ける。

「ミス・ジェークスもいつでも来なさい。もちろん、君だけでも歓迎するよ」

シャロンはその言葉に「は、はい」と答えただけで、それ以上何も言えなくなっていた。有名なラスペード教授が自分を勧誘するとは思っていなかったのだろう。教授は満足そうに頷きながら、自分の研究室に戻っていった。

キトリーさんにも同じように礼を言うと、意外な言葉が返ってきた。

「私も何年か学院を離れるつもりよ。今のところ、アクィラ山脈の調査を考えているから、ペリクリトルでお世話になるかもしれないわね」

「機会があれば、お手伝いしますよ」

「ええ、よろしくね」と言って、右手を差し出してきた。

俺は彼女の右手をとり、もう一度礼を言った。

俺がキトリーさんに挨拶を終えると、クェンティン・ワーグマンが近づいてきた。

「ミスター・ロックハート。ありがとう」

クェンティンはいきなり俺に礼を言ってきた。俺が面食らっていると、更に話を続けていく。

「僕は……いや、私がこの学院に入って一番良かったと思ったのは、君に出会えたことだと思っている。もし、君に出会っていなければ、私は未だに子供のままだったと思う……」

彼は今年十七歳になり、少年から大人になろうとしていた。父親譲りの少し野暮ったい顔に若者らしい自信に溢れた笑みを浮かべている。少し背伸びをしている感じもするが、自立しようと努力している姿は見ていて微笑ましい。

クェンティンは一年の時、一人で森に入って死にそうになってからも、定期的に森に入り、今のレベルは二十を超えている。俺とシャロンがいなければ間違いなく首席になっていただろう。最後までラスペード教授の講義は受けられなかったものの、教授にある程度認められている。驚くべきことに、ここ十数年の卒業生の名を誰一人覚えなかった教授が、彼の名を覚えたのだ。

「俺がいたからじゃない、クェンティン。それは君の努力の結果だ」と言いながら、右手を差し出した。

彼は俺の右手を取り、しっかりと握り返してきた。

「君は冒険者を続けるそうだね。そんな生き方ができることが羨ましいよ」

「君はサルトゥースに行くそうだな。父上と同じように宮廷魔術師からギルドで出世を目指すつもりかい？」

「ああ、今のところ、そのつもりなんだが……今の目標は別のところにある」

「別の目標？」と首を傾げる。

「十年後、いや、二十年後に、君と対等に話せるようになりたい。今の僕の……どうも言い慣れないな……今の私ではザック、君の足元にも及ばない。十年では無理だ。でも、二十年で必ず君に追いついてみせる。それが今の私の目標なんだ」

「そうか。それなら俺も頑張らないとな。二十年後の君に、こんな奴が目標だったとはと悔やまれないように」

俺がそう言って笑うと、彼もはにかむような笑いを返してくる。

（最初は嫌な奴だと思ったが、努力家だし、性格も悪くない。魔術師ギルドという権力の中枢にいても、このまま素直に伸びていってほしいものだな……）

彼はもう一度、右手を強く握ると、シャロンの前に立つ。

「シャロンも私の目標の一人だ。必ず君に追いついてみせる。それまで元気で」とそれだけを一気に話すと、踵《きびす》を返して父親であるワーグマン議長の下に走っていった。

その様子を見て、彼がシャロンに恋していたのだと感じた。

シャロンは感慨深げに彼の後姿を見ていた。

「ミスター・ワーグマンは変わりましたね。最初はどうなるかと思ったんですけど……でも、私が目標って、どういうことなんでしょう？」

シャロンはクェンティンが自分に想いを寄せていることに、気づいていないようだ。気づいたとしても彼女も困るだろうし、クェンティンはその時点で失恋するから、それはそれでよかったかもしれない。

「そうだな。俺やシャロンを目標にするより、もっと大きな目標を持ったらいいのにな」

俺はそう言って、もう一度、クェンティンの後姿を見た。

(二十年後、クェンティンはどうなっているのだろう。それを言ったら、俺はどうなっているんだろうな……)

俺は青く澄んだ空を見上げ、未来に思いを馳せた。

そして、五年間過ごしたこの学院のことを、ここで出会った人たちのことを。

この街での出会いが俺を大きく変えた。

ラスペード教授、キトリーさん、ワーグマン議長、サイ・ファーマン……そして、ベアトリス。

そして、傍らにはいつもリディがいた。

(ベアトリスと出会わなかったら……あの日、あの時間に……今とは全く違う生活になっていたんだろうな……)

俺はそんなことを考えながら、学院の校舎を見つめていた。

(ここで学院生として生きることは二度とない……ここでの生活は本当に楽しかった。思い描いていた学院生活とはかなり違ったが、これほど充実した日々を過ごせるとは思っていなかった……)

俺が物思いにふけっていると、シャロンが俺の手を取り、軽く引っ張る。

彼女の目は真っ直ぐに前だけを見ていた。

「御館様や奥方様がお待ちですよ。もちろん、リディアさんも」

彼女には未来だけが見えているようだ。

俺はもう一度振り返り、学院の校舎を見た。
そして、今度はシャロンに促されること無く、家族が待つ門に向かって歩き始めた。

閑話　ダン・ジェークス

トリア暦三〇一七年七月二日。

まだ何となく街には昨日の夏至祭の余韻が残っているけど、僕の気持ちは街の人たちとは少し違う。今日、四年間住んだこの家を出ていくから。

この家は村の実家と同じくらい思い出がある。ザック様やメルと過ごした大切な思い出が。

なぜだか分からないけど、何となく物心ついてからのことを考えていた。

僕の思い出の中で一番古いものは剣の修行を始めた時だと思う。はっきりした日にちまでは覚えていないけど、夏になる前のちょっと蒸し暑い日だった。

覚えているのは先代様に叱られて訓練場からつまみ出されたことと、ザック様とメルが素振りをやりきって悔しかったことだ。それは今でもはっきりと覚えている。

そして、その頃からメルのことが好きだったことも。

物心付いた時からいつもメルが一緒にいた。ザック様や妹も一緒にいたけど、二人とは一年間離れて暮らしているから、一日も離れずにいるのはメルだけだ。

僕はいつも彼女のことを見ていた。森に入るようになった頃には彼女がザック様のことを好きになっていることは分かっていた。僕に振り向いてくれないことも、もちろん分かっていた。

メルは何をするにも一途だ。やり遂げるまで絶対に諦めない。だからザック様に振り向いてもらえるまで、いつまでも想い続ける。僕はそれを知っている。

それでも僕は彼女を見ていた。何かを期待しているわけじゃなかったと思う。ただ見ていたかった。それだけだと思う。

だから僕がメルのことを一番分かっている。メルの親友である妹よりも、もちろんザック様よりも。

一緒にいられるだけで充分だったけど、自分の無力さを感じたことが何度もあった。

最初はザック様たちがドクトゥスに旅立った時。メルは三日間塞ぎ込んだ後、それまで以上に剣術に打ち込み始めた。それこそ、あの厳しい先代様が心配されるほどに。

ザック様がいなくなった寂しさを修行で紛らそうとしたんだと思う。僕にはそれが分かったけど、どうすることもできなかった。

先代様が身体を壊すような修行は認めないとおっしゃってくださり、何とかなったけど、それまでは本当に心配だった。

その後、シェハリオン山に篭ると言い始めた時も彼女を説得することができなかった。ヘクターさんがどんなに駄目だと言っても聞かなかったから、僕でも駄目なんだろうけど。

結局、僕も一緒に山に篭った。

父さんに罠の作り方や警報装置の設置の仕方を習ったけど、あの危険な山に二人だけで過ごすっていうのは無謀だと思っていた。今の僕たちでも無謀だと思う。

でも、僕が行かないとメルは一人で行ってしまう。だから彼女の身を守る方法を必死になって身に付けた。

最初のうちは夜が恐ろしかった。警報装置の鳴子《なるこ》の音がするんじゃないかと眠れない日が続いた。十日もすると慣れたけど、それでも神経をすり減らすっていう言葉の意味がよく分かった。

シェハリオン山ではあの辺りに多い魔物である灰色猿《グレイエイプ》やオークと戦った。グレイエイプは僕たちよりずっと大きな身体なのに動きが速く、物凄く厄介な敵だった。十六歳になった今なら僕だけでも充分戦えるけど、あの頃は二人で一匹を相手にするのが精一杯だった。

そんな強敵と戦って大きな怪我をしなかったのは運が良かっただけだと思う。今でもその時のことが夢に出てきて、夜中に目を覚ますことがある。

その後、ザック様からドクトゥスに一緒に行こうと言われた時は、うれしいよりホッとした。ザック様とリディアさんがいれば怪我をしても何とかなる。これでメルが死ぬことはないと安堵したんだ。山に篭っている時は、いつか僕の目の前でメルが死ぬんじゃないかと心配で堪らなかったから。

ザック様のことだけど、神様に遣わされた人だと聞いて、最初はビックリしたけどすぐに納得した。僕より一歳下なのに兄のように思っていたから。

ザック様は、ご自分では祖父みたいなものだとよくおっしゃるけど、そんなことはない。まあ、僕には祖父がいないからそう思うだけかもしれないけど、父親とも違う気がしている。うちの父さんの場合、あんなに話しやすくない。それは一緒にいる時間が短いからかもしれないけど。

そんなザック様と一緒にいるのは、メルと一緒にいるのと違う意味で楽しい。ザック様はいろんなことを知っているし、それを分かりやすく教えてくれる。何となくお酒の話が多い気がするけど、まあ気のせいだろう。

それに兄さんみたいに、いろいろ世話を焼いてくれる。メルに振られたからって女の子を紹介しようとするのには困ってしまうけど。

でも、そんなにいろいろなことができて、何で知っているザック様でもメルや妹のことはあまり分かっていない。メルや妹がご自分のことを好きになったのは一種の気の迷いで、もう少し大人になれば変わると思っておられる。

でも、絶対にそんなことはない。

メルはそんな覚悟で生きていない。一緒に山に篭ったから僕にはよく分かっている。

妹も同じだ。

シャロンは昔から物凄く頑張っている。勉強は最初から僕よりずっとできたけど、それは家で父さんや母さんに叱られるまで勉強していたからだ。僕は何度かそのことをザック様に伝えようと思った。でも、妹にその話をすると凄く嫌がった。絶対に言わないでほしいって泣いて頼まれたから一度も言っていない。

だから、ザック様はメルとシャロンからどれほど愛されているかを理解していない。でも、それが不思議で仕方ない。だって、ちょっと見ていれば分かることだから。

そのことをリディアさんに話したことがある。リディアさんは他のことでは少し頼りないことが

あるけど、ザック様のことだけは間違いなく一番分かっている。

　僕がその話をすると、リディアさんはふーんという感じで僕を見た後、理由を教えてくれた。

「あの人は私たちに甘えているのよ」

「甘えている、ですか？」

　その言葉に僕は驚いて、思わず聞き返してしまった。

　ザック様が甘えるというのが信じられなかったから。

「そうね。あの人は私たちのことを自分が見たいように見ているの。他の人、特に政治家や商人を相手にする時には絶対に先入観を持って見ないのに、私たちだけは自分の見たいように見ているって感じかしら」

　僕にはよく分からなかった。

「見たいように見ることが甘えていることになるんですか？」

　リディアさんは優しい笑みを浮かべ、

「あの人は自分の理想っていうのかしら、前の人生でできなかったことをやり直すって言っていたでしょ。その〝夢〟の一つを私たちに叶えてほしいって思っているわ……」

　そこで僕から視線を外し、少し遠くを見た。そして僕に語るのではなく、ご自身に語るように話し始めた。

「……あの人は〝夢〟を実現するために生きている。それはお酒を造ることでも、冒険者として成功することでもないの。悔いが残らない生き方をしたと言って死ぬことなの。だから、前の人生で失敗した人間関係を成功させたいと思っているし、今はうまくいっていると思っている……それは私がそう見えるようにしているから。メルもシャロンも多分分かっていると思うわ。だから、他の人の前とあの人の前であんなに違う態度になっているの」

ようやくリディアさんの言いたいことが分かった。

ザック様は僕たちにご自分の夢を投影しているのだ。ご自分の理想の関係でいてほしいって無意識に思っている。だから、僕たちに甘えているとリディアさんは言いたいんだ。

「でも、これはあの人に言っては駄目よ。私たちがそう思っていると感じたら、あの人は離れていってしまう。今回の人生でもうまくいかなかったんだと思って」

その考えは少し違うんじゃないかと思った。

「でも、それって寂しいことじゃないんですか？」

「いいえ。それは違うわ」

リディアさんはきっぱりと否定した。そして、その理由も教えてくれた。

「私もメルもシャロンも無理はしていないし、この方法があの人の愛を勝ち取るために一番いい方法だと思っているの。それにもう少し時間が経てば、あの人も分かるはず。自分が思っている理想が、本当に最高の幸せなのかということに」

本当にリディアさんはザック様のことをよく見ていると思った。でも、これ以上この話をするのは何となく嫌だったから、少し茶化してみた。

「リディアさんの考える最高の幸せって何なんですか？」

リディアさんは少し考えた後、「あなたもませてきたわね」とおっしゃりながら、僕の額を指でちょこんと突く。

「私の最高の幸せはあの人と一緒にいることよ。いつまでも。永遠に……」

最後の方はよく聞こえなかったけど、ここまで想われているザック様は幸せだと思った。


随分脱線してしまったけど、この家に来てからのことを思い返していく。

大きな街に住んだのは、ここが初めてだからそう思うのかもしれないけど、最初に思ったのは人が多くてビックリしたことだ。

館ヶ丘にはお屋敷と従士の家が数軒あるだけだし、村の人もほとんどが顔見知りだ。でも、ここはどこに行っても人が溢れているし、知らない人がほとんどだ。そのことをザック様に話すと、

「この街は一万五千人くらいだから、俺が住んでいたところの百分の一だな。まあ、広さが大分違うから比較にならないかもしれないが」とおっしゃっていた。

けど、僕にはこの街でも人が多過ぎた。僕が田舎者だからかもしれないけど、森の中にいる方が絶対に落ち着く。

この街に着いてすぐに冒険者の登録をした。十二歳で冒険者になるのは珍しいそうだけど、ザック様とシャロンは十歳でなっているから、普通に受け入れられた気がする。実際、二級冒険者のジェラルドさんはこの街で一番の腕利きで、僕たちとの模擬戦が終わった後にこう言っていた。

「ザックのダチだからな。常識を求める方が間違っているんだろう」

ジェラルドさんがそう言ってくれたからすぐに馴染めたんだと思う。

少し話は変わるけど、その時ザック様が「それは俺に常識がないって言いたいんですか。これでも常識人だと自分では思っているんですけど」と友達に返すように笑いながら冗談を言っていることが印象的だった。僕にとって二級冒険者っていうのは先代様やウォルトさんのような凄い人だと思っていたから。

二級冒険者がどのくらい凄いのかを僕が知っているのは、父さんに聞いていたからだ。

「冒険者は三級と四級じゃ天と地ほど違う。三級になるにはオーガクラスの大物の魔物と互角に戦えないといけない。だが、四級はそこまでの腕がなくてもなれる。六級や七級相当の魔物をこつこつ倒して依頼をこなせば二十年くらいでなれるからな」

「じゃあ、一級はもっと凄いってこと」って僕が聞くと、滅多に笑わない父さんがニコッと笑った。

「一級なんていうのは一応あるだけの級だな」

僕には理由が分からず、「どうして?」と聞くと、

「一級になるには一級の依頼を十回こなすか、二級の依頼を百回こなさなきゃならない。一級の依頼なんていうのはペリクリトルでも年に一回あるかないかだ。二級でも年に十回くらいしかないんだ。実力があっても実績が作れないんだよ」

「そうなんだ。じゃあ、二級の冒険者って物凄い人っていうこと?」

「そうだな。ペリクリトルかその先のリッカデールなら何人かいたが、みんな凄腕だったな」

父さんが凄腕って言うことは、先代様やウォルトさん並ってことだ。つまり、ジェラルドさんは

そのくらい凄い人なんだ。そんな人と冗談が言い合えるザック様はやはり凄いと思う。

話を戻すけど、僕たちの生活は結構不規則だった。

理由はザック様と妹が学院の生徒で、天気の良い日は森に、悪い日は学院か図書館に行くためだ。他にも絶対に受けないといけない授業があり、その日は天気が良くても森にいけない。そうなると僕たちにすることがなくなってしまう。

天気が良くてリディアさんがやる気の時は森に行くこともあったけど、基本的にはギルドの訓練場に行っていた。リディアさんは訓練嫌いだからあまり行かない。もちろん、僕たちが怪我をしたら飛んできてくれたけど、何となくザック様がいないと街に出るのが嫌みたいだ。だから、ベアトリスさんとメル、僕の三人で訓練場に行くことが多かった。

冒険者ギルドは新市街の西側にあり、街の中心にある繁華街を抜けることになる。訓練が終わった後、ベアトリスさんは繁華街にある居酒屋に吸い込まれていくことが多かった。そうなるとメルと二人で帰ることになるんだけど、これが僕の密かな楽しみだった。

夕食の材料を買ったり、ザック様に頼まれた香辛料を取りにいったりと、別に大したことをするわけじゃない。

「今日は川エビが安いよ！」という魚屋のおばちゃんの声に釣られて顔を見合わせたり、

「メルちゃん、ダン君、今日は牛乳が余っているのよ。買っていかない？」と言われ、

「どうする？」とメルと相談しながら買うのが楽しかった。

こんな風に食材は僕たちが選んでいた。もちろん、ザック様やリディアさんから特別に頼まれな

ければだけど。ちなみにベアトリスさんは「メルとシャロンが作る物なら何でもいいよ。あたしはザックやリディアーヌほど美食家じゃないからね」と笑いながら言っていた。確かに味より量って感じはしたけど、最近では結構味にうるさい気がする。そのことをベアトリスさんに言うと、「あたしもザックたちに毒されてきたかね」と笑っていた。

話は変わるけど、ザック様は新市街でも有名人だった。もちろん、魔術学院の首席で冒険者としても目立っているからということもあるんだけど、別のことでも有名だった。

それはいろんなものを買うから。

大好きなお酒はもちろん、料理の素材や僕にはガラクタにしか見えない道具なんかもよく買っていた。それについて聞いたことがある。

「これは大昔に滅んだ文明の遺産なんだ」

「研究に使うんですか？」

「いや、研究の素材になりそうな物があればラスペード先生に渡すけど、目的は素材の採取なんだ。昔の道具には変わった金属が結構含まれているんだよ」

僕にはよく分からなかったけど、錆びない鉄や鉄より軽くて丈夫な金属なんかが含まれているらしい。何に使うのかって聞いたら、その理由にビックリした。

「そのうち本格的に酒造りをするから、その準備さ」

神様から頼まれた使命のためかと思ったら全然違った。それでもザック様らしいとすぐに思ったけど。

そんなこともあって、街を歩いているとよく声が掛かった。

「変わった物が手に入ったからザックに伝えといてくれ」とか、「頼まれていたスパイスが入ったと言っておいて」とかの伝言をよく頼まれる。

この家にもいろいろと物が増えて大変だったことがある。最後の年はザック様が収納魔法を使えるようになったから整理できたけど、一時期はリビングにも知らない金属の塊が積み上げられ、リディアさんに何度も片付けるように叱られていたほどだ。ザック様はきれい好きなんだけど、将来必要になるからって何度も説得していたのが印象的だった。実際、その後にリディアさんも納得するような凄いグラスを作っている。

普段の生活はそんな感じだけど、森に入ると全く違った。

この辺りの森はとても危険だ。ザック様に教えてもらったんだけど、カエルム帝国とラクス王国の力関係が影響して、サエウム山脈の魔物が絶えず降りてくるらしい。そのため、街のすぐ近くでも五級相当の巨大ムカデ《ジャイアントセンチピード》や黒彪《ブラックパンサー》が出ることがある。ラスモア村の東の森でもアクィラ山脈の麓に行かなければ、そこまで危険な魔物に出会うことはない。

そんな場所だから僅かな油断が死に繋がる。実際、危なかったことがあった。

それは僕たちがドクトゥスに住み始めて三ヶ月ほど経った頃だった。

秋が深まった十一月の下旬、その頃にはドクトゥスの北の森にも慣れ、ザック様が魔法を使わなくても危険を感じることは少なくなっていた。そろそろ、本格的に山に入ろうかと相談していた頃、運悪く岩巨虫《ロックワーム》と遭遇してしまったのだ。

ロックワームは三級相当の魔物だけど、地中から突然攻撃してくるから遠距離の攻撃はやりにくいし、名前の通り岩のように硬い皮があるから生半可な攻撃は効かない。ザック様の魔法で何とか倒したけど、その時、僕は自分の無力さを思い知った。

僕は片手剣と弓を使う。今でこそリディアさんと同じ合成弓《コンポジットボウ》を使っているけど、当時は短弓《ショートボウ》を使っていた。ショートボウは取り回しはいいんだけど威力が弱い。皮の分厚い魔物やきちんとした防具を着けた相手にはほとんど効かない。

それは自分でも分かっていたから、ショートボウは牽制に使ってメインの武器は片手剣にしている。それでもザック様やメルのような片手半剣《バスタードソード》に比べれば攻撃力は弱い。

その時、このパーティでの僕の存在価値って何なのだろうか、って悩んだ。前衛でも後衛でもあまり役に立たないから。

そんなことをザック様に話したら、父さんのことを話し始めた。

「ガイはおじい様に高く評価されている。どうしてだか分かるか？」

「斥候として優秀だからだと思います」

ザック様は頷かれたが、まだ続きがあった。

「それだけか？　斥候ならヘクターもいる。猟師のロブも偵察だけならガイに引けは取らないと思うが」

僕は正直に「分かりません」と答えた。

「直接聞いたわけじゃないから、俺の想像に過ぎないが、おじい様はガイの判断力を高く評価している。実際、一番危険な偵察はガイに任されることが多い」

確かにその通りだと思った。

「そうですね。でも、それが判断力とどう関係しているんですか？」

「危険な偵察でも必ず情報を持って帰ってくれる。それも必要な情報を必要な時期に確実に。これはガイが状況に応じてきちんと判断しているからだ」

それでも僕にはよく分からなかった。そんな顔をしていたんだと思う。ザック様は僕に分かりやすく説明してくれた。

「例えを挙げると、村の東の森で危険な魔物の足跡を見つけたとする。どの程度の数か？　村に向かっているのかいないのか？　向かっているならいつ頃村に着くのか？　調べなければならない情報はたくさんある。しかし、それをどの程度の深さまで調べるかの判断を誤ると、折角の情報が無駄になる」

僕にも何となく分かってきた。

「時間を掛け過ぎて間に合わなかったり、逆に早く情報を持って帰ろうとして必要な情報を見落としたりするということですね」

ザック様は満足そうに「そうだ」と頷かれた。

「でも、ザック様もベアトリスさんもリディアさんも、そういった判断ができるんじゃないですか？」

「確かにな。俺はともかく、ベアトリスにしてもリディにしても、今まで得た経験でその判断をしている。しかし、二人とも自分の視点でしか物事が見えていないんだ。その点、ガイは違う。彼はおじい様の視点できちんと判断している。つまり、斥候としての視点で物事を見ているんだ」

ザック様がおっしゃりたいことがようやく分かった。ザック様は先のことを見据えておられるんだ。

僕はジェークス家の嫡男《ちゃくなん》だ。将来、ロックハート家の従士になるだろう。僕たちの世代になった時、ロッド様が指揮官になる。シムさんは騎士団で騎兵として活躍しているから、斥候は当然、僕の役目だ。

斥候にも戦闘力は必要だけど、それ以上に大事なことがある。だから、今から父さんのようなロックハート家に絶対必要な斥候になるよう訓練しておけとおっしゃりたいのだ。

そのことをザック様に言ったら、とても満足そうな顔で僕の肩をポンと叩いてくれた。昔から僕が頑張った時に褒めてくれる合図のようなものだ。

僕はそれから、父さんならどうするだろうと考えるようになった。


ザック様とは男同士ということで他の話も結構する。

この街に来て四年目、去年の秋にこんなことを話したことがある。あと一年でこの生活が終わるとふと思って、それが残念だと言ったことがある。

「このまま時間が止まればいいですよね。そうすれば今の楽しい生活がずっと続きますから」

ザック様は少し驚いたような表情をされ、

「そうだな。今の生活がずっと続けばいい」と微笑《ほほえ》まれた。その微笑みが少し寂しそうに見え、気になって聞いてみた。

「何か変なことを言いましたか？」

「変なことは言っていないよ」と言って少し笑われた後、

「俺と同じことを考えていたんだなと思ってな。それも昔の俺と」

僕が首を傾げていると、

「昔同じようなことを考えたことがある。今と同じくらいの歳の頃だったかな。大人になる前って感じの時だった……」

ザック様は前の世界の話をしてくれた。

「友達と遊んで、馬鹿な話をして……結構楽しかったんだ。でも、先を見ると、すぐそこに独り立ちしないといけないっていう現実があった。それが嫌だったな……まあ、ダンが言っているのはそういう意味じゃないんだろうけど」

僕はその言葉でもう少し考えてみた。

今の生活が楽しいのはメルがいて、ザック様がいて、妹やリディアさんたちがいるからだ。村に戻ってもみんなと一緒にいることに変わりはない。でも、何かが違う。それは何なのだろう？　って考えてみた。

僕はその時十五歳。そして、僕はジェークス家の嫡男だ。

あと五年は父さんも現役でいるだろう。でも父さんも四十歳を過ぎている。あと十年もしないうちに僕が父さんの仕事を継ぐことになる。

そうなれば、ザック様たちと一緒にいることができなくなる。ザック様が村にずっといればいい。でも、何となくザック様は旅に出る気がしている。僕はそれに付いていくことができるのか。それが心配だから、そんなことを思ったのかもしれない。

そのことをザック様に話したら、

「それが大人になるってことなんだ。自分の都合だけで生きていけない」

僕は少し疑問を持った。

「でも、冒険者をやっている人は自由に生きているんじゃないですか」

「確かに自分の都合で生きている人も多いな。でも、そういう連中は本当の意味での大人じゃないと俺は思う。人は一人じゃ生きられない。いや、生きてはいけるが、それは生き物として生きているだけで〝人〟として生きているわけじゃない。自分よりも大切な人がいること、そして、その人たちに対して責任が生まれて、初めて大人になるんじゃないかな」

ザック様のおっしゃりたいことがあまり理解できなかった。

「僕には少し難しいです」と正直に言った。

ザック様は苦笑いを浮かべながら、

「言っている俺もよく分かっていないんだ。真剣に考えなくてもいいぞ」とおっしゃられた。

一人になると、そのことについて考えることがある。

僕はザック様が旅に出る時、ジェークスの名を捨ててでも付いていくのか。そうするとしたら、僕は何を求めているのか？

メルといつまでも一緒にいたいということはある。でも、メルはザック様以外に振り向くことはない。だから、それが理由だとは思わない。

ザック様と一緒に旅をすれば楽しそうだとは思う。でも、それも少し違う気がする。

僕は何をしたいんだろう？　僕は何のために修業を続けているんだろう？

ザック様はあと数年で神から遣わされた者と出会うと思っておられる。理由を聞けば確かにそうだと僕も思う。

それまでに僕は自分が進むべき道が見つかるんだろうか？

そのことをザック様に言うと、僕の肩をポンポンと叩くだけで何もおっしゃらなかった。きっと、自分で答えを見つけろとおっしゃりたかったんだと思う。


僕はもう一度、家の中を見回した。

テーブルに付いた傷、床の染み、そんなものですら懐かしく思った。

テーブルの傷を触っていると、楽しかったここでの生活が二度と来ないことに涙が溢れそうになった。僕が寂しそうな顔をしていたからか、ザック様が近寄ってこられた。

「この家には俺たちの青春の思い出が詰まっているんだ」

「そうですね。楽しい思い出が一杯詰まっていますね……でも、もうそれも……」

その後の言葉が出てこなかった。言えば涙が零れるから。

ザック様は僕の気持ちが分かったのか、僕の背中をパーンと叩いた。

「思い出に浸る歳じゃないだろ。恋人の一人もいないのに思い出に浸っているのは格好悪いぞ」

そう言って笑っている。

「確かに恋人を作れませんでしたけど……」

「俺を見習ってこの先は頑張るんだな」

僕を励まそうとしているのがよく分かった。だから僕もザック様を励まそうと思った。ザック様の顔が笑っているのになぜか少し寂しそうだったから。

「はい」と大きな声で答え、ジェラルドさんをまねてからかってみた。

「でも、ザック様みたいに〝全方位のハーレム王子《オールレンジプリンス》〟なんて呼ばれるのは遠慮したいですね」

ザック様は一瞬ポカンとした後、大きく笑い始めた。

「ハハハ！　ダンに言われるとは思わなかった。そのうち、お前にも身悶えするような二つ名をつけてやるよ」

「そうですよ。ザックセクステットで僕だけ二つ名がないんですから……ハハハ」

その時の僕は泣き笑いのようになっていたと思う。

こんなに楽しい時間が二度と来ないと思ったから。

閑話　リディアーヌ・デュプレ

ドクトゥス。思い出がいっぱい詰まった街。そして、この家は彼と暮らした思い出の場所。

家の中を何度も見回してしまう。思い出を心に焼き付けるかのように。

私たちの荷物は片付け終わっているけど、使っていた家具がまだ残っている。不動産屋に処分をしてもらうためだけど、そのせいで引っ越すという気持ちになかなかなれない。

みんなで楽しく食事を摂ったダイニングのテーブル。冬の寒い日に手をかざした暖炉。夏の暑い日に冷たい飲み物を入れておいた冷蔵庫……どれにもたくさんの思い出が詰まっている。

ちょっとしたことで喧嘩もした。リビングのソファで身体を寄せ合った。食事をしながらお酒の話で盛り上がった。そんな些細《ささい》なことすら忘れたくない大切な思い出。

みんなの想いも同じみたい。

ザックは風呂場で浴槽を撫でながら、「こいつを壊すのか……」と呟いている。契約では元の状態に戻すことになっているから、家主にどこまで戻したらいいのか確認するらしい。

メルとシャロンはキッチンで調理台を見ていた。

「いろんな料理を覚えたのよね、ここで」

「うん。ここに慣れちゃったから他でも上手くできるかな……」

二人はいつも楽しそうに料理を作っていたわね。もちろん、私も時々、キッチンに立ったけど。

ダンは自分の小さな部屋を見ている。

「初めてもらった個室だったな、この部屋は。あっ！　この傷は僕が剣を手入れして付けちゃった奴だ……」

ベアトリスは冷蔵庫を撫でている。

「こいつには世話になったな。こいつのおかげで冷えた麦酒がいつでも飲めたんだ……」

彼女は感傷に浸っているわけじゃなかった。

それでも、みんな思い思いの方法でこの家との別れを惜しんでいる。

私もこの家に来てからのことを思い出そう。


最初にこの街に来ることになるって知ったのは、あの人が魔術学院に入りたいと言った時。正直、少し嫌だった。もう四十年以上前の話だけど、この街にはいい思い出なんてなかったから。でも、一緒にいられるならとすぐに気にならなくなった。

この家に来て最初に思ったのは自由だということ。ラスモア村の屋敷に自由がないってわけじゃないわ。何となくゴーヴィたちに気を遣うから、ちょっとだけ窮屈《きゅうくつ》だった。

でも、ここにはザックとシャロンしかいない。ザックはちょっと口うるさいけど、それでも私のわがままを笑って聞いてくれる。

住み始めてすぐに彼がトラブルに巻き込まれた。最初はただのいじめだと思って私の時と同じだと憤《いきどお》ったわ。でも、魔術師ギルドの権力争いに巻き込まれたと知ってビックリした。そんなことに巻き込まれるなんて夢にも思っていなかったから。

それが解決した頃、ベアトリスと出会った。出会った時の印象はあまり良くなかったわ。なぜって、きっとあの人が気に入ってしまうから。

あの人はすぐに気づかなかったけど、私には彼女の性格がすぐに分かったわ。豪快に見えるけど、実はとっても繊細で人間関係に臆病ってことが。

そして私の思った通り、彼はベアトリスに魅了された。その時はまだ少し気になるっていう程度だけど、一緒に行動すればすぐに好きになるって分かっていた。もし、私が反対したらあの子と一緒に暮らさなかったと思う。愛されている自信はあったし、彼は一人の女性を愛したいって思っていたから。

でも、私があの人を焚《た》き付けた。想いに応えるつもりがないなら突き放せって。もしその時、彼がベアトリスを突き放したら私はどうしたんだろう？

嬉しいとは思うけど、多分後悔したと思う。

ベアトリス、メル、シャロンも愛しなさいと言っているのは私。でも、本心じゃないわ。本当はあの人を独占したい。誰にも渡したくなんてない！

でも、それはできない。だって、彼女たちはあの人にとって必要な人たちだから。

彼の言うことが本当なら、この先、神様に遣わされる人を守っていかないといけない。神様と敵対するような者を相手にするんだからとても危険なはず。だから、味方は少しでも多い方がいい。

特に彼を命懸けで守ってくれる人が。

私はこんな打算的な理由で彼を焚き付けた。本当に嫌な女だと思う。

それでも彼がいなくなることを思えば我慢できる。ただ、彼に知られるのは嫌。だから、彼から〝都合のいい女〟って言われても反論しないし、彼女たちを応援し続ける。

でも今では少し考え方を変えているわ。

まだメルとシャロンとはきちんと話していないけど、少なくともベアトリスは私と同じ考えだったから。

自分の想いより彼を守ることを優先すると分かっているから。

それを知ってから彼女が一番の女友達になったわ。もちろん、友達が少ないことは理解しているけど、彼女は昔からの友人キトリーよりも理解し合える存在になった。

もう少ししたら、メルやシャロンともそうなれると信じている。


ここに来てからのことを思い出そうとしたのに、少し変な方向に考えがいってしまった。

私は彼の部屋に向かった。そして、ベッドに座る。

ここでの思い出は一杯あるわ。彼が大怪我を負って息ができないほど心配したこともあった。でも、一番の思い出は彼と一つになれたこと。

一つのベッドで抱き合っていることが、あんなに幸せだなんて思ったことがなかった。もちろん、彼が小さな時には一緒に寝たこともあるけど、それとは全く違う。

彼の体温を感じる。彼の匂いを感じる。それだけですべてを包まれているみたいで、とても幸せな気持ちになる。

木窓の隙間から光が差し込んできて目を覚ますと、彼の寝顔がそこにある。そんな些細なことって言われそうだけど、それが私にとって一番の幸せ。

一緒に買い物をしたり、図書館に行ったりするのも楽しかった。彼にそのことを言うと、

「デートみたいなものだからな。俺も結構楽しんでいるよ」と言っている。

デートっていうのがよく分からなかったけど、愛し合っている男女が仲良く食事や買い物に行くことらしい。だから、二人だけの時は手を繋いだり、腕を組んだりしていてくれたみたい。

「もう何年かしたら一緒に飲みに行けるんだけどな」

そんなことも言っていた。

「人が多い酒場はあんまり好きじゃないわ。酔っ払いが多いと面倒だから」と正直な気持ちを言ったら、少し困った顔をした。

「そうなんだよな。ここにはおしゃれなバーみたいなデートに使える酒場がないんだよな」

そう言って嘆いていた。

彼の言う〝バー〟は静かな酒場のことで、純粋にお酒を楽しむ場所みたい。

「あなたがそれを作ったらいいんじゃないの？」

「無理だな。俺は飲む方の専門だったから」

そんなことを言いながらも、「カクテルの材料がいるな」とか、「氷が問題だな」なんて呟いてい

る。きっと自分でやりたいんだと思う。

話は逸れたけど、彼と一緒だったら周囲の目なんか気にせず楽しめた。単に私が彼のことしか見ていないからだけなんだけど。

だから、彼がいない時は余計に周囲の目が気になってしまう。ダンやメルは私が訓練嫌いだと思っているみたいだけど、単にあの視線が煩《わずら》わしいだけ。あの人と一緒ならギルドの訓練場でも楽しいからきちんと行っているし。これは本当よ。

だからいつも一緒にいられるシャロンが羨ましかったわ。あの子が一番彼といる時間が長いから。でも、ラスペード先生の研究室に一緒に行くのはちょっと遠慮するかもしれないわ。

先生は私のことを何となくだけど覚えていたみたい。キトリーが「あの当時の生徒で先生が覚えているのはあなたくらいよ」と言っていたけど、私には先生にいい思い出はない。もちろん、あの先生が私に変な視線を送っていたわけじゃないわ。でも、先生が褒めてくれる度に同級生の私を見る目がきつくなっていったから。

正直に言えば、私は首席なんかになりたくなかった。こっちが手を抜いても先生が勝手に評価を上げて、結局首席になってしまった。それでも今は感謝している。この学院で学んだから、今あの人と一緒にいられるのだから。

彼とシャロンが図書館に自習に行く時、私もよく付いていく。これでも魔術師ギルドの会員だから無料で利用できるってこともあるけど、あの静かな雰囲気で彼と一緒にいられるのが楽しいから。

もちろん図書館だからおしゃべりをするわけじゃない。ただ静かに本を読んでいるだけ。横に彼がいるだけで何となく心が暖かくなる。だから、どの本を読んでもほとんど内容は覚えていない。そのことにあの人も気づいていたみたい。

「この前もそれを読んでいなかったか？」って言われたこともあった。その時はちょっと焦ってしまったわ。

図書館に一緒に行くのには、もう一つ理由があった。

旧市街は安全な街だし、家は門のすぐ近くだから、夕食の準備をするシャロンが一人で先に帰ることが多い。そんな時、彼と二人で街をのんびりと散策できる。もちろん図書館に行く日は天気が悪い日だから、雨に降られてのんびりって感じじゃないんだけど、それでも雨の中を濡れるのを気にせず手を繋いで歩くのが楽しかった。昔は雨の日が嫌いだったけど、今では好きになっているほど。

旧市街で行くところは魔道具店が多かった。彼が新しい道具の参考にしたいからって行くんだけど、ラスペード先生のところより良い物なんてないのにって不思議だった。

そのことを聞いてみたことがある。

「先生のところの方がいろんな物があるんじゃないの？」

すると、彼は「そうなんだけどな」と言って少しだけ言葉を詰まらせた。そして、頭を掻きながら理由を教えてくれた。

「確かに先生の研究室にはいろんな物があるんだが、魔道具屋の雰囲気って、この世界独特のものなんだ。何となく楽しいかなって」

「雰囲気を楽しみに行っていたの?」と呆れてしまった。でも、別に不満があったわけじゃないから、「確かに変な物が一杯置いてあるし、見ていて楽しいわね」と言っておいた。

「リディも楽しいならよかったよ」と彼は安堵した表情で笑っていた。

正直なところ私にはどこでもよかった。あの人と一緒に行くところなら。でも、魔道具店の人には迷惑だと思うわ。だって、あのラスペード先生の助手がふらっと見に来て、あれこれ質問するんだから。彼が帰る時に店主がホッとした表情をしているのを私は知っている。

一年前まではこの時間が彼と二人だけでいられる唯一の時間だった。シャロンもそのことは分かってくれていたみたいで、メルがいるのに夕食の準備があるからって気を利かせて先に帰ってくれた。

そして、九ヶ月前、二人だけの時間が増えた。

彼の部屋で寝ることが多くなったから。

最初のうちは幸せで一杯だった。彼の体温を感じるだけで、こんなに幸せな気分になれるなんて思ってもみなかった。何も考えずに彼のことだけを感じる。そして、朝目覚めると彼がいる。

「おはよう」っていう言葉が幸せにしてくれるなんて思ってもみなかった。

彼の部屋にベアトリスが行くようになった時、とても複雑だった。自分がそう仕向けたのに独占できなくなったことが物凄く嫌だったから。でも、その時の思いは彼女たちが私に感じていたことだとも分かっている。

ベアトリスはずっと悩んでいたわ。もし、彼が一線を越えなかったら彼女は私たちの下を去っていたはず。エルフである私には彼女の悩みはよく分からない。でも、自分が彼の邪魔になるなら身を引こうって思う気持ちは何となく分かる。私は絶対にそんなことはしないけど。

メルもシャロンもあの人のことを本当に愛している。

本当に真っ直ぐに。そして純粋に。

私はあの二人が羨ましい。彼と一緒に歳を取っていけるから。同じ時間《とき》を生きられるから。

私はエルフ。千年の時を生きられる種族。

彼に寿命が来て闇の神《ノクティス》の下へ送り出しても、私の寿命はその何倍も残っている。彼が存在しない世界を一人で生きていかなければならない。そんなことをつい考えてしまう。

そのことは彼と何度も話し合っている。

「今を楽しく生きることを考えよう」って彼は言ってくれる。

私はそれに「そうね」と答えているけど、未だに割りきれていない。


そんなことを考えていると、「ここにいたのか」と言って彼が入ってきた。

「ここは思い出の場所だから」と言うと私の横に座り、

「そうだな。館ヶ丘にも思い出はいっぱいあるが、ここの思い出は格別だからな」

「そうね」と答えながら彼に身体を預ける。

「俺にとってもリディにとっても青春の一コマなんだ、この部屋は」

私には〝青春〟という言葉の意味がよく分からない。でも、彼が言いたいことは何となく分かる。

「何十年か経った後、私たちはここのことをどう思っているのかしら。あの頃に帰りたいと思っているのかしら……」

彼は私の問いに答えなかった。ただ私の肩を抱いてくれた。

「もし、やり直せるなら、ここでの生活がいいわ。不安もあったけど、何より夢があった。あなたと一緒に暮らすという夢が……」

「これからも一緒だ。これから先もずっと……」

そう言ってしっかりと抱きしめてくれた。

下からメルの元気な声が聞こえてきた。

「ザック様！　リディアさん！　そろそろ出発の時間ですよ！」

あの子には未来だけが見えている。それがとても羨ましかった。

ドワーフライフ
～夢の異世界酒生活～
「ザックコレクション」

トリア歴三〇一六年の一月。世界を激震させた光神教によるラスモア村封鎖事件はある言葉を世界に知らしめた。

その言葉は〝ザックコレクション〟。

その当時からドワーフの間では既に伝説として語られていた存在だ。しかし、それについて正確に知っているドワーフはおらず、唯一ラスモア村の鍛冶師、ベルトラム・ドレクスラーと彼の妻ヴィルヘルミーナだけが、いかなる存在かを知っていると言われていた。

現在では〝ザックコレクション〟の定義は有名で、〝ラスモア村で造られたスコッチであること〟、〝最低十年間の熟成を経ていること〟、〝ラスモア村の全ての蒸留責任者が命名を認めること〟と非常に明確だ。

しかし、当時は名前のみが広まり、三〇一七年の秋に少量だけ出荷されるらしいという噂だけが先行していた謎の酒だったのだ。

それでもドワーフたちの間では今までにない銘酒であるというのは常識だった。酒神の申し子、ザカライアス・ロックハート卿が「間違いなく、現在流通しているスコッチより美味い」と断言し、蒸留職人スコット・ウィッシュキー氏（注：当時はまだ〝ウィッシュキー〟という名は贈られていない）が、ザカライアスの言葉を全面的に支持したとベルトラムから伝わっていたからだ。

〝ザックコレクション〟という言葉が公式に使われたのは三〇一六年一月八日。ザカライアスが光神教とのトラブルを憂慮し魔術師ギルドのワーグマン議長と面談した翌日のことだ。

前日、ザカライアスからワーグマンに〝ザックコレクション〟という謎の言葉が伝えられた。ワーグマンはその言葉の意味を尋ねたが、ザカライアスはドワーフに聞けば分かるといって、明確に答えなかった。そのため、外交委員会に属するギルド職員が、ドクトゥス市に住むドワーフの鍛冶師・ゼルギウスにその意味を確認しにいった。

「昨日のことなのですが、ザカライアス・ロックハート殿が議長と面談されました……」

職員はラスモア村での事件を簡潔に説明した後、ザカライアスがそのことを憂慮し、ある声明文を魔術師ギルドの支部を通じて世界に発信してほしいと依頼したと語った。

「……その声明文にはこのような文言があるのです」

そこまでは大して興味があるようには見えなかったが、ゼルギウスは次の言葉で大きく前のめりになる。

「今後発売されるであろう長期熟成酒、〝ザックコレクション〟の販売を……ひっ！」

その瞬間、ゼルギウスは職員の肩を掴んでいた。職員にはその動きが全く見えず、そのため情けない悲鳴を上げた。ゼルギウスはそんな職員を無視して問い詰める。

「ザックが言ったんだな！　〝ザックコレクション〟が発売されると！　そうなんだな！」

「は、はい。そのようにおっしゃられたと議長から……」

職員が答えた直後、ゼルギウスは両腕を大きく振り上げ、「オゥ！」と叫んだ。その叫び声に職員は耳を押さえる。

興奮するゼルギウスに、職員は「続きがあるんです」と必死に訴えた。ゼルギウスも一時の興奮が冷め、「で、何の話だ」と言うが、その頬は緩み、顔は紅潮したままだった。

「ロックハート殿がおっしゃるには、光神教に与する国や組織には今後発売されるザックコレクションの販売を一切行わないと。それをロックハート殿の名で伝えてほしいと……これはどのような意味なのでしょうか」

ゼルギウスはあんぐりと口を開け、五秒ほど固まった。そして我に返ったのかギロリと職員を睨むと、「ザックの言う通りにしろ」と凄みを利かせる。その迫力に職員は怯えるが、それでも職務を全うしようと、もう一度意味を尋ねた。

「ザ、ザックコレクションとは何なのでしょうか……?」

ゼルギウスは職員から視線を外し、どこか遠くを見ていた。

「あれは俺たちの〝夢〟だ。全世界のドワーフが待ち望む至高の酒。この世のものとは思えぬほどの……一口飲めば天国に導かれるような……」

彼は夢うつつといった感じで呟いている。

「それほどの銘酒なのですか」という職員の言葉に、

「銘酒なんて言葉じゃ言い表せせん。あれは俺たちの夢の酒、いや、夢そのものなんだ。大言壮語など決してしないスコット殿が至高の酒と認めている。どれほどのものか……」

再びトリップするゼルギウスに職員は困惑するが、もう一度事実を確認する。

「ではザックコレクションが手に入らないとなったら、その国のドワーフの鍛冶師方は……」

言葉を最後まで続ける前にゼルギウスが答える。

「当然、俺たちはそんな国は見限ってアルスに戻るだろう。いや、確実に戻る。だから、ザックの言う通りルークスの連中に味方するな。議長にそう伝えろ。間違いなく伝えるんだ」

職員は凄みのある言葉に怯えながらも大きく頷いた。

ワーグマンは外交委員長を通じてその情報を得ると、「これは早急に声明を出さねばならぬ案件のようだ」と呟いた。その言葉に外交委員長は首を傾げる。

「我々が最初に聞いたのです。急ぐ必要はないと思いますが」

ワーグマンは大きく首を横に振り、理由を説明した。

「ドワーフの鍛冶師がその話を知ったのだ。既に酒場では噂になっているはずだよ。ここで無駄に時間を費やせば、我がギルドは光神教を支持するのではないかと疑われてしまう。酒に関する限り、ドワーフの情報網を侮ってはいけない」

ワーグマンは直ちに緊急の運営会議を招集し、声明を発表することを決定した。その際の議事録が、ザックコレクションという単語を記載した最初の公文書とされている。

そして、即日その情報は公開され、新市街にいるドワーフたちは喝采を上げたという。

この情報を受け取った各国は困惑した。次に情報を受け取った国家級の組織は冒険者の国ペリクリトルの冒険者ギルド総本部だった。

一月十二日に魔術師ギルドの声明文を受け取った冒険者ギルドは、〝ザックコレクション〟という謎の単語に困惑する。そして、酒のことであればドワーフの鍛冶師に聞けとばかりに、ベテラン鍛冶師のギーゼルヘールを呼び出した。

ギルド長はギーゼルヘールに「ザックコレクションとは何なのだ？」と質問した。ギーゼルヘールは「遂に売られることになったのか！」と喜色を露わにしたが、すぐにギルド長からザカライアスの声明文を手渡される。

ギーゼルヘールはその声明文を読み終えると、ギルド長に詰め寄った。

「すぐに魔術師ギルドと歩調を合わせるんだ！」

「どういうことなのだ？」と尋ねるギルド長に対し、脅しともとれる言葉を吐いた。

「ザックコレクションが飲めなくなるなら、俺たちドワーフはこの街を去る。それだけ凄ぇ酒なんだ。だから、すぐに賛同しろ！」

その勢いにギルド長は頷き、直ちに各部門の長を集め、ルークス聖王国を非難する声明を発表する方針を決定した。そして、即日各国に送付された。

その次に声明を受け取ったのはラクス王国だった。護泉騎士団長であり公爵家の次期当主でもあるグラント・ブレイブバーンが、その声明文の意味を懇意にしているドワーフの鍛冶師バルテルに尋ねた。

「儂らは噂しか知らんが、すぐに声明を出さねばラクスからドワーフが消えるぞ。それほどの酒じゃ！」

ブレイブバーン騎士団長は直ちに国王に奏上し、聖王国を非難する声明を発表した。

このように次々と主要な国家、都市、ギルドが聖王国を非難する声明を発表していく。

カエルム帝国の反応は各国に比べ、更に激しかった。

十二月の初旬に鍛冶師ギルドが出したルークスからの鍛冶師引き揚げの通達を知っており、そこに魔術師ギルドの声明とザックコレクションの出荷拒否の情報が流れた。

帝国政府の対応は迅速だった。宰相フィーロビッシャー公は直ちに元老院を招集し、対ルークス戦略の協議を始めた。

普段は二つの派閥に分かれて対立する会議だが、今回に限ってはほとんど揉めることなく方針が決まった。その陰には元老院議員であり、第四軍団長であるアレクシス・エザリントン公爵の姿があったとされる。彼は鍛冶師ギルドのプリムス支部長ギュンター・フィンクから警告を受けており、それを宰相に伝えつつ、両派閥に工作を行った。

二月十日、帝国は以下の発表を行った。

『欲に塗れた彼らは我が帝国の騎士に対し不当に恫喝を行い、蒸留技術を奪おうとした。更に何の証拠もなく魔族との共謀を叫び、帝国騎士の名誉を傷つけた。それだけではなく、善良なるドワーフたちが望む酒を不当に奪おうとしたのだ……彼《か》の狂信者たちは、自らの手で自らが狂った集団であることを示した。朕《ちん》はこのような狂信的な集団の存在を認めることを看過し得ない。朕は鍛冶師ギルドの決定に全面的に賛同すると共に、各国、各ギルドの協力を得て、ルークス聖王国を僭称する狂信者集団に対し、懲罰を行うものである。カエルム帝国皇帝ジークフリード二十一世』

フィーロビッシャー公はドワーフたちに恩を売りつつ、対ルークス戦略を優位に進めることに成功した。

この発表の後、直ちにレオポルド皇子率いる第三軍団と、エザリントン公率いる第四軍団を主力とする懲罰軍が編成された。

〝ザックコレクション〟は遂に軍をも動かしたのだ。


当事者であるルークス聖王国にその情報が伝わった。

情報が伝わる半月ほど前の一月十五日、聖都パクスルーメンには鍛冶師ギルド総本部からある通達が届いていた。その通達はルークス聖王国との取引停止と、ギルド所属の鍛冶師たちの引き上げ命令だった。

聖王国はギルドに対し直ちに抗議を行い、更に鍛冶師たちへの移動制限を行った。

鍛冶師ギルドのルークス本部長でありパクスルーメン支部長も兼ねるゲルハルト・ハックは総本部の指示に従うべく、ルークス国内の各支部に通達を転送する。しかし、時すでに遅く、聖王国政府の行ったドワーフの移動制限のため、鍛冶師たちは半ば軟禁状態となってしまった。

さすがの聖王国も罪のないドワーフたちを牢に放り込むようなことはなかったが、都市から出ることはもちろん、鍛冶師街からの移動すら制限されるようになる。

ゲルハルトはパクスルーメンにいるベテラン鍛冶師を集め、対応を検討する。

「この国の阿呆どもは儂らを縛り付けておくつもりじゃ。さて、どうすべきかの？」

その問いにヨルクという鍛冶師が答えた。

「この国におらねばならんという理由はなかろう。総本部の命令はともかく、不味い酒しかないこの国には辟易としておったんじゃ。力ずくでも出ていくべきじゃ」

更にルートヴィヒがそれに賛同するようにジョッキを上げ、

「スコッチを手に入れるためにロックハートを脅したというではないか。儂らすべてのドワーフに喧嘩を売ったも同然であろう。売られた喧嘩は買わねばならん」

好戦的な二人に対し、ハルトマンが冷静な意見を述べた。

「そうは言っても一国を相手に何ができる？　国を出るといっても、儂らを監視しておるじゃろうし、第一、儂らは目立つ。密かに逃げることもできんぞ」

「確かにそうじゃ。しかし、黙っておるのも性に合わん」とヨルクが憮然として答える。

結局、よい案が浮かばないまま半月が過ぎ、二月になった。

二月二日に魔術師ギルドの声明とザカライアスの宣言文が彼らの下に届いた。聖王国は情報統制を行っていたが、ドワーフに恩を売りたい一人の商人が密かに伝えたのだ。

その商人フォーブスはアウレラの食料輸送業者だが、聖王国の役人に対し怒りを覚えていた。それは再三にわたり聖王府や教団の役人から賄賂《わいろ》を要求されていただけでなく、一昨日、聖王府側の不手際によって大きな損失を受けたためだ。彼はその意趣返しをするため、鍛冶師ギルドに情報を漏洩《リーク》した。

魔術師ギルドの声明に対しては、ほとんど反応しなかったドワーフたちだったが、ザカライアスの宣言に対しては激しく反応した。

「何ということだ！　この国におっては永久にザックコレクションが飲めんではないか！」

「まだスコッチすら飲んだことがないんじゃ！　このままではスコッチもこの国には入ってこんぞ！」

「ロックハートをここまで怒らせた聖王国におる理由はない！」

ドワーフたちはハンマーを手に立ち上がった。実力をもってこの国から出る気になっている。

それに慌てたのはフォーブスだった。彼は意趣返しのつもりで情報を流したが、流血騒ぎに発展することは望んでいなかった。第一、このままドワーフたちが反乱を起こしたら、そのきっかけを作った自分も官憲に捕まり処刑されてしまう。

「お、お待ちください！」

必死になって止めるが、怒りに打ち震えるドワーフたちにその言葉は届かない。

「この国から脱出するお手伝いをしますから！」と自棄気味に叫ぶが、ドワーフたちは聞く耳を持たない。何度か同じ言葉を繰り返すが、全く効果はなかった。

フォーブスはどうしたらいいのかと途方に暮れるが、声明文の文言を見て言葉を変えた。

「スコッチを、ザックコレクションを飲むためにはアルスに帰る必要があります！　そのお手伝いをさせてください！」と言い換えると、ドワーフたちの動きが止まった。

「脱出の手伝いをしてくれるのか？」とゲルハルトが言うと、フォーブスは何度もそう言ったのにと思うものの、素直に頷いた。

「聖王国のやり方には私も頭にきていますので」

ドワーフたちはハンマーを置き、脱出についてフォーブスと協議を始めた。

半ば自棄になったフォーブスが大胆な脱出計画を実行し、五十名にも上るドワーフがルークスを脱出した。彼らは商業都市アウレラに到着すると、ルークスの横暴を世界に訴えた。

「奴らは不味い酒しか造れんくせに、ロックハートからスコッチを、ザックコレクションを奪おうとした！　酒の何たるかを知らんルークスの連中に、儂らの夢の酒、ザックコレクションを任せてよいはずがない！」

五十人のドワーフは「そうじゃ！」と言って同調する。

フォーブスを始め、アウレラの人々は驚いた。自分たちを不当に扱ったことを糾弾すると思っていたら、酒の話だったからだ。

「今のルークスは世界中から取引を止められ、美味い酒がないんじゃ！　未だにルークスに残っておる同胞は不味い酒しか飲めん。何とか助けてやってくれ！」

ドワーフ以外の全ての人は脱力した。

ドワーフにとって命よりも酒が大事だと聞いたことはあっても、それは比喩でしかないと思っていた。しかし、ドワーフたちは全くぶれなかった。命より酒であると堂々と宣言したのだから。

それでもアウレラ政府と商業ギルドは鍛冶師たちを支持した。ドワーフは酒に対して真摯《しんし》な種族であり、今回の件で大きな恩を売れると判断したためだ。

そして、最も激しい反応をしたのは鍛冶師ギルド総本部だった。

時は少し遡る一月二十九日、鍛冶師ギルド総本部にザカライアスの声明が届くと、直ちに緊急総会が開かれることになった。それは〝ザックコレクション〟という言葉があったからとされる。

匠合長ウルリッヒ・ドレクスラーは総会の冒頭の言葉で、

「遂に〝ザックコレクション〟が現実のものとなる！　儂らの夢が、至高の酒が遂に売り出されるのだ！」

「「オオゥ！」」とドワーフたちが応える。

「しかし！　その前にロックハートにあだなす者を排除せねばならん！　今回のようなことが起きれば、ロックハート家があの村から立ち去ることすらあり得るのだ！」

「そんなことがあり得るのか！」という声が上がる。

ウルリッヒは「あり得る！」と断言する。

「皆も知っておると思うが、ロックハート家は蒸留職人の募集に対し三つの条件を付けた。その条件は儂らも納得する内容じゃが、逆に言えば条件さえ満足すれば、どの国、どの街の職人であろうと受け入れるということじゃ……」

そこで言葉を一旦切り、全員を見回す。

「つまりじゃ！　スコッチはラスモア村でなくとも造ることができるということじゃ！　ややこしい奴らが来るようなら、別の静かな場所に行って酒造りをするかもしれん」

ドワーフたちはその説明に納得する。しかし、それがどのような影響を与えるのか今ひとつ理解していない。

それを感じたウルリッヒは、静かな口調で「そして、重要なことはもう一つある」と言った。

「何のことじゃ？」

「ベルトラムの手紙じゃ。奴の手紙にはラスモア村にはスコッチを美味くする秘密があると書いてあった。つまりじゃ！　ロックハートがラスモア村にいる限り、儂らの想像も付かんような酒ができる。しかし、村を離れれば、〝ザックコレクション〟は幻となるんじゃ！」

そこでドワーフたちは失念していた事実を思い出した。

「確かにそうじゃ！」

「ベルトラムが酒のことで偽りを言うはずがない！」

ドワーフたちからそんな声が上がる。

「既にルークスから鍛冶師を引き上げるよう命じておる。儂にはこれ以上何をしてよいか分からん。意見があれば遠慮なく出してくれ！」

その後、総本部ではロックハート家保護のための方策が検討された。

しかし、よい案は出なかった。

一時間が経とうとした時、慌てた様子の職員が集会室に飛び込んできた。普段であれば総会の邪魔をするようなことは慎むのだが、それを無視した形になる。

「何事じゃ！」とウルリッヒが一喝するが、職員は息を切らしながら、

「はぁはぁ……王妃殿下が、カトリーナ王妃殿下がお越しです。皆さんにお話ししたいことがおありだそうで……」

王妃自らが足を運んだという話に剛毅《ごうき》な鍛冶師たちも一様に驚く。

ウルリッヒが用件を聞こうとした時、堂々たる体躯の王妃が現れた。

「私《わたくし》から説明いたしますわ」と言ってニコリと微笑む。

「スコッチを、ザックコレクションを守る方法を、そして、ロックハート家を守るために何ができるかを相談しに来たのです」

ドワーフたちは自分たちが協議していたことと合致することに驚くが、ウルリッヒは鷹揚に頷く。

「王妃殿下であろうと知恵を出してくれるなら構わぬ」

王妃がそれに優雅にお辞儀をするが、ウルリッヒは王妃を睨みつけるように言葉を続ける。

「だが儂らを利用するつもりなら容赦はせぬ」

王妃はその視線に怯《ひる》まなかった。

「我が王国は鍛冶師ギルドの方々と末永く共存していきたいと思っております。光神教のような愚かな真似はいたしません」

ウルリッヒはその言葉に満足し、王妃の参加を認めた。

そして、会議が終了した。

「……では確認するぞ。光神教が悔い改めん限り、カウム王国並びにアルス街道から光神教を排除する。そのためにカウム王国と連携して事を進める。方法は王国に一任し、儂らはそれを認めるだけじゃ」

王妃はにこやかに頷き、

「何としてでもスコッチを、ザックコレクションを守りましょう！」と宣言した。

「守るのはロックハートじゃ！」とウルリッヒが突っ込むと、

「ホホホ。私としたことが言い間違えましたわ」と笑うが、ドワーフたちはこの王妃が酒を守るために行動していると本能的に感じていた。そして同時にそれが彼らの信頼の源でもあった。

王妃は王宮に戻ると直ちに国王に進言した。国王は光神教とのトラブルになると難色を示したが、〝ザックコレクション〟を守ると宣言した王妃が強い姿勢で迫ったため、渋々ながらも王妃の考えに賛同した。

そして、カウム王国は国王名で以下のような表明を行った。

『我がカウム王国は今回の光神教の非道に対し、遺憾の意を表すると共に、事実関係の究明、責任者の処分、再発防止対策の実施を要求するものである。王国及び鍛冶師ギルドが納得できる対応がなされない場合は、光神教の当王国内での活動を禁止し、光神教関係者の国外退去を命ずるものである。期限は半年。ルークス聖王国並びに光神教教団には真摯な対応を望むものである……』

五月になり、光神教カウム本部の責任者であるテスカリ大司教は、原因となった司教ルティーニの裁判結果を国王に報告した。

「すべてはルティーニの妄言と断定されました。彼は背教者として教団から追放しております。我が教団は関与しておりませんが、総大司教猊下が責任を取り引退されました」

国王はその説明に憤慨《ふんがい》する。

「我が王都であれほどの死傷者を出しながら、暴動の原因が一司教の馬鹿げた作り話だと申すのか。それをただの追放で済ませたと」

「総大司教猊下の退任、背教者認定は我が教団ではありえぬほど厳しい処分です」と説明するが、国王の傍らにあった王妃がその主張を一蹴する。

「元司教は遊んで暮らせるほどの財産を持っておられると聞いておりますわ。それでは鍛冶師方も納得されませんことよ」

テスカリは鍛冶師ギルドとの関係を憂慮し、教団総本部にその旨を伝えたが、総本部の動きは鈍かった。総大司教の選抜時期と重なり、意思決定をすべき人物が不在だったこともあるが、教団の上層部はたかが酒の話であり、追加の処分は不要と軽く考えていた。

ある大司教の言葉がそれを物語っている。

「ザックコレクションなる酒がいかなるものかは知らぬが、たかが酒であろう。いざとなれば我が国で造ればよいのだ」

彼の言葉はそのままドワーフたちに伝わった。彼らは憧れの銘酒ザックコレクションを冒涜したとして激しく反応する。

「酒の何たるかも知らん奴がザックコレクションを語るとは片腹痛いわ！　ルークスの奴らは何も反省しておらん！」

結局、期限になってもカウム王国の望む追加処分は行われなかった。

更にルティーニが美女を侍《はべ》らしてルークス国内を巡っているという噂が流れた。この情報はルークスでは秘匿されていたが、王妃が商業ギルドを巧みに使って入手し、故意に漏洩した。

実際には旅行などではなく背教者として名が知られてしまったため、一箇所に留まることができず各地を転々としていただけで、件の美女も彼の世話をする女奴隷だった。

ルティーニが遊んで暮らしているという噂は、カウム国民の反ルークス感情を刺激する。王国政府はその声が無視しえないという態度を取った。

半年後、王国政府は満を持して光神教の国内での活動禁止と関係者の国外追放を命じた。その通知がなされるまで、光神教関係者はそこまでの危機感は持っていなかった。教団は光の神殿を管理しているため、光神教関係者を追放すれば神殿の機能が維持できなくなるからだ。

それに対し、王妃は周到に準備を行っていた。

元々、教団のあり方に疑問を持っていた聖職者は多かった。特に地方にいる聖職者は本来の教えに忠実な清貧で誠実な者が多く、王国は光の神殿の管理をその聖職者たちに密かに打診していた。

テスカリは退去の期限までにカウム側が折れると信じていた。そのため、カウム王国の騎士たちが教団の建物を接収に来ても余裕があった。

「我らを追い出して、光の神殿は成り立たぬが、貴国はいかがなされるおつもりか？」

テスカリの問いに対し、騎士の一人が黙って従士に合図を送った。そして、騎士たちの後ろから地方の司教たちが姿を見せる。

その姿にテスカリは驚き、感情を露《あら》わにしながら司教たちを非難し始めた。

「貴様らは教団を裏切ったのか！　神罰が下るぞ！」

テスカリの怒りに司教たちは反論せず、静かに見守っていた。喚《わめ》くテスカリに対し、騎士は「我が国より早急に退去して頂こう」と宣言する。そして、部下たちに彼らを追い出すよう命じた。

テスカリは「ドワーフに脅されたのか！」とか、「酒に魂を売った悪魔どもめ！」などと喚き散らしていたが、兵士たちの手によって粗末な荷馬車に放り込まれ、そのままアルスの街から追い出された。

こうして、カウム王国から光神教は完全に排除された。

「これでザックコレクションは安泰じゃ」と、ドワーフたちは祝杯を上げたという。

ザックコレクションは三〇一七年九月二十三日に初めて披露された。今回の事件はその一年半以上前の出来事だ。つまり、ザックコレクションはその名だけで国家に匹敵する光神教を排除し、更に戦争すら誘発した。このことはドワーフ以外の人々に大きな衝撃を与えた。

そして、ザックコレクションが世に出るとどうなるのか、人々はその想像すらできないことに恐怖した。二人の優秀な政治家はザックコレクションの動向に関心を持ち、先手を打った。

二人のうち一人は魔術師ギルド評議会議長ピアーズ・ワーグマンであった。彼はザカライアスを取り込むことを考えた。様々な好条件を付けて勧誘したが、ザカライアスが断ったため成功しなかった。しかし彼は諦めなかった。取り込めないなら友好関係だけでも維持すべきと、ザカライアスに協力する姿勢を示したのだ。

もう一人の政治家はカウム王国の王妃カトリーナ・ブレントウッドだ。彼女は後にドワーフ並みと言われた類い稀なる肝臓を生かすことにした。ドワーフたちと共にザックコレクションの信奉者、否、信者となる道を選んだのだ。そして、ドワーフの盟友として名を馳せることになる。

ザックコレクションの持ち主《オーナー》であるザカライアスは今回の一連の騒動について、公式のコメントを一切残していない。しかし、常に彼と共にあったシャロン・ジェークスの日記には以下のような記載が残っている。

『……ザック様は今回のことについて頭を痛めておいででした。〝ザックコレクションはスコッチ以上の戦略物資だな。スコッチはあと数年でいろんなところから出荷されるが、ザックコレクションを超える物ができるには少なくとも二十年は掛かる。ロックハート家が禁輸措置を仄めかしたら国家間の勢力地図が変わるかもしれない。そんな恐ろしいものを俺は……〟』

ザカライアスの発言の最後の部分が意図的に記載されていない。この点について研究者の間ではいろいろな説が唱えられているが、今回は割愛する。

そして、その日記には続きがあった。

『……確かにおっしゃる通りだと思う。さすがはザック様だなと思っていたら、その後の独り言にビックリしてしまった。〝俺が飲みたいんだよな。だから造らないっていうのはありえないんだ。まあ、造るのをやめるといってもドワーフたちが許してくれそうにないんだけどな……〟。それを聞いてやっぱりザック様はお酒好きなんだと改めて納得した』

ドワーフライフ
〜夢の異世界酒生活〜
「鍛冶師ギルド総本部業務日誌」

私の名はジャック・ハーパー。鍛冶師ギルド総本部に勤める職員だ。業務日誌をまとめる係に五年間就いていたが、明日その役を後輩に譲る。

私は今、引継ぎのため、自分が書いた業務日誌のページをめくっている。

ギルドの業務日誌は非常に重要な書類だ。ギルドが発表する公式の文書とは違うが、その日に出来事を職員全員に周知する唯一の文書だからだ。

職員に周知する文書がなぜそれほど重要なのか？　普通の商会や他のギルドで働く者にはピンとこないだろう。単に日々起こったことを引き継ぐだけなら、簡単なメモ書きで充分だと思うかもしれない。しかし、それでは不充分なのだ。

話は変わるが、鍛冶師ギルドは非常に特殊な職場だ。鍛冶師方の雑務を減らし、気持ちよく鍛冶を行ってもらう、その一点のみがギルドの存在理由なのだ。そのことを実感していない者に理解することは難しいだろう。

引き継ぐべき事項だが、会議の概要や匠合長の面会情報、ギルドに納められた素材類の情報など一般的なものが多い。会議については議事録が作成されるし、素材類の情報も台帳で管理されるため、それほど重要ではない。

では何が重要か？　それ以外の情報が非常に重要なのだ。

特に重要な情報を上げるとすれば、会議で出された酒とつまみに関する情報だろう。どの酒が好まれたかを親方たちから聞き出すだけでなく、消費されるまでの時間、つまりどの樽がどのくらいの時間で空になったかを記録するなど、非常に細かい情報が記載されている。これらの情報は次回の会議で効率よく酒を提供する際に必要で、鍛冶師ギルドの主要な業務である宴会の円滑な運営に資するのだ。

他にも親方たちの体調を確認しておくことも必要だ。ドワーフの鍛冶師方は非常に頑健《がんけん》な身体をしており、病気とは無縁だ。しかし、それでも食あたりを起こすこともあるし、何らかの原因で体調を崩されることもある。そのような情報はギルドで共有するだけでなく、各工房の事務員に伝えられる。我々は鍛冶師方の健康も守っているのだ。


そして、私が最初に書いたページを見つけた。

拙いながらも必死に書いた文章はとても懐かしい。

私が業務日誌の担当になったのはトリア歴三〇一二年のことだ。当時、私は二十歳であり、ようやく一人前と認められ始めた頃だった。

今もそうだが、当時も総務課に所属しており、各工房への連絡や親方たちの要望の取りまとめなどをしていた。

その日は総会も会議もなく、引き継ぐべき事項はほとんどなかった。それでも自分の手で重要な書類をまとめるということに、誇りと不安を感じていたことを今でも思い出す。

そして、あるところでページをめくる手が止まった。そこは私が日誌担当になって一ヶ月ほど経った頃に記載したページだ。私が初めて総会が開催される日に書いたところだった。

厳しい冬を迎えた十二月、特に大きな案件もなく、業務日誌に記載することは少ないだろうと安心していた。

総会の準備、つまり酒類とつまみの準備を私は行っていた。月例の総会には蒸留酒定期便《スコッチライナー》が到着する日になっており、つまみの消費量が多いと予想され、その準備に忙殺された。

準備は滞りなく進み、総会自体は何事もなく終わった。そのため、日誌に記載した事項はごく僅かだった。


『三〇一二年十二月十日。引き継ぎ事項：本日の総会での議題及び決議事項は以下の通り。スコッチライナーの護衛、ホルト傭兵団の通称である〝蒸留酒護衛隊《スコッチガーディアンズ》〟の使用と紋章について、全会一致で承認。ロックハート家へのスコッチ増産についての嘆願書送付の報告……』


緊急総会以外で多くの案件が審議されることは稀であり、決議事項に関する記載はこの程度で済むことが多い。

業務日誌を付けながら総会後の宴会の裏方をやっていたが、その日はどうも様子がおかしかった。

通常はスコッチが到着した日ということで大宴会になるのだが、その日はなぜかスコッチの消費も先月より少なかったし、つまみに至っては半分以下でしかなかった。

その日の業務日誌には以下のように記載した。


『本日の酒類の消費量：スコッチ一樽、エール二樽、葡萄酒一樽。つまみは……。スコッチは開始後二時間で消費され、その後エールが……。特記事項：本日の総会後の宴会における酒類の消費量は過去に例を見ないほど少なかった。また、匠合長を含め、多くの鍛冶師方が総会開始後に体調不良を訴えている。事務局は伝染病の可能性があるとして治癒師の手配を行ったが、治癒師からは肉体的には異常は見られず、精神的なものではないかとの所見が出された。調査のため聞き取りを行ったが、鍛冶師方は原因について一切口にされなかった。なお、テクラ師を始め、女性の鍛冶師方に異常は見られなかった……』

そこまで書いたところで、あることに気づいた。

数少ない女性鍛冶師のテクラ様が異様に濃い化粧をし、羽根でできた扇を手にしていたことを。更にテクラ様と話された鍛冶師方に、より顕著に異常が見られた気がしたことも合わせて思い出した。

そのこと追記すべきか上司に相談したが、「うむ」と言って唸った後、

「それは記載すべき事項ではないな……あれが原因であることは間違いないが……君は大丈夫だったのかい？」

何を言っているのか、意味が分からなかった。

「どういう意味でしょう？」

「いや、テクラ様の顔というか、仕草というか……君は意外に図太い神経をしているね。この職場にぴったりだ」

主任は私の肩をポンと叩き、去っていった。

その後、同僚に聞くと、

「君はテクラ様と話をしていないんだな。あの漢女《おとめ》のようなしゃべり方には僕も吐き気がしたよ。あっ、これは内緒で」

その日の私は運が良かったらしい。

それから一年ほどは何事もなかった。日誌も日々の酒類の量が記載されているだけで、居酒屋の売り上げ管理と同じだなと笑いながら読んでいた。しかし、三〇一三年八月一日の日誌を見て笑いが収まる。その日は大事件が発生した日だった。

『三〇一三年八月一日。引き継ぎ事項：本日は総会及び会議の予定なし。匠合長への面会者は以下の通り……。特記事項：午後二時過ぎ、ラスモア村のベルトラム師より匠合長に手紙が届く。匠合長室に麦酒を注ぎにいった職員は、一緒におられたゲールノート師と匠合長が手紙を見て震えていたと報告した。当初は見間違いであると考えられたが、すぐに匠合長より緊急総会開催の指示を受ける……』

すぐに匠合長が緊急総会の指示を出したため、我々職員は大慌てで各工房を回った。その際、匠合長が手紙を見て震えていたことを付け加えると、鍛冶師方は大慌てで総本部に集合した。我々職員も走ったが、匠合長のご指示があってから僅か三十分という時間は特筆に価する。

『……緊急総会は非公開とされ、書記ですら入室できなかった。そのため、本日の総会の議事録は作成されていない。また、酒類は一切提供されなかった。……総会は五時間に及び、冒頭に鍛冶師方の怒号が響くなど非常に緊迫したものであった。午後八時に終了した時、匠合長以下、鍛冶師方全員が疲れた表情を見せていた。そして、文書担当の職員に匠合長名で声明文を作成するよう指示を出された……』

最も驚いたことは酒を一切飲まれなかったことだ。今読み直しても未だに信じられないが、当時はあまりの衝撃に日誌のその部分の文字が大きく乱れている。

私がこのギルドに就職してから、ドワーフの鍛冶師方が酒を飲まずに会議を行ったことは一度もなかった。二十年以上働いている先輩に確認したところ、トーア砦が陥落した際の臨時総会でも通常通り酒は提供されたそうだ。

我々は困惑した。天変地異の前触れではないかと言って、神々に助けを求める者まで現れる始末だ。

その長い会議が終わった後、疲れ切った表情の親方たちが足を引きずるようにして集会室を後にする。

最後に匠合長が集会室から出てこられた。その表情は親方たちと同じように疲れ切っているものの、すぐに我々に匠合長名で声明文を作成するよう指示された。

「済まんが大至急、この文案をギルドの声明文の書式に落としてくれ」

その〝声明文〟という言葉を聞き、身が引き締まる思いをしたことを覚えている。

匠合長名で出される文書は少なくないが、ほとんどが支部宛の業務連絡であり、各国政府に向けて出されることは極めて珍しい。珍しいだけでなく、公式の声明文ということであれば、国王の印璽が押された外交文書にも匹敵する公文書となる。そのような文書を出すほどの会議だったことに戦慄にも似た思いを感じたのだ。

しかし、文書の内容を聞いた時、私は膝を突きそうになるほど脱力した。

まさか、スコッチを守るために五時間にも及ぶ会議を行い、それを公式の外交文書として各国に送付するとは思わなかった。

そのことを横にいた先輩に漏らすと、

「仕方がないよ。ドワーフなのだから」と諦観《ていかん》したような表情を浮かべていた。

その時、私は別のことを考えた。

鍛冶師方が愛して止まない蒸留酒とはどのようなものなのか。もし、それに携わることができれば面白い仕事になるのではないかと。そのために鍛冶師方の酒に対する行動を注視して行こうと心に決めたのだ。

その宣言の後、二年ほどは大きな事件もなく平和だった。しかし、三〇一五年の晩秋からここアルスを発端とした大事件が勃発し、業務日誌の記載が緊迫したものに変わっていく。

きっかけは光神教のルティーニ司教の暴走だった。私は直接会ったわけではないが、赴任直後にギルドを訪問しており、その際に対応した同僚がその尊大な態度に呆れたと話してくれた。

「光神教の連中は頭がおかしい奴が多いが、あれは極め付けだな。たまたま匠合長室に居合わせたゲールノート様とオイゲン様にこう言ったんだぜ。〝腕の良い鍛冶師と聞く。聖騎士の装備を作る名誉を与えてやろう〟ってな。俺は耳を疑ったぜ。国王陛下でもそんな言い方はしない。いや、できないんだ。それをたかが司教の分際で言い切ったんだからな」

「で、ゲールノート様たちはどうされたんだ？」と私が聞くと、

「呆れて言葉が出なかったって感じだな。司教が出ていった後に、〝あいつは儂に防具を作らせてやるって言ったのか〟とおっしゃられていたな。オイゲン様が〝頭が緩いだろう。相手にするほどでもないわ〟とおっしゃり、何事も起きなかったね」

その話は瞬く間にアルスの街に広がったが、その司教はすぐにいなくなり、我々は罷免《ひめん》されたのだと思っていた。

しかし、その司教が大事件を起こした。今では歴史に残るほど有名になったラスモア村封鎖事件だ。

最初に問題が起きたのは十一月五日のことだった。その日はスコッチライナーが到着する日で鍛冶師方は月例総会のため集まっておられた。そして、いつものようにスコッチを待ちかね、そわそわされていると思っていた。しかし、その日に限っては様子が少しおかしかった。

私が担当している工房の親方、ゲオルグ・シュトック様がおられたので、こっそり話を聞いてみた。

「いつもと様子が違うように思うのですが？」

ゲオルグ様からいつもの豪快さが消えていた。

「特に何もないのじゃが、なぜか酒を、スコッチを感じんのじゃ。いつもなら前の日からスコッチが近づいてくる感じがするんじゃが……」

どうやら酒の気配がないことが心配の種のようだ。

話は変わるが、鍛冶師ギルド職員の間で定説になっていることがある。それはドワーフには酒を感知する能力があり、数km《キメル》先の酒の存在が分かるというものだ。また、スコッチに関してはその感知能力が五十キメルを超え、到着する一日以上前からいつ頃到着するか分かるというものだ。

これは決して誇張ではなく、厳然《げんぜん》たる事実だ。実際にスコッチライナーが輸送を請け負う前は到着日がまちまちだったにもかかわらず、到着する時間に正門に集まっておられたのだ。

そのドワーフであるゲオルグ様がスコッチを感じないということは、実際に近くにいないことは間違いない。

「バーロウ商会は遅れる時には必ず連絡していたので、今回も予定通りだと思うのですが」と私が言うとゲオルグ様も頷かれ、「そうなのじゃが……」と言葉を濁された。

その日の業務日誌には以下のように記載されていた。

『三〇一五年十一月五日。引き継ぎ事項：本日の総会での議題及び決議事項は以下の通り。スコッチライナーの往路を利用した原料酒の輸送量増加及びそれに伴う経費についての承認……予定外の議題として、スコッチライナー未着の原因について議論が交わされる。本日中に連絡がない場合の調査が決議された。特記事項：本日、到着予定のスコッチライナーが未着。また、バーロウ商会より連絡なし。匠合長よりトラブルに巻き込まれている可能性を考慮し、調査を実施するよう指示を受ける。翌朝、冒険者ギルドに依頼を出す必要あり……』

業務日誌には簡潔に記載しているが、その日の総会は非常に荒れた。いつもなら待ちに待ったスコッチを片手に陽気に騒がれるのだが、それがなかったためだ。

翌日、冒険者ギルドに調査が依頼された。更に鍛冶師ギルドの職員も商業ギルドや取引先の商会を通じて情報収集を行うこととなった。

当初は数日の遅れであろうと考えていたが、五日経ってもスコッチライナーは到着しなかった。その頃にはスコッチライナーにトラブルが発生したことは確実と見られていたが、その原因が分からず、我々は的確に対応することができなかった。

但し、この時点で情報が全く無かったわけではない。

アルス街道を南下してきた商隊から、ラスモア村が光神教によって封鎖され、それが原因でスコッチライナーが足止めされているのではないかという情報は入っていたのだ。

しかし、この情報を匠合長に上げることはできなかった。なぜなら、この話を聞いた鍛冶師方が光神教のカウム本部に向かうことは明白で、そうなった場合、光神教が叩き潰される可能性は極めて高かった。これは比喩ではなく、鍛冶師方なら物理的に叩き潰しかねなかったのだ。

総本部の雰囲気は最悪だった。スコッチライナーの状況を確認しようと、日に日に訪れる鍛冶師方の数が増えた。鍛冶師方は我々に強く当たるようなことはされなかったが、財宝を奪われたドラゴンと同じで、いつ暴れ出してもおかしくない状態だった。そのため、職員たちは細心の注意を払って鍛冶師方に対応しなければならなかった。

業務日誌にはその時の様子がこう書かれていた。

『三〇一五年十一月十日。引き継ぎ事項：本日の総会及び会議の予定なし。匠合長への面会はゲールノート師他三十名。いずれもスコッチライナー未着についての情報収集に訪れた模様。特記事項：本日もスコッチライナー未着。リュック師とゲオルグ師が匠合長室で揉み合う。また、各工房より本日もスコッチライナーについての陳情あり。早急な対処が必要と思われる……』

そんな状態が半月も続くと、職員たちの中に体調不良を訴える者が続出した。工房の事務員たちも同じようで、胃を押さえるような仕草の職員と、薬草を煎じた薬湯の香りが職場に溢れていた。

私自身は胃が痛むことはなかったが、食欲が落ちていたことは間違いなかった。

そして、十一月二十一日。遂に鍛冶師方の耳に情報が入った。ロックハート家の従士二名がギルドを訪問したのだ。

当初はラスモア村から来た人物とだけしか情報が流れず、更にその情報がスコッチを待ちわびる鍛冶師方の耳に入ってしまった。途中で従士と分かったが、時すでに遅く、匠合長室に案内する前に集会室に拉致、否、連れていかれてしまったのだ。

その日の業務日誌は以下の通りだ。

『三〇一五年十一月二十一日。引き継ぎ事項：本日の総会及び会議の予定なし。但し、予定外の事項として、ラスモア村よりロックハート家従士ニコラス・ガーランド殿、ガイ・ジェークス殿が匠合長に面会。集会室に集まる鍛冶師方の強い要請により、集会室での面会となった……』

武の名門ロックハート家の従士だけあって、鍛冶師方の強い圧力を受けても動じておられなかった。これについては「さすがは獅子心《ライオンハート》の従士だ」とギルド職員全員が賞賛している。

しかし、その後が更に大変だった。匠合長を始め、百人ほどいらっしゃった鍛冶師方が光神教本部に突撃……強引に訪問してしまったからだ。

我々の職務に鍛冶師方のトラブル防止というものもある。そのため、鍛冶師方を追いかける者、騎士団本部に走る者、更には王宮に向かう者と瞬時に役割を決めて対応していた。

自画自賛になるが、このような対応をさせたら、我々鍛冶師ギルド職員はどのような組織よりも的確に行えると自負している。我々にとってはこの程度は不測の事態と言えるほどのことではないのだから。

私は光神教本部に向かう班になった。といっても荒事に慣れているわけでもないので、騎士団から派遣された兵士たちを誘導する役目だ。

鍛冶師方を追い掛けるのだが、なぜかあの短い脚のドワーフに追いつけない。走っているわけではないのだが、私が全力疾走しなければついていけないほどの速度なのだ。

それでも何とか追い縋《すが》ることに成功し、光神教の建物に到着した。業務日誌には以下のように記載した。

『特記事項：本日、匠合長以下、約百名の鍛冶師方が急遽、光神教カウム本部を訪問。訪問理由はラスモア村封鎖に関しての情報収集と対策の協議。訪問時間はごく短時間で、テスカリ大司教は匠合長の依頼を快諾した。その後、騎士団から派遣された騎士より訪問理由等の問合せがあったが、我々が回答することで大きな問題は発生していない。なお、最終的に教団の建物の周りには五百名を超えるドワーフの鍛冶師方が集まっていたという情報があるが、正確な数字は把握できなかった……』

業務日誌には大きな問題は発生していないと記載したが、これは紛れもない事実だ。我々にとってもこの程度のことはトラブルに値しない。但し、これは鍛冶師ギルド側の見方であって、光神教側から見れば違う記載になった可能性はある。

これで解決すると誰もが思った。しかし、光神教の司教は信じられないほどの愚か者だった。

それから十日ほど経った頃、鍛冶師方待望のスコッチが到着した。ロックハート家が礼の意味を含め、いつもの三倍の量のスコッチを送ってくれたため、その日は昨今では類を見ないほど大規模な宴会となった。なお、この情報はバーロウ商会から事前に受けていたため、我々に混乱は起きていない。但し、翌日寝不足であったことは否定しない。

鍛冶師方の機嫌がようやく元に戻ったと思ったのもつかの間、光神教が再び鍛冶師方の逆鱗に触れた。

三〇一五年十二月七日午後一時過ぎ、総本部にある商人が駆け込んできた。その商人はロックハート家とも縁があるペリクリトルのノートン商会の会長、ヘンリー・ノートン氏だった。ノートン氏は寒さが厳しい十二月だというのに額に玉のような汗を浮かべ、ハンカチでそれを拭くこともせず、荒い息で我々に話しかけてきた。

「大変なことが起きました！　光神教がロックハート家に対して、魔族と共謀している神敵であると告発しました！」

最初は我々も何のことか分からなかったが、ロックハート家というキーワードに職員全員が色めきたつ。

「詳しく聞かせてください！」と上司が叫ぶが、いつの間にか現れた匠合長が「儂が直接聞く」とおっしゃられ、ノートン氏は引き摺《ず》られるように匠合長室に連れていかれた。私は業務日誌担当ということで、匠合長室に入ることができ、その一部始終を目にすることができた。

「詳しく話を聞かせてくれんか」と匠合長が重々しくおっしゃると、ノートン氏はすぐに話し始めた。見た目は人の良さそうな行商人のようだが、意外に肝が据わっていると思った。

「私はロックハート家の御用商人をしております、ペリクリトルのノートンと申します……」と最初にロックハート家の御用商人と言い切った。その言葉に匠合長は眉を僅かに動かされた。スコッチを買い付けペリクリトルに売っている、いわばライバルだからだが、何もおっしゃられず、目で先を促された。

「ボグウッドの町で光神教のルティーニ司教なる人物が、ご領主マサイアス・ロックハート様を魔族と共謀していると非難した上、神の敵であると宣言いたしました……」

ノートン氏は怒りに打ち震えている感じで一度下を向く。そして顔を上げると、

「その理由がご領地に魔物の被害が少ないことと言うのです！　あり得ない！　私は御館様や先代様がどれほど苦労されているか知っています！　それを……」

彼は悔し涙を浮かべて、そこで言葉が出なくなった。

「落ち着け。儂もお前と同じ気持ちじゃが、今は事実を知らねばならん」と匠合長はおっしゃられた。ノートン氏は涙をハンカチで拭った。

「申し訳ございませんでした。では、私の知っていることをすべてお話しいたします……」

ノートン氏から聞かされた話は酷いものだった。ルティーニなる司教は証拠も示さずロックハート家を魔族と共謀したと誹謗し、更にそれを認めぬなら神罰として軍を派遣すると脅した。そして、

蒸留技術を譲渡して悔い改めるならば罪を許すと言ったそうだ。

「御館様は狂信者の相手をする必要はないとおっしゃられましたが、私はどうしても納得できません。ちょうどアルスに向かう商隊がいましたので、このことを急ぎ伝えにきたのです」

私は後ろから強い視線を感じた。私の知らぬ間に匠合長室に鍛冶師方が入っておられ、入りきれなかった鍛冶師方が廊下まであふれていたのだ。いつもなら怒号が上がるはずだが、一切怒号は起きなかった。しかし、お怒りになられていないというわけではない。噴火寸前の火山のような危うい静けさを私は感じていた。

その後、緊急総会が開催された。その日の業務日誌には以下のように記載してある。

『三〇一五年十二月七日。引き継ぎ事項：本日の総会及び会議の予定なし。但し、予定外の事項として、緊急総会が実施された。議題は〝光神教によるロックハート家異端認定に対する報復措置について〟。決定事項は以下の通り。ルークス聖王国在住の鍛冶師ギルド所属の鍛冶師の引き上げの決定。各国に対し、ルークス聖王国への武具の輸出自粛要請。更に三〇一五年八月一日発表の声明の再通知を実施……』


それから二ヶ月分くらいを見ていくが、読み返しても信じられないくらい、いろいろなことが起きていた。最も驚いたのが、ロックハート家のご次男、ザカライアス様の声明だった。

ザカライアス様は、我々鍛冶師ギルド職員にとって非常に重要な人物として認識されている。鍛冶師方を除けば最重要人物は蒸留職人のスコット様だが、それに次ぐ重要人物としてご当主マサイアス様と同列に扱われるお方なのだ。理由はスコッチの名付け親であるためと、今回問題になったザックコレクションの持ち主《オーナー》であるためだ。

ザカライアス様の噂は鍛冶師ギルドでもよく聞かれる。あの名門ティリア魔術学院の首席であるだけでなく、僅か十歳で冒険者になり既にベテラン並の級に上がっておられるからだ。

それ以上に有名なのが、〝全方位のハーレム王子《オールレンジプリンス》〟なる二つ名を持つことだが、実際どのような方かは全く分かっていない。

そのザカライアス様が初めて公式の場で発言された。その発言内容が鍛冶師方に衝撃を与えた。当然、我々職員も同様だった。

あまりに有名な話なので詳細は語らないが、ザカライアス様が〝ザックコレクション〟なる酒の名をもって世界を震撼させ、ロックハート家に仇なすルークス聖王国に大きな痛手を与えたことには驚きを隠せなかった。驚きもあったが、それ以上に、傲慢《ごうまん》な光神教に痛撃を与えたことに、我々ギルド職員はもとよりアルス市民の多くが喝采《かっさい》を贈っている。

そのザカライアス様が今年の秋にザックコレクションと共に、ここアルスを訪れるという話がラスモア村の鍛冶師ベルトラム・ドレクスラー様から伝わった。

その時の鍛冶師方の喜びようは言葉で表現できないほどだった。

実をいうと、私も楽しみにしている。ザックコレクションが届くということよりも、天才ザカライアス様に会えるということに。

私には密かに思っていることがあった。蒸留酒の秘密の陰にザカライアス様がいらっしゃるのではないかと。

明確な理由はない。このことを同僚に話すと、僅か十五歳の少年に酒のことは分からないと言われるが、鍛冶師方に同じことを話すと納得されることが多い。もちろん、鍛冶師方もお会いしたことはないし、ベルトラム様から特別な情報を得ているわけでもないだろう。

つまり、ドワーフの嗅覚がザカライアス様に何かあると言っているのだ。こと酒に関してはドワーフ族の直感に誤りはない。

私はザカライアス様の担当になれるよう願っている。恐らく、事前に決められることはなく、匠合長の鶴の一声で決まると踏んでいる。

私も二十五歳になった。そろそろ大きな仕事をしてみたい。私の勘ではその大きなきっかけになるのがザカライアス様のアルス訪問なのだ。

その機会を逃さないようにしたい。これは大きなチャンスなのだから。そのためにはザカライアス様の知遇《ちぐう》を得ておいた方がいいと、私の直感が叫んでいる。

鍛冶師ギルドの職員になって思ったことがある。このギルドは非常に強い力を持っている。そして何より自由だ。

私のような平民の出でもギルドの力を背景にすれば、自分の名が残るような大きな仕事を成すことができる。このことを人に言えば、〝大それた野心だ〟とか、〝若者の妄想だ〟と言われることだろう。

それでもいい。大きな〝夢〟を見られるのが、若者の特権なのだから……。

ドワーフライフ
～夢の異世界酒生活～
「ラスモア村の鍛冶師の一日」

私はヴィルヘルミーナ。ラスモア村の鍛冶師ベルトラム・ドレクスラーの妻であり、私自身も鍛冶師をやっているわ。もっとも師匠でもある夫からはまだ一人前と認められていないけど。

ラスモア村の鍛冶師は半人前の私を入れても二人しかいないわ。七百人くらいしかいない村にドワーフの鍛冶師が二人もいれば、普通なら十分なのだけど、この村だけは別。

先代のご領主ゴーヴァン・ロックハート様の時代から、一流傭兵団並の力を持つと言われている自警団は有名で、その二百人分の装備を常に整備しないといけない。

ここで使っている剣や槍は消耗品と言いたくなるほど、魔物相手に激しい使い方をされるから、手入れだけでは済まないことが多いわ。だから、常に新しい武器を作り続けないといけないの。

鎧も同じ。腕や足の防具は革製のものだけど、一番大事な兜《ヘルメット》と胸当《キュイラス》が鋼製だから、その手入れも私たちの仕事になる。訓練用の木剣で毎日へこむから、元に戻すだけでも大変。

それよりも大切な仕事がある。それは蒸留器《ポットスチル》の製造。

ここラスモア村は私たちドワーフの夢の土地。それは蒸留酒があるからなんだけど、そのお酒を造るための道具が蒸留器。

これはベルトラムさんしか作れない。私も手伝いはするけど、一から全部を作ることはできないわ。それに私の身長の倍もある、大きなやかんのような蒸留器を二人で作るのは本当に大変。一台の蒸留器を作るのに二人掛かりで十日ほど掛かるの。お酒の増産のためだから、不満は全然ないんだけど。

そんな忙しい私たちの一日について、お話しするわ。

私たち鍛冶師の朝は早い。

夜明けと共に目覚め、朝食を摂る。夏至祭まであと少しという時期だから、午前五時くらいには朝食を食べることになるわ。その朝食は他の種族の人から見たら、少し重いと感じるかもしれないわね。

ちなみに今日のメニューは太目のソーセージが十本に、鍋一杯分の牛のすね肉の煮込み。本当はもう少しガッツリいきたいのだけど、朝は時間がないから焼いたり、温めたりと手間の掛からないものになってしまうわ。

そんな料理をベルトラムさんお気に入りの黒池亭《ブラックプラフ》のブラウンエールで流し込む。朝はちょっと少なめだから、ジョッキ十杯くらいかしら。このくらいが目覚めにはちょうどいいわ。

もちろん、野菜も食べているわよ。〝発酵させたキャベツ《ザワークラウト》〟は館ヶ丘のお屋敷から、メイド長のモリーさん手作りのものをもらっている。これが本当にいいおつまみなの。そうそう、パンも一緒に食べているわ。これも新鮮なバターを塗ったり、煮込みに浸したりすると、ワインのいいおつまみになるから。

そんな朝ご飯をエールで流し込み、すぐに仕事に取り掛かる。

午前中は自警団の武具の手入れ。私はベルトラムさんが槌《ハンマー》で直したものの仕上げを行うの。砥石《といし》で研《と》いだり、油で錆び止めをしたりと、夫婦の共同作業って感じで仕事をやっているわ。最近では村の人から息が合っているねって言われて、ちょっとうれしいかな。

ベルトラムさんの仕事だけど、本当に手際がいい。私もいくつかの工房で修行をしたけど、ベルトラムさんくらいの若さでこれほど手際のいい人は見たことがないわ。

一人で仕事をしていたからっておっしゃるけど、それだけじゃない。後姿なんか、名工であるウルリッヒさんそっくり。妻の贔屓目《ひいきめ》じゃないわよ。本当にそうなんだから。

少し脱線するけど、ドワーフの鍛冶師は若いうちに多くの工房で修行をするの。だいたい十歳くらいから住み込みで修行を始めて、基礎を覚えたら一、二年ごとにいろいろな工房で修行していく。アルスの鍛冶工房は剣が専門だったり、防具が専門だったりするから、いろいろなところで修行して自分の得意なものを見つけるためなの。もしかしたら、いろいろな工房のお気に入りのビールを飲み比べて、自分が工房を立ち上げる時の参考にするという理由もあるかも。う～ん、そっちがメインな気もしないでもないかな。

私も祖父であるゲールノート・グレイヴァーの工房で修行を始めて、ウルリッヒさんやオイゲンさんの工房でも修行をしたわ。私の場合はおじいちゃんのお陰で凄い親方のいる工房ばかりだった。だからウルリッヒさんの仕事を間近に見ている。ベルトラムさんがウルリッヒさんにそっくりというのはその経験から言っていることなの。

話を戻すわ。工房では真冬でも高温の炉の前で力仕事をしているから、いつも汗だくになる。だから、お昼になる頃にはお腹は空くし、喉も渇いている。そんな感じだから、昼食はとても大切。

昼食はご近所の奥さんたちに作ってもらっているわ。元々ベルトラムさんが独身の頃から朝食と昼食は作ってもらっていて、これは先代様が直々に奥さんたちにお願いしたって聞いている。

先代様と一緒にウェルバーンから移住してきた時からなので、もう二十年以上前から続いているらしい。

本当はお昼も私が作ってあげたいんだけど、ベルトラムさんから「仕事に専念しろ」と言われているので仕方がない。

でも、これは恥ずかしがり屋のベルトラムさんが素直に言えないだけみたい。ご近所の奥さんたちと話をした時に偶然聞いたんだけど、ベルトラムさんが頭を下げてお願いしたんだって。

「ベルトラムさんがね。〝ミーナも仕事で忙しい。済まんが今まで通り昼飯を作ってもらえんか。頼む〟って言って頭を下げたのよ。御館様にも頭を下げないって言われているのにビックリしたわ。ミーナちゃん、本当に愛されているわね。羨ましいわ……」

話好きの奥さんたちがベルトラムさんの声音を真似して、楽しそうに教えてくれたわ。その時は嬉しかったけど、恥ずかしくて顔が真っ赤になった気がする。

お昼ごはんの話に戻すけど、お昼は朝よりしっかりしているわ。大きな豚のあばら肉のオーブン焼きに鶏肉のから揚げ、ジャガイモを潰して固めたものを揚げた〝コロッケ〟……。ザックさんが考えた料理がいくつも並んでいる。

それをご近所の皆さんが飲んでいる、ラガータイプのビールで流し込む。喉が渇いているから大体十五杯くらいは飲むかな。でも、夏の前のこの時期はビールが温《ぬる》いからちょっとだけ不満。このことをベルトラムさんに言うと、

「ザックかシャロンがいればなぁ。あいつらならビールをいい温度に冷やしてくれる……もうすぐ帰ってくるんだなぁ……」

本当に残念そうに呟いている。私も同じことを思っているから不思議ではないけど。

そのザックさんだけど、夏休みに戻ってくるだけだからあまり話せていない。でも、本当に凄い人だと思う。私たちドワーフの心を本当に分かっているから。

まだ、十五歳なのにビールやワインに合う料理を次々と考え出すし、それだけじゃなくて、お酒そのものの味までよくしている。

ベルトラムさんに聞いたんだけど、ザックさんは学院に入る前、黒池亭のご主人のダッドさんにブラウンエールの味をよくするための提案をしたらしい。どんな提案をしたかはベルトラムさんもよく分かっていないみたいで、

「俺も聞いたがよく分からんかったな。麦芽《ばくが》の焦がし方がどうとか、発酵を止めるタイミングがどうとか言っていた気がするな。それをスコットのところの職人に伝えにいったらしい……」

それから黒池亭のエールは格段に美味しくなり、ベルトラムさんのお気に入りになったんだって。私も飲んでいるけど、アルスのビールより美味しいと思うわ。

また脱線するけど、スコットさんの蒸留所は蒸留酒を造っているだけじゃなくて、村で飲むビールやワインも醸造しているの。私も村に来てから知ってビックリしたけど、よく考えたら元々醸造所だったのだから、おかしなことじゃないわね。

不思議なのはザックさんね。まだ子供なのにスコッチを発明しているし、お酒にも詳しい。詳し

いなんてレベルじゃないわ。本当に酒神の申し子かもしれないと思うくらい。

でも、そのことはできるだけ言わないようにしている。だって、ベルトラムさんが何となく隠そうとしているみたいだから。根が正直な人だから、一緒に住んでいると全然隠せていないんだけどね、フフフ……。

何か秘密があっても、私は全然気にしないわ。だって、私にもメリットがあるんだもの。それに話をしたら、本当にお酒が好きみたい。本物のお酒好きに悪い人はいないから、全然気にしないの。私たちドワーフは酔っ払って管を巻くような人のことをお酒好きとは言わない。周りに迷惑を掛けるような人はお酒を飲む資格がない。そんな人は私たちドワーフの友にはなれないから。


お酒のことを話し始めるとすぐに脱線してしまう。ドワーフだから仕方ないと諦めてもらえると嬉しいわ。

というわけで話を戻すと、お昼ごはんが終わるとすぐに午後の仕事が始まる。

午後からは蒸留器作り。アルスから取り寄せた高品質の銅の板を、ベルトラムさんがハンマーだけを使って曲面を作っていくの。私はその手伝いで板を支えたり、角度を変えたりしているわ。

ハンマーだけで板を加工していくのは、鎧を作るおじいちゃんの工房でもよく見た方法だけど、これだけ大きなものを作るのはここくらい。

特に今回はスコットさんからの注文で、今までで一番大きな蒸留器になっていて、支える私の腕にも自然と力が篭《こも》るわ。普通の人間の男の人だと三人くらいは必要かもしれない。もちろん、従士のバイロンさんみたいな力持ちもいるから、一概には言えないけど。

今日は一番難しい蒸留器の首の部分を作っていく。今回の注文はランタン型って言われている特殊な形。

ここに来るまで蒸留器を見たことがなかったし、首の形で味が変わるなんて知らなかった。ベルトラムさんの話だと、ここが一番重要なところみたい。

「スコットに言わせると、ここが蒸留器の肝なんだそうだ。ちょっとした大きさの違いでも全然味が変わってくるらしい。まあ多少味が変わっても、そいつが個性になるからいいと、ザックは言っているんだがな」

私も出来たての蒸留酒、ニューポットを飲んだことがあるんだけど、どれを飲んでも同じ味にしか感じなかったわ。でも、スコットさんやザックさんには違いが判るみたい。そのことをベルトラムさんに言うと、

「あの二人は別格だ。特にザックの奴は異常なほど味に拘るからな。まだ碌に飲めんくせに。ガハハハ！」と笑っていた。

確かにザックさんは、味は見るけどほとんど飲まない。飲んでも魔法で酒精《アルコール》を消してしまう。私はもったいないと思うんだけど、体の成長がどうとかっていう理由で酒精を消すと教えてもらった。

その蒸留器の首をハンマーで慎重に叩いて曲げていく。この時、ベルトラムさんは強度を上げるために金属性魔法である〝硬化の魔法〟を掛けている。こうすることで使っている間にできる歪みを防ぐことができるらしい。これもザックさんの知恵だと聞いたわ。

日が傾く頃、蒸留器の作業がキリのいいところになったので、今日の仕事を終える。キリがよくなければ、深夜まで仕事が続くことがあるけど、今日は運が良かったみたい。

仕事の片づけを終えて、まずはお風呂に行く。

村の人は三日に一回くらいしか入れないけど、私たちは力仕事ということで特別に毎日入れるの。毎日入れるのはロックハート家の皆さんと蒸留所で働く人たちくらいね。この村は本当に職人を大切にするところなのよ。

お風呂は少し離れた場所にあるけど、全然苦にならないわ。アルスにいる頃はお風呂に入ることなんてなくって、体を拭くだけだった。でも、一度あのお風呂に入ると、もうそんな生活には戻れないわ。だって、ビールは風呂上がりが一番美味しいんだもの。

ベルトラムさんと一緒に館ヶ丘の南にある公衆浴場に向かう。手ぬぐいと石鹸箱を持ったベルトラムさんが、「今日は黒池亭に行くから、さっさと出るんだぞ」と言ってから男湯の方に向かう。

ベルトラムさんは本当に出てくるのが早いからちょっとだけ不満。もう少しのんびり浸かっていた方がもっと美味しくビールが飲めると思うんだけど……。

でも、このお風呂の外で待ち合わせるのって何となく楽しい気がする。ベルトラムさんが出る前に「俺はもうすぐ出るからな！」と大声で言ってくるのはちょっと恥ずかしいけど。

声を聞いてから慌てて出て行くと、ベルトラムさんは「遅いぞ」とおっしゃるけど、外のベンチに座って待ってくれている。外で待ち合わせて飲みに行くのは、家から一緒に行くのとは違ってちょっと新鮮。

完全に日が落ちて真っ暗な道を二人で並んで歩いていく。

黒池亭まではゆっくり歩いても十分くらいで着く。もう少し一緒にいたいなと思わなくもないけど、酒場に着くとそんなことは忘れてしまうわ。だって、お酒の香りには勝てないんだもの。

ここはラスモア村で一番古い居酒屋兼宿屋で、二階が客室で一階が食堂になっている。食堂はテーブル席とカウンター席で五十人くらいが飲める大きさがあって、いつも村の人やスコッチを買い付けに来た商隊の人たちが楽しそうに飲んでいるわ。今日も自警団の人たちが、訓練が終わった後の宴会をやっていた。

「今日はここで飲むのかい！　ベルトラムの旦那！」

村の人がそう言って声を掛けてくる。

「おう！　今日は仕事が早く終わったからな！　たっぷり飲ませてもらうぞ！　ガハハハ！」

ベルトラムさんは村の人たちと本当に仲がいい。長年一緒に飲んでいるから家族みたいになっている。

「まずはいつものをくれ！」とベルトラムさんが言うと、愛用のジョッキを給仕《ウエイトレス》であるダッドさんの奥さんのエレンさんに渡す。もちろん、私も同じようにジョッキを渡している。

すぐに琥珀色のお酒が入ったジョッキが戻ってくる。もちろん入っているのはスコッチ。

ベルトラムさんと私はロックハート家から給金の代わりにスコッチを樽でもらっているから、いつでも飲むことができるの。ちなみにベルトラムさんが年に樽を二つ、私が一つ。アルスの親方たちでも年に一樽も当たらないから、私は世界で二番目にたくさんスコッチを飲んでいるドワーフということになるわ。

「乾杯！」と言ってベルトラムさんとジョッキを合わせる。そして、一気にスコッチを飲み干すと本当に幸せな気分になるわ。

「プハァ！　仕事が終わった後のスコッチはやめられん」とベルトラムさんが満足げな表情を浮かべている。

「本当にそうですね」と私もすぐに頷く。

すぐにエレンさんがジョッキを取りに来て、「今日は豚肉のいいのがありますよ」と教えてくれる。

「じゃあ、そいつといつもの奴をくれ」とベルトラムさんが注文する。

ベルトラムさんがいつも食べるのはマスのフライ。村の南にある黒池《ブラッククラフ》で獲れる大きなマスの切り身にパン粉を付けて揚げた物なんだけど、これにタルタルソースっていう少し酸っぱいソースを付けて食べるのがお気に入り。もちろん、私も大好き。

この料理にここのエールが最高に合うの。これもザックさんが提案したんだって。

それにマスだけじゃなくてジャガイモの揚げた物が付いてくるから食べ応えがある。イモもエールによく合うから、マスと一緒にいくらでも食べられるわ。多分、私たちだけで五十ｃｍ《セメル》以上あるマスを二匹は食べているはず。もちろん、事前に行くことは伝えてあるから、他の人の分が無くなるわけじゃないわ。

エールを五杯くらい飲んだところでようやく一息つく。

「相変わらず、いい飲みっぷりだね、お二人は」と自警団の人が声を掛けてきたり、ペリクリトルやアルスから来た商人の人と乾杯をしたりする。

いつもは二時間くらいで家に帰るんだけど、今日は早かったからちょっとだけ長居をして、二十杯くらいエールを飲んだかしら。スコッチを飲んでいるからちょうどいいほろ酔い加減。

そしてお腹が一杯になったから家に帰るんだけど、寝る前に飲む分と明日の朝の分のエールを持って帰る。持って帰ると言っても二十リットルしか入らない小さな樽を二つだけ。それをベルトラムさんが両肩に担ぎ、私が石鹸なんかを持つ。東ヶ丘に入ったところでちょっとだけベルトラムさんに近づく。村の中心だと恥ずかしがって、「離れろ」って言われてしまうから、人が少なくなったところでしているの。

虫の声が聞こえるだけの道を二人きりで歩く。空には大きな月が出ていてちょっとだけロマンチックな感じになる。

「月がきれいですね」と私が言うと、

「そうだな。今日は月を見ながら寝酒を飲むか」と言ってニコッと笑ってくれる。

本当にここに来てよかったわ。心から愛せる人がいて、美味しいお酒がたくさんある。後は子供ができたら最高なんだけど、今はこの生活でもいいかなって思っている。

私がこの村に来たのは四年前の晩秋。ベルトラムさんの弟子として、そしてお嫁さん候補としてやってきたのだけど、最初はなかなか認めてもらえなかった。

弟子としては何とか十日後に認めてもらえたけど、女としては二年も掛かったわ。それも自分の力じゃない。先代のゴーヴァン様が間に入ってくださったから認めてもらえた気がする。

「そろそろミーナと一緒になれ。お前も満更ではないんじゃろう」と先代様が言ってくださった時、ベルトラムさんは「ミーナは俺には……」と何か言ったみたいだけど、私には聞こえなかった。

でも、すぐに「結婚するぞ」と言ってくれた。その時は涙が出るほど嬉しかった。だって、好きな人からプロポーズされたんだもの。初めてスコッチを飲んだ時よりも百倍嬉しかった。

それから一気に話が進んで、二年前の冬にロックハート家の方々に祝福されて晴れて奥さんになれた。幸せすぎたから、あの時は夢じゃないのかしらって何度も思ったわ。


アルスの飲み友だちのみんなにも私の幸せを分けてあげたい。だからここに来てもらいたいと思っているわ。ここは本当にドワーフにとって天国だしね。

そんなことを考えていたら、「本当にここはいいところですね」と口に出していた。

「そうだな。ここは俺たちドワーフにとっちゃ、天国だからな」

やっぱりベルトラムさんも同じ風に思っていたみたい。

「私たちだけで独占するのは悪い気がしますね。アルスの人たちにも来てもらいたいなぁ」

私がそう言うと「確かにな」と答えてくれた。でも、顔がちょっと笑っていた。何かあったのかなと思って聞いてみたら、

「ザックに言ったらどんな顔をするんだろうな。多分、困った顔になるんだろうな……ガハハ

ハ！」って豪快に笑い始めた。

「大丈夫ですよ。ザックさんは私たちドワーフのことを分かっていますから」

そう言ったけど、本当にこのことを言ったら、どんな顔をするんだろう。ザックさんが学院を卒業したら、今までと違ってたくさん話ができるから、今度聞いてみようかしら。きっと喜んでくれるはずよ。だって、酒神の申し子なんだから……。

あとがき

本書を手に取っていただき、ありがとうございます。

第三巻から大きく間が空き、ご迷惑をお掛けしました。

本書でドリーム・ライフとして四巻目、Ｔｒｉｎｉｔａｓシリーズとして通算六巻目となりましたが、ひとえに応援して下さる読者の皆様のおかげと感謝しております。

本書ではベアトリスが登場し、ヒロイン全員が揃ったことになります。また、主人公ザックを始め、ダン、メル、シャロンも成長し、子供から自立した大人になろうという時期に当たります。

そんなこともあり、郷愁を込めた青春の一幕を描いてみました。いかがだったでしょうか？

本書は第三巻に続き、閑話が三話という短編集のような構成になっています。ベアトリス、ダン、リディの三人の心情をていねいに書きたいという趣旨でした。

ベアトリスは彼女の生い立ちに隠された寂しさのようなものを、リディはザックに対する態度とは裏腹の複雑な気持ちを、ダンは少年が大人になる時の不安と旅立ちへの期待をそれぞれ描いています。

ＷＥＢ版ではダンの心情をあまり描写していなかったので、とても楽しく書くことができました。

特別読み切りの「ドワーフライフ」ですが、今まで以上に気合を入れて書きました。発売が延びたこともあり、三話目まで追加してもらいました。もうタイトルは「ドワーフライフ」でいいんじゃないのと思うほどです（笑）。

いつもながら本編以上に読者の皆様からの評判がいいので、つい調子に乗ってしまいました。特に今回はＷＥＢ版でも大人気だった〝蒸留酒狂想曲《スコッチ・カプリチオ》〟の部分が入っていますので、政治的な話とドワーフたちの暴走をＷＥＢ版以上に緻密（？）に書けたことは本当に楽しかったです。

最後に、今回も御忙しい中、私のイメージ以上のイラストを描いてくださりました電柱棒先生、心よりお礼申し上げます。

いつも応援してくださる読者の皆様、本当にありがとうございました。また、どこかでお会いできる日を楽しみにしております。

コミカライズ第1話試し読み

漫画　さじわ

原作　愛山雄町

キャラクター原案　電柱棒

パチ
パチ
俺は昔から
酒が好きだった
ゴポ
ゴポ
だがまさか
自分が作る側に
回るとは…
ドキ
ドキ
すっ

まったく人生
何が起こるか
わからない
だがこれだけは
言える…
今俺は最高に
ハッピーだ!!
ワッ

第１話

Dream Life

パキ…
…ん？
どこだ ここは
…見覚えの ある部屋だが
おい弥太郎《やたろう》！ 早くキャラを 作ってしまえよ
!!
急げよ あとはお前 だけだぞ
何だよ 急かすなよ
というか お前どこに いるんだ？
懐かしい…そうだ ここは中学時代の 友人アキラの家
あいつのところと いったらやることは 決まってる
パラ…

※サイコロ等を用いた対話型の卓上遊戯

…よしっ！
ぐっ
出目に恵まれたな
実に俺好みのキャラに
仕上がった
回避に特化した
魔道剣術士だ!!
だが面白いな
このゲーム…
才能があっても
訓練しないと
それを習得
できないのか
妙に現実臭いが
そこがいい
どこまで
成長するか
楽しみだ
ピラッ
おーい
アキラ終わっ…
た…ぞ…？
──そこで
急に俺の意識は
途切れた

パチ…
…!
変な夢を見たな
オッサンが何をはしゃいでんだ…
——ん!?
自宅の天井じゃない…?
キョロ…
スー…
スー…

あわっ!!
ド
キッ!!
誰だ…!?
金髪…白人…
すごい美女だ
スー…
スー
酔っ払った勢いで
ベッドイン…?
い…いや俺に
そんな甲斐性は
ない…
モゾッ
まずは
状況確認を…
小さい…
子どもの手…?
——え…

手だけじゃない…
パタ
パタ
全身が柔らかくて…小さい
子どもの身体になっている…？
っ!!
パチ…
ギクッ
…どうしたの…？
――ザック

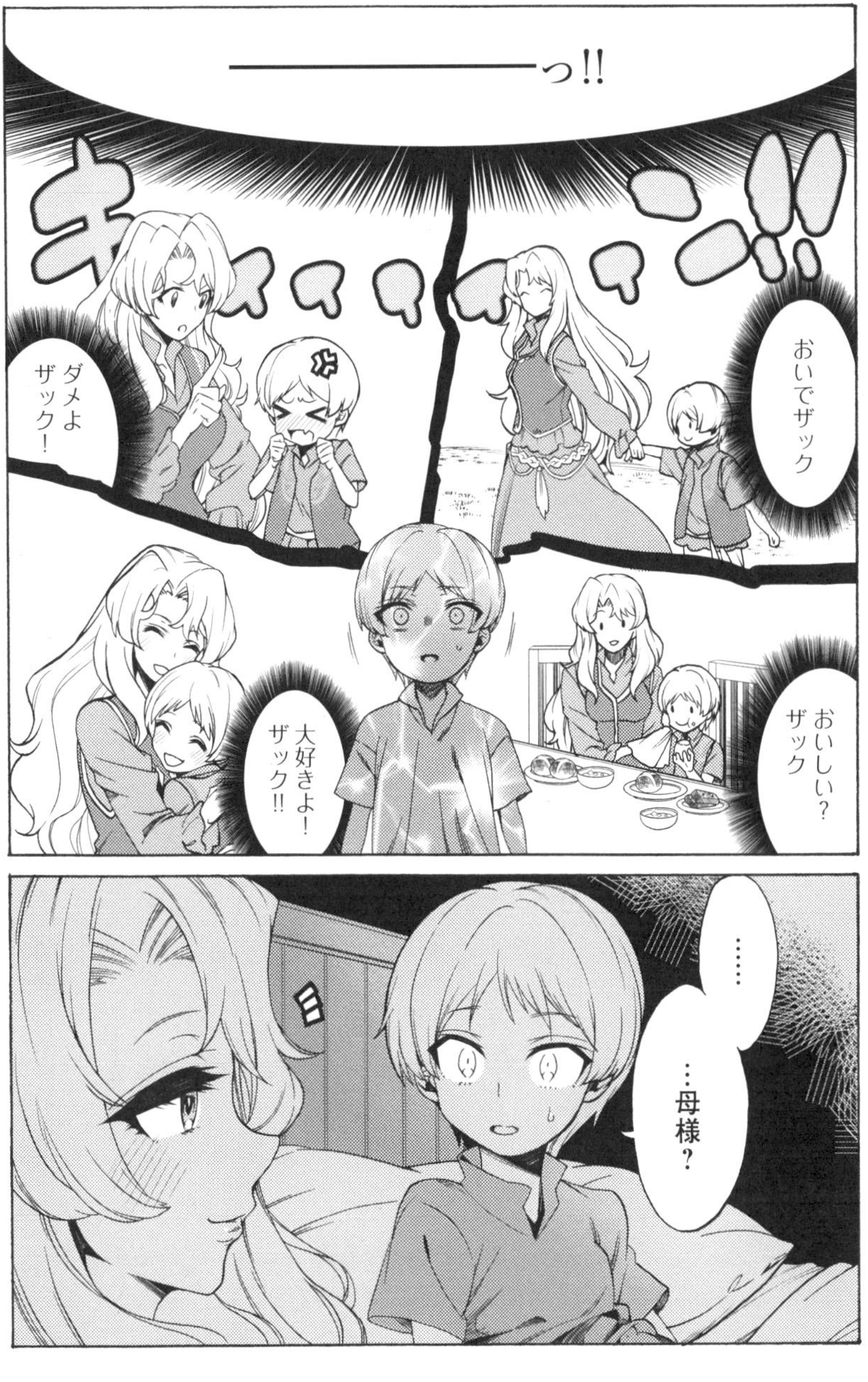
――――――――っ!!
おいでザック
ダメよ ザック!
おいしい? ザック
大好きよ! ザック!!
……
…母様?

フフ…そう
あなたの母様よ
ぎゅっ
寝ボケちゃって
…怖い夢でも見た？
『母親』に名を
呼ばれた瞬間
俺は全てを
思い出した
——そして
理解したのだ
ZZZ…

俺がかつて川崎《かわさき》弥太郎という中年エンジニアだったこと
つまらない毎日に辟易していたこと
ズキ
日課の小説サイト巡りの最中 突然胸が苦しくなり
どた……
トリニータス・ムンドゥス
作者：Ray=Arkwright
気づいたら異世界に転生していたことを
こうして俺のザックとしての新たな人生が始まった

チュン
チュン
チチ…
今朝は少し
冷えるわね…
ザック寒くない？
スクッ
ぐぐ…
ふあぁ…

おはよう
マット
ゴシ…
ああ
おはよう
ターニャ
すっ
さあザック
ご挨拶は？
父親は
マットで
母親は
ターニャか
おはよう
ザック
ナデ
ナデ
おはよう
ございます
父様
ぎゅっ
おっと…
朝から
お熱いことで
ギィ…
——やぁ
今日も
いい天気だ

ふわっ
おはよう モリー
お早いですわね 皆様
只今朝食を御用意します
カチャ…
ギッ…
おはようございますっ!!

あの少年は…兄のロッドだな
いつも『兄様』と呼んでいたっけ?
ニコッ
おはようございます兄様
!
…うん おはよう ザック
あれ?
お待たせしましたー
何か マズかったか… かしこまり過ぎた?
とりあえずは子どもらしく見せておきたい
ボロを出さないようにしないと

しかし不思議な感覚だよ
目に映るもの全て見慣れているような新鮮なような…
トト…
この屋敷は丘の頂上にあるんだ…いい景色だ
…なにか面白いもの見える？
はっ
けど先に顔を洗ってしまいましょ
ガラ
ガラガラ

おはようございます奥方様ザック様
ズゥウウン…
おはようウォルト
デカい…！
ウォルト…確かモリーの旦那さんだったか
ガラ
ガラ
ガラ
…只者じゃないガタイだ
文明レベルは近代以前か？
パチャ
パチャ
さて現代人の俺に耐えられるのやら…
水道なんてないんだろう不便だな

ピキィィーン!!
ほっ!?
おっと…!?
急に催してきた!
スクッ
マズいな…
子どもの身体は我慢がきかなそうだ
幸いトイレの場所は覚えてる
…急げ!!
たたっ
間に合ったー!!
バンッ
っ!?

ずぉぉぉん
…これがトイレ?
汚い!!
こんなところで用を
足したくないが…
グイッ
…くそっ!
もう限界だ!!
ぶるぶるっ
………ふぅ
さっそくの洗礼だ
綺麗好きの
俺には厳しいぜ
ブーン
ブーン
う～～…
あんな不衛生じゃ
病気になる…
改善は急務だな

ザック!!
っ？
キョロ
キョロ
ザックさまー!!
もう！
何も言わずに
いなくなるから
驚いたわ
めっ！
ホッ
…ごめん
なさい
母様
！
急にトイレに
行きたく
なって
ああ…！
汚しちゃった？
大丈夫！
でも手だけ
洗いたいな
そりゃそうか
…一声かければ
よかった

…
きょと…
…ん？
珍しいわね
…わかったわ
どうぞ
ありがとう
またか！
気をつけてねー
これ以上は
マズイ…
一旦大人たちの
目から離れよう
タッ
タッ
幸いこの後は
友達と遊ぶ約束が
あったらしいし
文明レベルが
低いからな…
普通の子どもでないと
知れたら何をされるか
ゾワッ…

優しそうな人たちだけど手放しで信用はできん
…家族だって結局は他人同士なんだからな
たっ
たっ
たっ
よしこの辺なら人目もなさそうだ
すとんっ
…確認したいことがあった
俺たちが暮らす屋敷はなかなか大きい建物だ
それもそのはず一応騎士の家と記憶している

だが周りは畑ばかり…裕福とはいえまい
辺境住まいの没落騎士…聞き覚えがある
Character Sheet
●種族／出生環境
人間／辺境／没落気味／騎士階級
●ステータス
筋力
転生する前に見た妙な夢スルーしてたが何か関係が？
もしかして…
ピト…
『参照』
ザカライアス＝ロックハート
人間／男／3歳
ピキーン!
使えた!!
触れたものの名前と説明が浮かぶスキル…『参照』
ルールブックで読んだ通りだ

ここはあのTRPGの世界？
するとこの身体は俺の作ったキャラクターか
なら魔法もあるのかも…？期待してしまうな！
ファイアー(笑)
……
――…本当にまるでファンタジー小説だよ
我ながらよく冷静に受け入れているとも思うが
離婚届
ペコ
ペコ
…こちとら前世に未練などないもんでね
ワイ
ワイ
あははは！
ガヤ
ガヤ

へっ
どんな状況でも人生やり直せるなら儲けもんさ
たたっ
まぁ汚いトイレには不満アリだがな！
たっ
たっ
あれが『メル』の家か
…よし！
がちゃっ
目一杯！子どもらしく！
メルはいるっ!?

あっ!!
ザック様!おはよう!!
今日は何して遊ぶの?
パァッ
え!?あ…あーお散歩かな…?
うん!!わかった
ママ!ザック様と遊んでくる!!
気をつけてね

ダン！シャロン！あそぼ!!
バン
おはよう！ザック様!!

今日は
何するのー？
お散歩だって！
ねーザック様
うん
羊を見てから
お屋敷に行く
はーい！
…少し気を
抜けそうかな
純真そうな
子たちだ
わい わい わい
この4人で
毎日遊んで
いたらしい
活発な子が
メリッサで
アダ名が『メル』
男の子はダン
メルとダンは
俺より1歳上か

大人しそうな子が
シャロン
ダンの妹だな
まずはこの子たちに
同行しつつ情報を
集めていこう
とっ
とっ
ザック様
どうしたの？
羊は
こっちです
ぎゅっ
きゅっ
しかしこの状況
元の姿なら完全に
事案だな
あ 想像以上に
絵面がマズイ…
この妄想は
ここまでだ…！
ズゥウウウウン
ふふっ
おっと？
モテる男は
つらいね

ちょっと
物々しいな
よく見れば
丘全体を塀《へい》が
覆ってる
野生動物から
家畜を
守ってるのか?
!
おぉこんな
近くに川が

その奥には
深い森…
熊とか
出るのかもな
ねーねー！
景色見て
ばっかで
面白くない！
バタ
バタ
騎士ごっこ
しようよぉ
おっと…
夢中に
なり過ぎてた
ぶー
ぶー
ごめんごめん
つまんなかったね
よしそれじゃ
お屋敷に着いたら
騎士ごっこ？
始めようか…
ん!?
えいっ！
やぁっ！

はぁっ！
ブン
ブンッ
えいっ！
おお！訓練してる!!
ビュ
シュッ
うおっ!!
ガシャッ
ふしゅーっっっうう…

すごい…ひとりだけ格が違う
あれが祖父のゴーヴァンか
ズオオオオン…
しかしおっかないなザックも相当怖がってたようだ
ズ…
怖いといえば隣も相当…ってウォルト？
すごい身体だと思ったら兵士なんだ
――おや子どももいる
兄様だ！隣の少年は…シムかメルのお兄さん
トントン
は――…！
やはり騎士の家なんだな…俺もその内呼ばれるのかね
！

にっ
わー!!
くらえー!!
なんの!
とりゃー!!
そりゃ
あんなの見たら
真似したくなる
でも遊びながら
体力もついて
いいかもな
カッ
ぽてん…
…おっと!

確かこの娘は物語が好きだったはず
カン
カン
シャロン！
よいしょ
つまんないかな…ならお話を聞くかい？
！お話？
うん…そうだな『北風と太陽』にしよう！
――ある日北風と太陽が喧嘩してた
お互い自分のほうが強いってね
けどふたりとも譲らないから勝負を始めて…
！
なになにー？
なにやってるのー
てててっ
パァッ!!
おいで
おいで

——勝負は太陽の勝ち！
北風は悔しそうに負けを認めたとさ
わあああああああ
パチ
パチ
パチ
パチ
おぉ！思った以上にウケたな
テレッ
ザック様すごい!!
わっ!!
むっ
すごいすごーいっ！
うおっ!?

ザック様
もっと聞きたい
聞きたい！
あ…
うう
情熱的だね…
わあっ
よし
それじゃ次は
『ずるい狐』の
お話をば…
ズ…
…疲れた
あの後も
延々お話を
せがまれ続け
ウン時間…
もっと
もっと
もっと
ええっ!?
前世じゃ子どもが
いなかったから…
子守って大変だ

あら…ザック
具合悪い？
大丈夫！
ちょっと
疲れただけ
ギョロ…
疲れた…？
子どもらしくない
ことを
ビクっ
すっ
モリー
明日は精の付く
猪肉を頼む
足りなかったら
ワシの分もやる
たくさん
食べなさい
あ
ありがとう
ございます
何だ顔は怖いが
いいじい様
じゃないか
はっ！
こらお前も
育ち盛りだろう
ザック
私の分をやろう
ザック
僕の分も
いいよ！
何言ってるの
それなら
私が…
あせっ

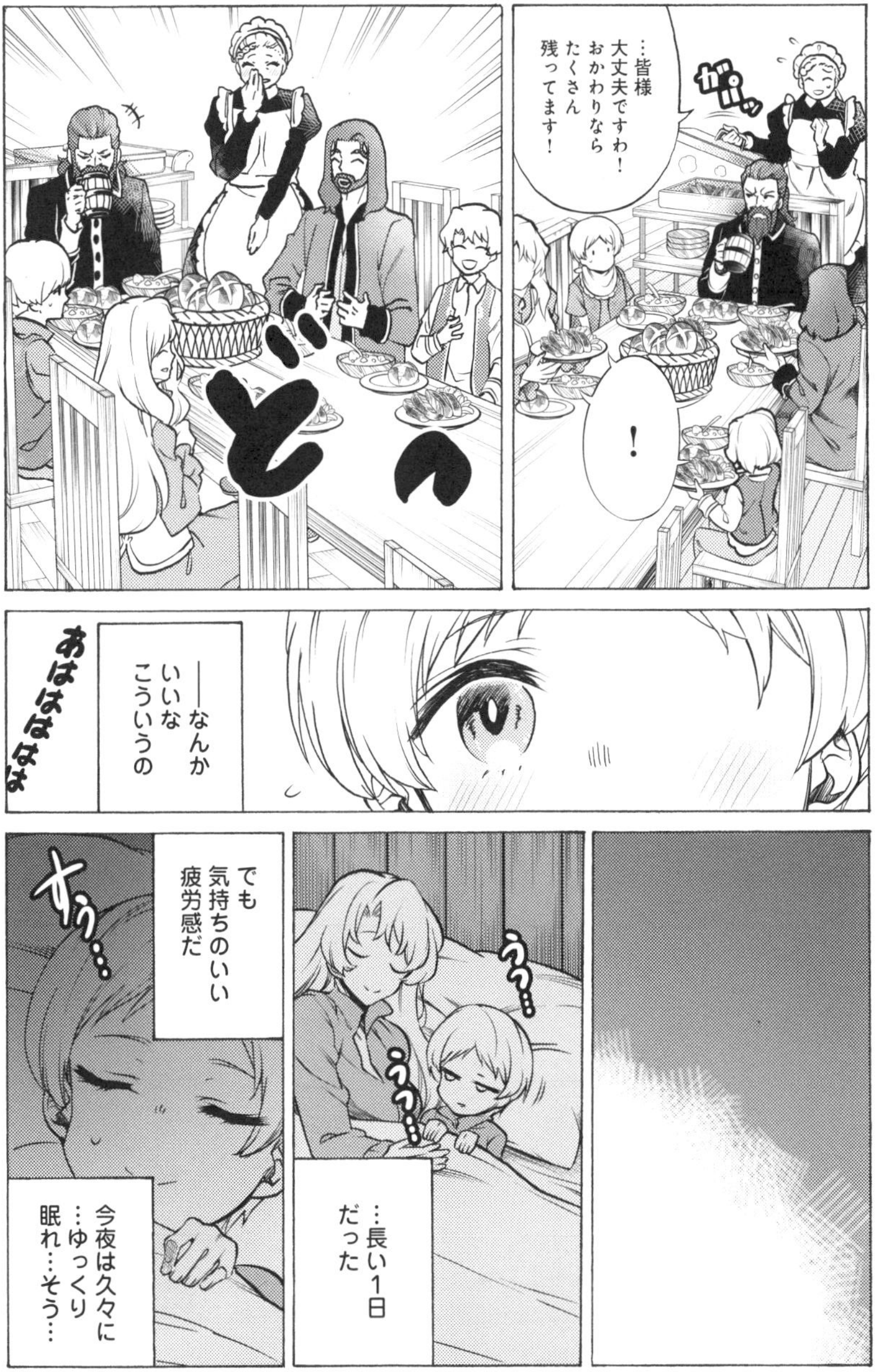
…皆様
大丈夫ですわ！
おかわりなら
たくさん
残ってます！
ガバッ
！
どっ
おはははははは
——なんか
いいな
こういうの
でも
気持ちのいい
疲労感だ
すぅ…
うう…
うう…
…長い1日
だった
今夜は久々に
…ゆっくり
眠れ…そう…

ピキ…
――…ん?
何だコレ!?
一面真っ白…!
ぱっ
!?
…話を聞く
ことは
できるか?
ズーーン
っ
!?

Dream Life

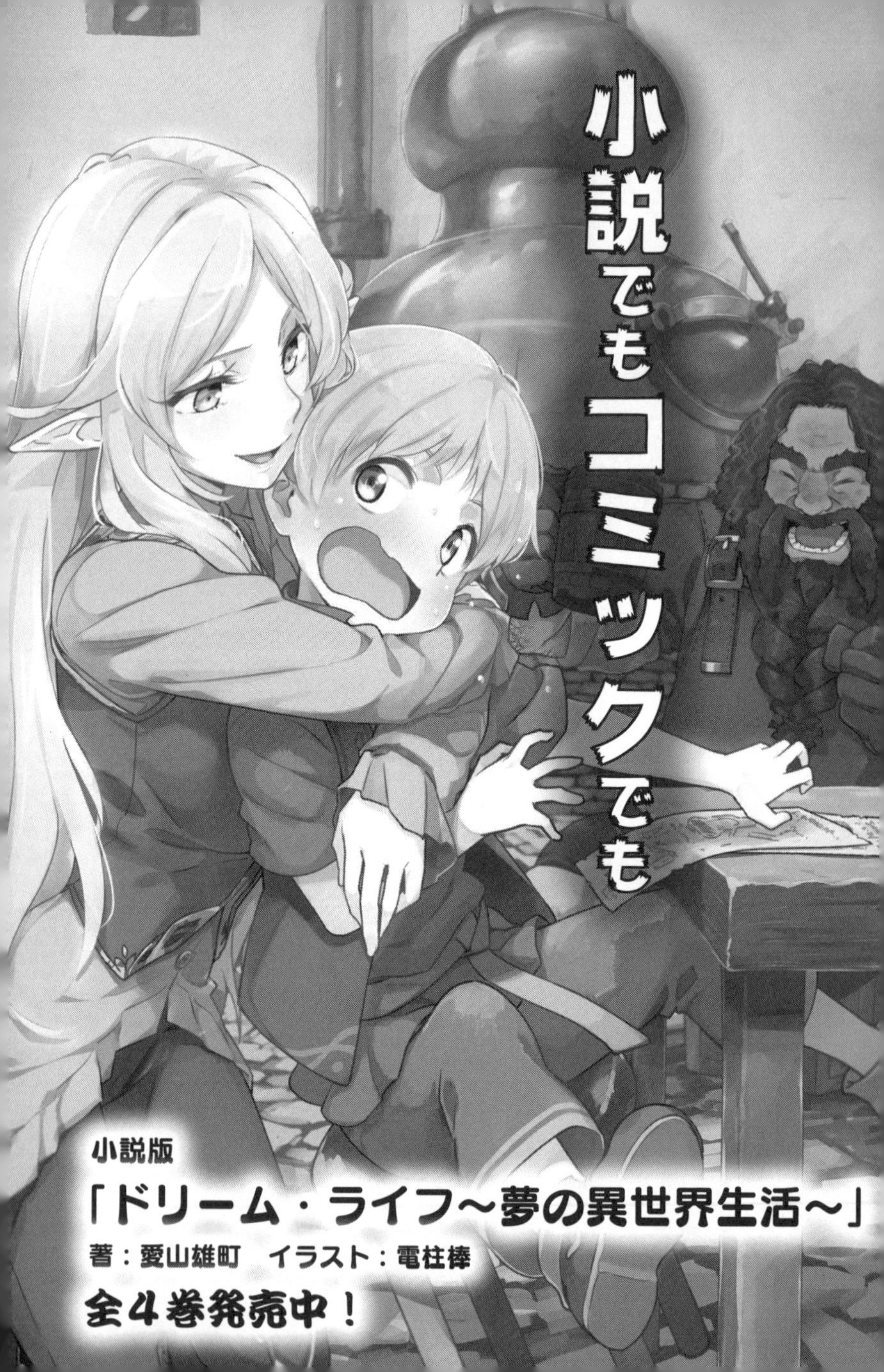
小説でもコミックでも
小説版
「ドリーム・ライフ～夢の異世界生活～」
著：愛山雄町　イラスト：電柱棒
全４巻発売中！

内政チートで村を大改革！
コミック版
「ドリーム・ライフ～夢の異世界生活～」
漫画：さじわ　原作：愛山雄町　キャラクター原案：電柱棒
１巻発売中！

TOブックスオンラインストア
限定グッズ続々!
香月美夜
書き下ろしドラマCD用SS付き!!
椎名 優
描き下ろしジャケットイラスト!
好評
発売中!
一部電子書店にて
好評配信中!
http://www.tobooks.jp
/booklove_dramacd6/
本好きの下剋上
司書になるためには
手段を選んでいられません
ドラマCD 6
香月美夜
イラスト:
椎名 優

ふぁんぶっく1～5
ドラマCD 1～5
2021年
11/10
発売!
ふぁんぶっく6
Illustrated by You Shiina
TVアニメ&新キャストでお届け!
ローゼマイン:井口裕香
フェルディナンド:速水奨
ルッツ／マグダレーナ:田村睦心
トゥーリ／マルティナ／オルタンシア:中島愛
ジルヴェスター:井上和彦
カルステッド／イマヌエル／ボニファティウス:森川智
ヴィルフリート:寺崎裕香
シャルロッテ／ヒルデブラント／シュヴァルツ:本渡楓
コルネリウス／アナスタージウス:山下誠一郎
ハルトムート／レオンツィオ:内田雄馬
ダームエル／ジギスヴァルト: 梅原裕一郎
ハンネローレ:諸星すみれ
ブリュンヒルデ／リーゼレータ／ヴァイス:石見舞菜香
ソランジュ:宮沢きよこ
ラオブルート／ギーベ・キルンベルガ:関俊彦
ディートリンデ／クラリッサ:潘めぐみ
エルヴィーラ／エグランティーヌ:井上喜久子
原作公式HP
http://www.tobooks.jp/booklov
またはTOブックスオンラインスト
https://tobooks.shop-pro.j

広がる
新刊、続々発売決定！
第二部
本のためなら巫女になる！Ⅵ
漫画：鈴華
2021年
10/15
発売！
第四部
貴族院の図書館を救いたい！Ⅲ
漫画：勝木光
2021年
11/25
発売！

シオン・ソール・サンクランドが
若くして、死ぬ。
…って、
そうは
させませんわ！

Trinitas シリーズ
ドリーム・ライフ ～夢の異世界生活～ 4

2021 年 9 月 1 日　第1刷発行

著　者　愛山雄町

発行者　本田武市

発行所　TOブックス
〒150-0002
東京都渋谷区渋谷三丁目1番1号　PMO渋谷Ⅱ　11階
TEL 0120-933-772（営業フリーダイヤル）
FAX 050-3156-0508

印刷・製本　中央精版印刷株式会社

ISBN978-4-86472-647-4

Printed in Japan